Finny Ludwig

Single Hike

EIN HINTERWÄLDLER ZUM KÜSSEN

AF175643

Charlotte Schönberg wollte schon immer hoch hinaus: sowohl beruflich, als auch bei der Wahl ihrer Schuhe. Dass ihr Chefredakteur dies einmal wörtlich nehmen könnte und sie zur Berichterstattung in die Berge strafversetzt, damit hatte die smarte Reporterin jedoch keinen Augenblick gerechnet.

Wandern in den Bergen! Einen größeren Albtraum kann sich Charlotte nicht vorstellen. Zu allem Überfluss durchkreuzt auch noch einer der Wanderführer sämtliche ihrer Versuche, sich aus der Affäre zu ziehen. Apropos Affäre: So schlecht sieht dieser Hinterwäldler eigentlich gar nicht aus …

Für Mark Leitner und seinen Geschäftspartner steht mit der Berichterstattung im hippen *Daily Trends* Magazin einiges auf dem Spiel. Doch zunächst taucht der angekündigte Reporter nicht auf, und dann konfrontiert ihn das Schicksal auch noch mit einer überheblichen und arroganten Großstadtprinzessin, die in ihrer ganz eigenen Welt lebt.

Dass ausgerechnet diese Frau den Reporter vertreten muss und er obendrein auch noch den Aufpasser für sie spielen soll, passt so gar nicht in Marks Konzept. Sein Plan, sich ihr in dieser Woche von seiner besten Seite zu präsentieren, scheitert grandios – zumal es ihm nicht gelingen will, sich ihrem ganz besonderen Charme zu entziehen.

Finny Ludwig

Single Hike

EIN HINTERWÄLDLER ZUM KÜSSEN

Liebesroman

Impressum

Bibliografische Information der Deutschen Nationalbibliothek:
Die Deutsche Nationalbibliothek verzeichnet diese Publikation in der
Deutschen Nationalbibliografie; detaillierte bibliografische Daten sind
im Internet über http://dnb.dnb.de abrufbar.

Lektorat: Dorothea Kenneweg
Cover-/Umschlaggestaltung: Buchgewand
Verwendete Grafiken: Despositphotos.com (toshka81, Nalala85,
Jula_Lily, Daria.Ustiugova, Derbisheva, ZiaMary, bioraven, Yurkaim-
mortal) Shutterstock.com (Poltavska Yuliia, Marina_Che, Jolliolly)

Herstellung und Verlag: BoD – Books on Demand, Norderstedt
ISBN: 978-3-7519-7866-8

… und er sagte:
»Ich glaube, es regnet.«
Finny & Ludwig

PROLOG

Nicht nur vor dem Redaktionsgebäude des *Daily Trends* Magazins tobte ein fürchterliches Gewitter, auch in den Büroräumen herrschte dicke Luft. Während der Regen gegen die Glasfronten peitschte, stand Charlotte Schönberg vor dem unaufgeräumten Schreibtisch ihres Chefredakteurs.

Zahlreiche Dokumente lagen verstreut über die große Tischplatte; nicht einmal die Computertastatur war in dem Chaos auszumachen.

»Das kann doch nicht dein Ernst sein?« Charlotte sah ihren Vorgesetzten entsetzt an. »Bitte, Pascal, tu mir das nicht an.«

»Du trägst selbst Schuld an dieser Situation.« Pascal Hartmann starrte unbeirrt auf den leuchtenden Bildschirm vor sich. »Sei froh, dass es so glimpflich für dich ausgeht.«

»Aber …«

»Du wirst Lehmann vertreten, und damit basta.«

Pascal sah nicht auf. Beide wussten, dass wenn er ihr in die Augen schauen würde, sie ihn umgehend um den Finger wickelte – so wie sie es immer tat. Doch dieses Mal schien der

Chefredakteur zu keinerlei Zugeständnissen bereit. Sie war zu weit gegangen. Ihre unkonventionellen Methoden, an gute Geschichten zu kommen, brachten dem Magazin zwar große Aufmerksamkeit und höhere Auflagen, doch gleichzeitig auch viel Ärger ein. Ihr letzter Bericht hatte für Aufsehen gesorgt, weshalb dem Verlag nun ein gewaltiger Rechtsstreit drohte, woraufhin Pascal beim Herausgeber des Magazins in Ungnade gefallen war.

»Das Ticket liegt auf Lehmanns Schreibtisch. Dein Zug geht morgen früh um 4.20 Uhr. Verpass ihn besser nicht.« Ohne Charlotte auch nur eines Blickes zu würdigen, begann er unter dem Papierwust nach seiner Tastatur zu suchen.

Charlottes Adrenalinspiegel stieg ebenso rasch an, wie die Wut, die in ihr aufkeimte. Das konnte doch alles nicht wahr sein. Ein klitzekleiner Fehler war ihr unterlaufen, und nun sollte sie zur Strafe dafür in der Provinz schmoren? Noch dazu, wo am darauffolgenden Samstag die große Charity-Gala in München bevorstand, der sie schon seit Wochen entgegenfieberte. Ehe Charlotte in ein lautstarkes Gezeter ausbrechen konnte, öffnete sich die Bürotür, und Pascals Assistentin trat ein.

»Herr Hartmann, ich habe die restlichen Unterlagen bei Herrn Lehmann abgeholt.« Die zierliche Lea Engel reichte ihrem Vorgesetzten einen dicken Umschlag.

»Sie sind ein Engel, Frau Engel.«

Pascal grinste sie dämlich an, doch wie gewohnt wich sie seinem Blick verlegen aus.

»Kann ich sonst noch etwas für Sie tun, Herr Hartmann?«

Ja, küss den Trottel endlich! Charlotte war klug genug, ihren Gedanken nicht auszusprechen. Die komplette Redaktion ahnte bereits, wie es um die Gefühle der beiden stand, doch weder der wortgewandte Chefredakteur noch seine strebsame Assistentin wagten den ersten Schritt.

»Nein, danke. Das wäre alles. Vielen Dank, dass Sie mir heute ausgeholfen haben.« Sehnsüchtig blickte Pascal ihr über den Rand seiner leicht aus der Mode gekommenen Brille hinterher, als sie den Raum wieder verließ.

Kaum hatte Lea die Tür hinter sich zugezogen, warf er den braunen Umschlag achtlos auf seinen Schreibtisch und deutete Charlotte, die Unterlagen an sich zu nehmen.

»Ich möchte, dass du an sämtlichen Aktivitäten teilnimmst. Und wage es nicht, etwas auszulassen.« Er hob warnend den Finger. »Ich werde dahinterkommen.«

Charlotte holte bereits Luft, um zu protestieren, doch mit einer kleinen Geste gab Pascal ihr zu verstehen, dass er keine Widerworte dulden würde.

»Gute Reise, Charlotte.«

Das war eine Zumutung, was Pascal von ihr verlangte. Sie war eine gefeierte Society-Reporterin und nicht etwa dafür zuständig, die Reiseberichte aus der Provinz zu liefern.

Charlotte machte auf dem Absatz kehrt und rauschte wütend aus dem Büro. Wenn sie ihrer Wut schon nicht mit Worten Luft verschaffen durfte, dann doch wenigstens mit Taten. Und so fielen sämtliche Türen der Redaktion lautstark hinter ihr in ihre Schlösser.

Nur wenige Minuten später betrat Charlotte eines ihrer Lieblingslokale am Savignyplatz. Schon von weitem war das übertriebene Lachen ihrer Freundin zu hören. Wie gewohnt saß Meike Grünbach an der Bar und vertrieb sich die Wartezeit durch ungehemmtes Flirten mit dem Barkeeper. Ihre langen, schlanken Beine übereinandergeschlagen, zog sie die Blicke sämtlicher Männer auf sich. Normalerweise war es amüsant, Meike beim Kokettieren zu beobachten, doch die Frustration über den Ausgang des Gespräches mit Pascal und der Fußmarsch in High-Heels, durch den seit Tagen anhaltenden Regen, führten dazu, dass es mit Charlottes Laune nicht zum Besten stand.

Noch ehe sie sich durch den engbestuhlten Raum in die Richtung ihrer Freundin drängen konnte, wurde sie bereits von Meike entdeckt. Ihr Lächeln erstarb, als sie Charlottes Blick wahrnahm. Sie ahnte wohl, dass etwas vorgefallen sein musste.

Nach einem ersten Glas Wein und einer wiederholten, ausführlichen Schilderung ihres Gesprächs mit Pascal hatte sich Charlotte nur bedingt beruhigt.

»Ich verstehe das ganze Drama überhaupt nicht. Hätte ich die Story nicht gebracht, wäre sie womöglich noch bei der Konkurrenz gelandet. Was hatte ich denn schon für eine Wahl? Ich musste das Risiko eingehen. Und Pascal weiß nichts Besseres, als mich in irgendein Kuhdorf zu schicken. Ausgerechnet jetzt, wo nächste Woche doch die Charity-Gala stattfindet.«

Meike legte ihre perfekt manikürten Hände auf die ihrer Freundin. »Dir geht's doch gar nicht um die Gala. Wellbrock wird dort sein. Es wurmt dich, dass du ihn nicht sehen wirst.«

Charlotte musterte ihre Freundin, die wie gewohnt in Designerkleidern steckte und ihr schönes Gesicht mit einem perfekten, wenngleich übertriebenen Make-up unterstrich. Meike hatte sie wieder einmal durchschaut. Wann immer die Sprache auf den Besitzer der Wellbrock-Werke kam, begann Charlotte dämlich zu grinsen. So auch dieses Mal.

»Er ist so ein toller Mann.« Sie spielte nervös am Stiel ihres

Weinglases. »So gutaussehend und charmant.«

»Und so vermögend.« Meike feixte.

»So höflich und zuvorkommend.«

»Und so reich.«

»Jetzt sei nicht so, Meike. Natürlich hat er viel Geld. Aber Geld ist eben nicht alles. Vielleicht schaffe ich es ja doch noch, Pascal zu überreden, mich zu der Gala zu schicken. Ich würde ihn so gerne wiedersehen.«

»Und wenn Pascal sich nicht umstimmen lässt?« Meike blickte Charlotte skeptisch an.

Ihr Blick heftete sich an den braunen Umschlag, mit dessen Inhalt sie sich eigentlich hätte vertraut machen sollen. »Glaub mir, ich werde mir schon etwas einfallen lassen.« Selbstsicher stieß sie ihr Weinglas gegen das ihrer Freundin.

***

Mark Leitner lehnte sich gegen den Türrahmen seines Büros. Aufmerksam beobachtete er ein Paar Sneaker unter seinem Schreibtisch und lauschte dem rockigen Sound, der von dort unten an sein Ohr drang.

Als das große Finale des Klassikers *Born to be wild* mit einem phänomenalen Fuß-Trommel-Solo beendet wurde, ergriff Mark die Gelegenheit und machte auf sich aufmerksam.

»Lorenz?«

»Au.« Lorenz Bucher krabbelte unter dem Tisch hervor und rieb sich seinen blonden Schopf. »Musst du dich so anschleichen?«

»Ich steh' hier schon ein ganzes Weilchen.« Mark zog amüsiert seine Augenbrauen nach oben, während sein Freund die Augen zusammenkniff und ihn prüfend ansah.

»Und wie lange genau?«

»Ungefähr seit *Highway to Hell*.«

»In welcher Version?«

»In der volkstümlichen.« Mark lachte. Egal, wo Lorenz war oder was er auch tat, sein Freund konnte in jeder Lebenslage summen oder pfeifen.

»Was machst du da eigentlich?« Interessiert trat Mark näher und kniete sich neben ihn.

»Ich wollte nachschauen, ob unsere neue Homepage schon online ist. Aber der Router ist wieder einmal ausgefallen.« Lorenz zog an zahlreichen Kabeln, nur um festzustellen, dass alle ordnungsgemäß eingesteckt waren.

Mark griff nach dem kleinen Kästchen, das neben dem Bildschirm stand.

»Warte, das haben wir gleich.« Weit ausholend schlug er es gegen die Tischplatte.

Lorenz stand auf. Seine Mundwinkel wanderten nach oben. »Gewalt ist keine Lösung, mein Freund.«

»Nur Geduld. Das hat bis jetzt noch immer funktioniert.« Wenige Augenblicke später begannen die Lichter des Gerätes ungeduldig zu blinken.

Lorenz nahm in freudiger Erwartung auf dem Bürostuhl Platz und tippte gespannt die Internetadresse ein. Doch alles, was sie zu sehen bekamen, war eine leere Seite. Dementsprechend enttäuscht war sein Gesichtsausdruck.

»Tja«, Mark setzte sich auf die Schreibtischplatte, »mir scheint, als müssten wir noch einmal mit unseren Computerfreunden sprechen.«

»Auf jeden Fall. Morgen kommt dieser Reporter aus Berlin. Spätestens wenn sein Artikel in der nächsten Ausgabe der *Daily Trends* erscheint, muss unsere Seite online sein. Und wenn schon nicht die neue Homepage, dann doch wenigstens die alte.«

»Was machen wir eigentlich, wenn der Schuss nach hinten losgeht? Vielleicht hat dieser Reporter ja überhaupt keine Lust auf uns. *Daily Trends* ist ein hippes Magazin, das den Fokus nicht unbedingt auf ländliches Idyll legt.« Seit sie die Zusage des Magazins erhalten haben, zehrten diese Zweifel an Mark.

Lorenz streckte seine Füße weit von sich und lehnte sich entspannt zurück. »Also erstens: Ich habe letzte Woche noch mit diesem Lehmann telefoniert. Er erklärte mir, dass *Daily Trends* aktuell ihr Konzept verändern möchte, in der Hoffnung, dadurch ihren Leserkreis erweitern zu können. Sie möchten dem aktuellen Trend folgen und Themen, die bislang vielleicht als altbacken galten, ansprechend und modern präsentieren. Er ist für die Bereiche *Reisen* und *Freizeit* zuständig, und wir passen absolut in sein Schema. Zweitens ist er zufällig Single. Und drittens, wie sagt man so schön? Besser schlechte Werbung als gar keine Werbung.«

Mark richtete seinen Blick auf den Papierstapel im Ablagefach. Alles in allem hatten sie für die kommende Woche dreizehn Anmeldungen für ihre Wanderungen. Dies entsprach dem Durchschnitt der letzten Gruppen und war weit mehr, als sie sich zu Beginn ihres Abenteuers erhofft hatten. Aber auf Dauer würde es nicht reichen. Nur mit einer Maximalauslastung konnten sie ihre Expansionspläne und die Hotelübernahme weiterverfolgen, deshalb benötigten sie dringend mehr Buchungen. Der geplante Bericht in dem Magazin wäre daher ein wahrer Glücksfall für sie. Wie sonst könnten sie auf einen Schlag eine so vielschichtige und große Anzahl an Personen erreichen? Von dieser Veröffentlichung hing sehr viel ab, dessen war sich Mark in vollem Umfang bewusst.

Lorenz war Marks Blick gefolgt. »Versprich mir, dir die nächsten Tage keine Sorgen zu machen.« Er griff nach einigen alten Zeitschriften und drückte sie Mark in die Hand.

»Dieser Lehmann ist in Ordnung. Ich habe ein paar alte Artikel von ihm gelesen. Die sind richtig gut und genau das, was wir wollen. Schau sie dir in aller Ruhe durch. Du wirst sehen – alles läuft wie geplant.«

Hochmotiviert klopfte er Mark auf die Schulter. Lorenz an seiner Seite zu wissen, zerstreute Marks Befürchtungen. Er wusste, dass sie als Team unschlagbar waren.

EINS

Charlotte ließ sich in einen der unbequemen und zerschlissenen Sitze des Regionalzuges zurückfallen. Das vergünstigte Bahnticket, das Lehmann gebucht hatte, hatte sie bereits in Leipzig, in Nürnberg und irgendwo in der tiefsten bayerischen Provinz zum Umsteigen gezwungen, und die damit verbundenen Anstrengungen standen ihr deutlich ins Gesicht geschrieben. Im Abteil roch es muffig, und zu allem Überfluss wurde sie auch noch ständig von allen Seiten begafft. Bis zuletzt war sich Charlotte nicht sicher, ob ihr eher auffälliges Outfit für die Aufmerksamkeit sorgte oder doch mehr der große, schwarze Abdruck der Kofferrollen auf ihrer engen, weißen Hose. Es könnte natürlich auch an ihrem hochroten Kopf oder dem verschmierten Make-up liegen.

Nach einer gefühlten Ewigkeit erreichte ihr Zug das Ziel. Ein kleines Kaff irgendwo in Österreich. Noch wusste sie nicht, ob die Freude, endlich angekommen zu sein, dem schrecklichen Anblick der Einöde überwog. Doch eines wusste sie genau: Nie wieder in ihrem Leben würde sie einen Zug betreten.

Nachdem sie ihre Koffer mühevoll auf den Bahnsteig gehievt hatte, fuhr der Zug auch schon wieder ab. Weit und breit war keine Menschenseele auszumachen.

Frustriert blickte Charlotte an sich herab und bereute zugleich die Wahl ihrer Schuhe. Den Absatz ihrer brandneuen, total überteuerten, noch nie getragenen, Peep-Toes hatte sie sich beim letzten Umsteigen an einer Stufe ruiniert. Erschwerend kam hinzu, dass sich bereits die erste Blase an ihrem Fuß bildete.

Mit einem gewohnten Griff in ihre Handtasche zauberte sie eine Sonnenbrille hervor und streifte damit ihre verschwitzten Haarsträhnen aus dem Gesicht. Sie atmete tief ein, und von der geballten Ladung klarer Luft wurde ihr beinahe schwindelig.

Charlotte wandte ihr Gesicht der strahlenden Spätvormittagssonne zu. Sie sehnte sich nach einer Dusche und einem bequemen Bett, doch beides schien noch in weiter Ferne.

Erneut suchte sie den kleinen Bahnhof nach Menschen ab. Sie schnaubte und griff schließlich resigniert nach ihrem Gepäck. Am Schalter würde man ihr sicher weiterhelfen können. Doch als sie die Türklinke nach unten drückte, geschah nichts. Das Gebäude war abgeschlossen. Auch nach mehrfachem Hämmern gegen die Tür wurde ihr nicht geöffnet.

Charlotte streifte sich kurzerhand ihre Schuhe von den Füßen und stapfte zum Ausgang. Die kalten Steinplatten kühlten ihre malträtierten Fußsohlen auf angenehme Art. Dennoch konnte die Abkühlung ihre Stimmung nicht heben.

***

Mark saß auf einer Gartenmauer vor dem Bahnhof und streckte die Beine von sich. Die Sonne brannte sich durch den

Stoff seiner Jeans. Die Ärmel seines blaukarierten Hemdes hatte er nach oben gestülpt und die oberen Knöpfe geöffnet. Eine schwarze Baseball-Mütze hing weit in sein Gesicht und zum Schutz der Augen trug er eine Sonnenbrille.

Entspannt beobachtete er seine beiden Neffen. Der achtjährige Basti und dessen drei Jahre jüngerer Bruder Paul tollten ausgelassen mit Marks zwölf Wochen altem Bernhardinerwelpen Sepp auf der Grünanlage.

Etwas ließ den Hund aufhorchen. Der Welpe hob den Kopf und blickte zum Bahnhofsgebäude. Mark nahm eine Bewegung aus dem Augenwinkel wahr. Aber noch ehe er reagieren konnte, stürmte der tollpatschige Hund auf eine Frau zu, die wie angewurzelt stehen blieb und die Arme hochriss, um sich dann umzudrehen und laut kreischend vor ihm davonzurennen.

Irritiert sah Mark ihr zu, wie sie barfuß über den aufgeheizten Bodenbelag vor dem Bahnhof hastete und sich schließlich auf eine Bank rettete. Mit einem Satz sprang sie auf die Holzlatten. Sie kletterte mit einem haltsuchenden Griff nach einem der Äste über ihr auf die Rückenlehne der Bank.

Mark musste lachen. Er hatte schon vieles gesehen, und natürlich gab es Menschen, die Angst vor Hunden hatten, aber doch nicht vor diesem niedlichen Wollknäuel!

Als die Fremde sich hilfesuchend umschaute und ihn entdeckte, ließ der Blick, der ihr wunderschönes, zartes Gesicht überschattete, nichts Gutes erahnen. Sie war zwar etwas zu stark geschminkt, aber er hätte schon blind sein müssen, um nicht zu erkennen, wie hübsch sie war.

»Lachen Sie nicht so blöd. Helfen Sie mir lieber!«, fuhr sie ihn entrüstet an.

»Killer, hierher!«

Mark ging in die Hocke und pfiff dem kleinen Hund aufmunternd zu, der ihm daraufhin schwanzwedelnd entgegentrottete.

Auch seine beiden Neffen kamen über die Wiese wieder auf ihn zu gerannt. Mark nahm Sepp hoch und drückte ihn Basti, dem älteren der beiden Brüder, in die Arme.

»Halt mal kurz.« Amüsiert machte er sich daran, die Frau von der Parkbank zu retten, indem er ihr seine Hand reichte. Doch sie krallte sich weiterhin völlig verkrampft an dem Ast fest.

»Kommen Sie schon, geben Sie mir Ihre Hand.« Mark stellte ein Bein auf die Bank, um ihr die Hand noch weiter entgegenstrecken zu können.

»Ich kann nicht.«

Beherzt griff er um ihre Kniekehlen, und noch ehe sie sich versah, lag sie kreischend über seiner Schulter. Sie trommelte heftig gegen seinen Rücken.

»Lassen Sie mich gefälligst runter!«

Nach nur wenigen Schritten stellte er sie sicher auf dem Boden ab. Doch sobald ihre Füße den von der Sonne aufgeheizten Asphalt berührten, tippelte sie mit schmerzverzerrtem Gesicht hin und her.

»Au. Au. Au.«

In ihrer Not sah sie wohl keine andere Lösung, als sich an Marks Armen festzukrallen und ihre Füße auf seinen weißen Sneakern abzustellen.

Schuldbewusst blickte sie zu ihm auf. »Entschuldigung.«

»Kein Problem, solange Sie nicht wieder wild um sich schlagen.« Kopfschüttelnd nahm er ihre Arme und legte sie in seinen Nacken, denn ihre Fingernägel bohrten sich auf äußerst unangenehme Art in seine Haut.

»Was zum Teufel tun Sie da?«, entfuhr es ihr erschrocken.

»Was zum Teufel denken Sie, dass ich tue?« Er umfasste ihre Taille und hob sie hoch. »Ich stelle Sie jetzt da drüben ins Gras, wenn es recht ist.«

»Oh«, war die kleinlaute Antwort zu hören.

Während er sie zur Wiese trug, bemerkte er, dass sie an ihm schnupperte. »Was soll das denn jetzt?«

»Was ist das für ein Duft?«

»Was?« Lediglich das Kräuseln seiner Stirn ließ seine Verblüffung über ihre Frage ahnen.

»Ach, nichts. Vergessen Sie es.«

Mark stellte sie auf dem saftigen Grün der Wiese ab.

»Und?«

»Was, und?« Sie sah Mark irritiert an.

»Wie wäre es mit einem Dankeschön?«

»Bei Ihnen piept es wohl?«, rief sie aufgebracht. »Wegen Ihrer Bestie bin ich überhaupt erst in diese Lage gekommen. Und jetzt erwarten Sie auch noch, dass ich mich bei Ihnen bedanke?«

Mark schüttelte den Kopf und wandte sich zum Gehen, während seine Neffen die Fremde weiterhin anstarrten. Sepp lag indes in Bastis Armen und interessierte sich nur noch für die Streicheleinheiten des Jungen. Hocherfreut wedelte er mit dem Schwanz.

Derweilen hatte Mark nicht übel Lust, den kleinen Welpen noch einmal auf das zickige Weibsbild loszulassen, doch er besann sich eines Besseren. Es gab Augenblicke in Marks Leben, in denen er sich wünschte, keine so gute Erziehung genossen zu haben. Dieser Moment war ein solcher, denn am liebsten hätte er die herrenlosen Koffer ignoriert, die einsam vor dem Durchgang zum Bahnsteig standen. Doch er klemmte sich die große Handtasche und die Schuhe unter die Arme, hob die Koffer hoch und trug das Gepäck zu seiner Besitzerin. Dann schickte er die beiden Jungs zum Bahnsteig, um nachzusehen, ob noch weitere Fahrgäste ausgestiegen wären. Schließlich gab es einen Grund, weshalb er hier war: der Reporter aus Berlin.

Als er die Koffer vor ihr abstellte, antwortete sie mit einem distanzierten »Dankeschön«, doch das wollte Mark nicht mehr hören.

»Zu spät«, war seine knappe Antwort, ehe er sie stehen ließ.

»Jetzt seien Sie doch nicht eingeschnappt. Hey, warten Sie!«

Genervt drehte sich Mark noch einmal zu ihr um.

»Was wollen Sie denn noch?«

»Können Sie mir sagen, wie ich zum Hotel *Bergblick* komme?«

Mark antwortete nicht sofort.

»Bitte«, ergänzte die Fremde entnervt.

»Versuchen Sie es in dieser Richtung.« Achselzuckend deutete er die Straße entlang, als Basti und Paul von ihrer Erkundungstour zurückkehrten und vom menschenleeren Bahnsteig berichteten. Er bedankte sich und bat die Brüder, in den kleinen Van einzusteigen. Dann drehte er sich noch einmal der schrulligen Reisenden zu und wünschte ihr einen schönen Aufenthalt.

***

»Lorenz, dieser Lehmann war nicht im Zug. Kannst du ihn anrufen und fragen, ob er später kommt?« Marks Handy hatte einen äußerst schlechten Empfang. »Lorenz?«

»Mark?«, war die Stimme seines Freundes über den Lautsprecher zu hören. »Mark, ich kümmere mich …«

Er sah auf das Display der Mittelkonsole und erkannte, dass die Verbindung unterbrochen worden war. »Mist.«

»Die Frau eben war aber komisch.« Paul streichelte sanft über den Kopf des Welpen und kicherte. »Habt ihr gesehen, wie die gehüpft ist? Die sah aus wie ein tanzender Storch.«

»Und was für große Angst sie vor Sepp hatte!« Basti klopfte sich auf den Schenkel.

Die schöne Fremde wollte auch zum *Bergblick,* und Mark überlegte, wie hoch die Wahrscheinlichkeit lag, dass sie zu ihrer Gruppe gehörte. Immerhin war sie allein angereist, und sie veranstalteten ja schließlich *Single Hikes,* also Single-Wanderungen. Doch sie passte weder zu ihrer üblichen Klientel, noch schien sie der Typ für Bergwanderungen zu sein. Außerdem kannte er die Teilnehmerliste auswendig, und alle weiblichen Gäste waren bereits eingetroffen. Es musste sich demnach um einen Zufall handeln.

Paul riss ihn aus seinen Gedanken. »Onkel Mark, ich glaube, Sepp hat dir gerade ins Auto gepinkelt.«

Mark brachte den Wagen in der Hofeinfahrt seiner Schwester zum Stehen und fluchte leise vor sich hin. Als die beiden Jungen mit dem Hund ausgestiegen waren und ins Haus rannten, um Putzwasser zu holen, wagte er einen ersten Blick auf das Malheur. Das eher geringe Ausmaß ließ ihn erleichtert aufatmen.

Dicht gefolgt von seiner Mutter Hannah, kam Basti ein paar Minuten später mit einem Eimer Wasser zurück.

»Die Jungs haben mir schon von Sepps Inkontinenz-problemen berichtet.« Die zierliche Frau winkte ihrem Bruder mit einer Bürste zu.

»Es hält sich in Grenzen, Gott sei Dank.« Mark nahm seinem Neffen den Eimer ab.

Hannah lehnte sich in den kleinen Bus und reichte ihm die Bürste. »Warum seid ihr eigentlich schon wieder da? Wolltet ihr nicht den Reporter abholen?«

»Er war nicht im Zug. Lorenz wird sich darum kümmern.«

Mark tauchte die Bürste in den Wassereimer und schrubbte die Matte. Zu seinem Leidwesen hatte er schon ausreichend Erfahrung darin, die Hinterlassenschaften seines Hundes zu beseitigen. »So, das müsste reichen.« Er nahm den Eimer und goss den Inhalt schwungvoll in einen Schacht am Straßenrand.

Unterdessen zog es Hannah in den Schatten. Sie setzte sich auf die Holzbank vor dem Haus und blickte zu den Gipfeln der umliegenden Berge.

»Die Jungs haben mich gefragt, ob sie diese Woche mit auf die Tour dürfen.« Mark nahm seine Sonnenbrille ab, stellte den Eimer neben die Bank und gesellte sich zu ihr. Seine grünen Augen folgten ihrem sehnsüchtigen Blick. Er zog sie sanft in seine Arme. »Möchtest du nicht auch mitkommen? Ich sehe doch, wie sehr dir die Berge fehlen. Meinst du nicht, dass es langsam an der Zeit ist, die Vergangenheit hinter dir zu lassen?«

Vertraut lehnte sie sich an seine Brust. Ihre langen, dunkelbraunen, fast schon schwarzen Haare, fielen ihr ins Gesicht. »Er fehlt mir.«

»Ich weiß.«

Eine ganze Weile saßen die beiden schweigend beieinander. Gemeinsam dachten sie an Martin, Hannahs verstorbenen Ehemann.

Martin, Lorenz und Mark waren seit Kindertagen die besten Freunde und galten als unzertrennlich – wie einst die Musketiere. Vor drei Jahren, als Mark auf einer viermonatigen Rucksacktour durch Kanada unterwegs war, geschah das Unglück.

Seine beiden Freunde waren gemeinsam in den Bergen, als sie von einem Steinrutsch überrascht wurden. Lorenz war damals schwer verletzt gefunden und mit dem Helikopter ins Krankenhaus gebracht worden. Martin fand man erst Stunden später. Tot.

Mark hatte damals seine Reise sofort abgebrochen und war nach Hause zurückgekehrt. Er bemühte sich, seiner Schwester Halt zu geben, und kümmerte sich rührend um seine beiden vaterlosen Neffen. Gemeinsam mit seinen Eltern hatte er versucht die Normalität in ihrer aller Leben zu erhalten. Doch keiner von ihnen konnte Martin ersetzen.

Hannah richtete sich auf und blickte ihren Bruder fest an. »Du hast recht. Wenn ich darf, geh' ich mit den Buben morgen mit.«

Erfreut wollte Mark ihr antworten, doch Pauls lachendes Gebrüll ließ ihn innehalten.

»Mutti, jetzt hat Sepp auch noch ins Wohnzimmer gepinkelt.«

»Wehe, er hat auf meinen neuen Teppich gemacht.« Drohend hielt Hannah ihren Zeigefinger in die Höhe.

Mark küsste seine Schwester auf die Wange und griff reumütig nach dem Eimer.

***

Charlotte war den Tränen nahe, als sie den Inhalt des großen, braunen Umschlags studierte. Warum hatte sie sich die Unterlagen nicht schon zu Hause angeschaut? Wandern!

Bis vor wenigen Augenblicken war sie davon ausgegangen, lediglich ein Hotel testen zu müssen. Wellness. Ausflüge. Sightseeing. Shopping. All das hätte diese Reise in die Einöde wenigstens erträglich gemacht. Doch diese Stichpunkte suchte sie in Lehmanns Aufstellung vergeblich.

Single Hike? Was um alles in der Welt sollte das sein?

Ihre Füße schmerzten. Dunkelrote Druckstellen und Abschürfungen waren bereits deutlich zu erkennen. Insgesamt drei Blasen hatte sie seit ihrer Ankunft im Hotel gezählt. Eine an ihrem rechten kleinen Zeh und zwei an der linken Ferse. Die Erinnerung an den schmerzhaften Fußmarsch färbte ihr Gesicht in der aufkochenden Wut puterrot. Wissentlich hatte der Mann vom Bahnhof sie in die falsche Richtung geschickt. Dessen war sie sich absolut sicher. Sollte sie ihm je wieder begegnen, würde er dieses Aufeinandertreffen sicher niemals mehr vergessen. Das schwor sie sich.

Sie blätterte weiter und hielt den Prospekt der Veranstalter in den Händen. Gruppenwanderungen. Familienwanderungen. Als sie auf die Rückseite blickte, las sie schließlich *Single Hike* – Wanderungen für Singles. Doch noch ehe sie die Zeilen unter der Überschrift lesen konnte, zog ein Bild am Seitenrand ihre volle Aufmerksamkeit auf sich. Es war nicht das imposante Bergpanorama, das sie interessierte, sondern vielmehr die beiden Männer, die darauf abgelichtet waren.

Zunächst musterte sie den Blonden. Er hatte kurzes Haar, und sein Gesicht erinnerte Charlotte an einen typischen, aber durchaus sympathischen Lausbuben. Er hieß Lorenz Bucher und war einer der beiden Geschäftsinhaber.

Ihr Blick fixierte den zweiten Mann. Er überragte den Blonden um wenige Zentimeter. Sein dunkelbraunes Haar trug er ein wenig länger, so dass ihm einzelne Strähnen ins Gesicht fielen. Seine Augen hatte er leicht zusammengekniffen, und das verschmitzte Lächeln hätte Charlotte überall wiedererkannt. Ihr Kampfgeist war geweckt, denn vermutlich würde sie ihre Bahnhofsbekanntschaft – Mark Leitner – früher wiedertreffen, als gedacht.

Ein kurzer Blick auf die Uhr verriet ihr, dass sie nur noch knappe zwanzig Minuten Zeit hatte, ehe sie wieder in der Hotellobby sein sollte. So wurde es ihr jedenfalls bei der Ankunft mitgeteilt. Da die Zeit drängte, verstaute sie die gesammelten Notizen wieder und betrat das angrenzende Badezimmer. Die dunkle Nasszelle war äußerst überschaubar. Sie spritzte sich ein paar Tropfen Wasser in ihr Gesicht, ehe sie damit begann, ihren Lippenstift nachzuziehen.

Sie öffnete ihren Koffer und strich beinahe liebevoll über den dunkelgrauen Kleidersack, der ganz oben lag und in dem sich ihr neuestes Designer-Abendkleid befand. Sorgsam hängte sie die Kleiderhülle an den Garderobenhaken neben der Tür. Dann zog sie eine gelbe Kurzarmbluse und einen blauen, kurzen Sommerrock aus dem Koffer. Die einzigen Schuhe, die sie nicht zu drücken schienen, waren ihre mit Blumen verzierten Riemchen-Stilettos, durch deren Schnürung sie nun ihre rot lackierten Zehen steckte. Sie prüfte noch rasch den Inhalt ihrer Handtasche, strich beim Hinausgehen beiläufig über den Kleidersack und ließ dann die Hotelzimmertür hinter sich ins Schloss fallen.

Um zur Rezeption zu gelangen, musste sie zwei Stockwerke nach unten gehen. Der Aufzug war zu allem Übel vorübergehend nicht in Betrieb, weshalb sie die Treppe nehmen musste, die mit einem alten, abgenutzten Teppich überzogen war.

Sie betrachtete die Bilder im Treppenhaus. Moderne Kunst suchte man hier vergeblich. Neunzig Prozent des Wandschmucks waren Ölgemälde von Berglandschaften und Almhütten. Lediglich zwei gerahmte Fotografien zeigten das Hotel. Doch auch wenn das Hotel schon in die Jahre gekommen war und bei weitem nicht Charlottes gewohntem Standard entsprach, ließ sich nicht abstreiten, dass es sich in bester Lage befand.

Die Zimmer im Hotel *Bergblick* boten einen sensationellen Ausblick und machten seinem Namen alle Ehre. Blieb nur zu hoffen, dass sich der Eigentümer bald erbarmte und dem Haus die dringend notwendigen Modernisierungsmaßnahmen zuteilwerden ließ.

An der Rezeption traf Charlotte die junge Frau wieder, die ihr bei der Ankunft hilfsbereit zur Seite gestanden hatte. Die hübsche Rezeptionistin unterhielt sich angeregt mit einem Mann, den Charlotte unschwer als Lorenz Bucher identifizieren konnte.

Sein fröhliches Lachen wirkte ansteckend, denn ohne auch nur eine Silbe der Unterhaltung verstanden zu haben, begann Charlotte unwillkürlich zu lächeln.

»Ach, Frau Schönberg. Gut, dass Sie gerade kommen. Darf ich Ihnen Herrn Bucher vorstellen?« Das Telefon klingelte. »Oh, Moment. Entschuldigen Sie mich bitte.« Die Rezeptionistin nahm den Hörer ab und begrüßte den Anrufer.

»Lorenz Bucher. Es freut mich sehr, Sie kennenzulernen, Frau Schönberg.« Er musterte Charlottes extravagante Erscheinung und reichte ihr die Hand.

Auch Charlotte betrachtete ihn eingehend. Hätte sie ihn beschreiben müssen, dann sicherlich mit den Worten »Naturbursche«, »nett«, »attraktiv«, »zuvorkommend« und »leichtgläubig«. Sie war sich sicher, Lorenz Bucher war jemand, den sie innerhalb kürzester Zeit für sich gewinnen konnte. Und nachdem sie den Reiseplan von Lehmann gelesen hatte, waren das genau die Charaktereigenschaften, die sie vor einem einwöchigen Höllentrip bewahren konnten.

Das war ihre Chance, sich aus der Nummer herauszumanövrieren und die wollte sie nicht verstreichen lassen.

»Guten Tag, Herr Bucher. Wie Sie bestimmt schon erfahren haben, liegt Herr Lehmann mit einem gebrochenen Bein im Krankenhaus. Daher werden Sie diese Woche wohl oder übel mit mir vorliebnehmen müssen. Aber seien Sie unbesorgt, ich möchte Ihnen nicht weiter zur Last fallen. Am besten, wir treffen uns in den nächsten Tagen zu einem ausführlichen Interview. Und eventuell können Sie mir noch ein wenig Bildmaterial zur Verfügung stellen. Sie werden sehen, der Artikel ist umgehend druckfertig, und dann sind Sie mich auch schon wieder los. Warum auch der ganze unnötige Aufwand mit diesen Wanderungen! Ich vertraue Ihren Ausführungen da voll und ganz.« Charmant tätschelte sie seinen Arm.

Lorenz zog skeptisch seine Augenbrauen nach oben.

»Ähm, okay. Aber ich dachte, Sie …«

»Sie dachten, ich würde mit auf diese Bergtouren gehen?« Charlotte machte eine abfällige Bewegung. »Oh Gott, nein, ich bin definitiv kein Wandertyp, wie Sie vermutlich bereits erkannt haben. Und Sie sind doch auf eine positive Berichterstattung bedacht, oder nicht? Für jemanden, der mit der Bergwelt und allzu sportiven Angelegenheiten nichts am Hut hat, wäre dies eine Strafe. Und angefressen lässt es sich äußerst schlecht schreiben.«

Lorenz schien zu begreifen, was ihm Charlotte zu vermitteln versuchte. »Ich verstehe. Doch glauben Sie mir …«

Sie bot ihm keine Gelegenheit, zu Wort zu kommen. Sie hoffte darauf, dass ihr Gegenüber sich von ihrer arroganten Art einschüchtern ließ. Es wäre immerhin nicht das erste Mal, dass sie mit dieser Masche durchkäme. Und so sympathisch ihr Lorenz Bucher auch war, wenn es um eine Woche Bergwandern ging, würde sie die Krallen ausfahren.

»Dann ist es ja gut. So, und nun entschuldigen Sie mich bitte, ich benötige dringend Koffein. Auf Wiedersehen, Herr Bucher.« Mit ihrem schönsten Lächeln verabschiedete sie sich von Lorenz und ging davon.

Perplex drehte er sich zu Eva um. Sie hatte das Telefonat inzwischen beendet und lachte amüsiert.

»Da hast du aber nicht viel zu melden, Lorenz.«

»Meinst du, sie schreibt so schnell, wie sie spricht?«

»Das ist durchaus möglich.« Das Telefon klingelte erneut, und ehe Eva den Anrufer mit ihrer gewohnt freundlichen Stimme begrüßen konnte, verabschiedete sich Lorenz.

***

Es war kurz vor fünfzehn Uhr, als Mark auf die sonnige Terrasse des Hotels trat. Es waren nur noch wenige Plätze frei. Am ersten Tisch saß ein Männerquartett aus Hessen bei einem Frauentrio aus Wien. Er hatte die lustige Gruppe schon am Vormittag kennengelernt, als er sie vom Flughafen abgeholt hatte. Vier Single-Männer und drei Single-Frauen, die sich bereits bestens zu verstehen schienen und ihm nun fröhlich zuwinkten.

Er ließ seinen Blick über die Terrasse schweifen und entdeckte die Zwillingsschwestern Sandra und Susanne, die bei Gert, Patrick und Ulla saßen, die schon am Vortag mit dem Zug angereist waren.

Und da war ja auch die Fremde vom Bahnhof.

Während sie vermutlich auf ihre Bestellung wartete, hackte sie unermüdlich auf ihr Smartphone ein. Daran, dass sie nicht gestört werden wollte, ließ die attraktive Blondine keinen

Zweifel, denn sie drehte den restlichen Gästen den Rücken zu.

Lorenz kam aus dem Hotel und begrüßte Mark mit einem Schulterklopfen.

»Ist der Reporter endlich aufgetaucht?« Marks Augen wanderten wieder zu der Fremden, und er malte sich aus, wie wütend sie auf ihn sein musste, nachdem er sie in die falsche Richtung gelotst hatte.

»Tja, der Reporter liegt mit einem Gipsbein im Krankenhaus.« Lorenz folgte dem Blick seines Kameraden. »Dafür haben sie uns aber eine Vertretung geschickt.«

»Eine Vertretung?«

»Ja, und du starrst sie gerade an.«

Was? Das konnte doch nicht wahr sein! Das zickige, blonde Gift war die Vertretung für den Reporter? Mark hoffte, sich verhört zu haben.

»Sag, dass das nicht wahr ist. Bitte sag mir, dass das nicht wahr ist!«

Lorenz sah ihn verständnislos an. »Kennst du sie?«

»Ich habe sie vorhin am Bahnhof getroffen.«

»Ja, und? Keiner von uns wusste schließlich, dass dieser Lehmann sich das Bein gebrochen hat und für ihn eine Vertretung kommen würde.«

»Na ja, wir hatten leichte Startschwierigkeiten.« Mark starrte das kanariengelbe Oberteil an.

»Startschwierigkeiten?«

Er nickte. Wenn die Blondine tatsächlich die Vertretung des Reporters war, dann hatte er sehr tief ins Fettnäpfchen gegriffen – zu tief. Eine verärgerte Reporterin war so ziemlich das Letzte, was sie gebrauchen konnten.

»Ich geh einfach zu ihr und entschuldige mich.« Er wollte bereits loslaufen, als ihn Lorenz zurückhielt.

»Moment. Entschuldigen? Ich weiß zwar nicht, was zwischen euch vorgefallen ist, aber ich habe bereits mit ihr gesprochen. An unseren Touren hat sie keinerlei Interesse. Aber sie hat mir versichert, dass, vorausgesetzt wir lassen sie in Ruhe, sie durchweg positiv von uns berichten wird. Bis jetzt kennt sie nur mich, und solange sie nichts von dir weiß, hat sie auch keinen Grund, etwas Schlechtes zu schreiben.« Lorenz sah ihn fragend an. »Aber interessieren würde es mich schon, was da vorhin am Bahnhof los war.«

»Ich erzähl' es dir später, versprochen.« Mark schaute auf seine lederne Armbanduhr. »Treffen wir uns in fünf Minuten am Rathausbrunnen?«

»In Ordnung. Und jetzt sieh zu, dass du wegkommst.«

Als Mark außer Sichtweite war, trommelte Lorenz die Wandergesellschaft zusammen. Auf dem Parkplatz traf er einen weiteren Teilnehmer, der, wie sich herausstellte, mit dem eigenen Fahrzeug angereist war. Auch er war sehr sympathisch, und alles in allem schien es Mark, als hätte sich wieder eine bunte Mischung an Charakteren gefunden.

Ihre Wanderungen, die sie extra für Alleinstehende anboten, waren bis jetzt alle ein durchschlagender Erfolg geworden. Auch wenn sich nicht zwangsläufig Paare gefunden hatten, so waren doch zahlreiche Freundschaften und Bekanntschaften entstanden. Nicht zuletzt hatten sich immer alle während dieser außergewöhnlichen Woche amüsiert, und darauf kam es an.

Auf seinen zahlreichen Reisen ins Ausland hatte sich Mark von den Tourismusideen für Singles inspirieren lassen. Das Konzept war simpel: Befreit vom Alltag die Natur genießen und neue Menschen kennenlernen.

Die Wanderungen standen zwar im Vordergrund, dennoch

boten sie immer ein abwechslungsreiches Programm an.

Als die von Lorenz angeführte Truppe wenig später am Rathausbrunnen eintraf, war sich Mark sicher, dass sie gemeinsam eine kurzweilige Woche erleben würden. Schon nach den wenigen Schritten vom Hotel durch den Ort konnte er in durchweg entspannte und freundliche Gesichter blicken.

Für den ersten Tag ihrer Reise hatten Mark und Lorenz einen kleinen Spaziergang geplant. Über einen Panorama-Rundweg, erreichten sie binnen einer Stunde die erste Aussichtsplattform. Alle sollten sich erst einmal kennenlernen. Nicht nur Mark und Lorenz wollten sich und das Programm erneut vorstellen, auch die einzelnen Teilnehmer sollten die Möglichkeit erhalten, sich bekanntzumachen und die beiden Bergführer mit Fragen zu löchern.

Gespannt setzte sich die Gruppe in Bewegung zu ihrer ersten *Single Hike*-Tour.

***

Auf dem Beistelltisch des Hotelzimmers lag Charlottes neues Smartphone und vibrierte. Zwei Anrufe von Pascal hatte sie bereits ignoriert. Sie wusste, dass sie ein Gespräch mit ihm nicht länger aufschieben konnte. Er hatte ihr unmissverständlich klargemacht, was er von ihr erwartete, daher musste sie sich gut überlegen, wie sie auf seine Fragen reagierte. Eilig schlug sie die Reisebroschüre auf und nahm zögernd das Gespräch entgegen.

»Pascal. Schön, dass du dich meldest.« Sobald die Verbindung hergestellt war, begann Charlotte zu lächeln, als ob Pascal sie durch die Telefonleitung sehen könnte.

»Wie geht es dir?«

»Warum bist du so freundlich?« Der Tonfall des Chefredakteurs ließ seine Skepsis erahnen. »Ich dachte, du würdest mich vor lauter Wanderfrust durch die Telefonleitung ziehen. Also, was ist los? Wo bist du?«

»Nichts ist los. Ich bin gerade bei ähm …« Aufgeregt begann sie auf die erste Seite der Reiseinformation zu blättern.

»Wir wandern gerade …«, verzweifelt überflog sie das Blatt. »Kennenlernen. Wir machen gerade einen kleinen, entspannten Spaziergang, um uns besser kennenzulernen. Warum fragst du?« Charlotte schlug die Hand vor die Stirn. Nicht einmal sie selbst hätte sich geglaubt.

»Hältst du mich eigentlich für vollkommen dämlich?« Pascal sprach gefährlich leise.

»Aber nein, ich … Wir sind eben losgegangen.«

»Ich glaube dir kein Wort. Gib mir doch bitte mal einen von den beiden Geschäftsführern.«

»Die beiden sind schon vorausgelaufen. Du weißt doch, mit meiner Kondition ist es nicht zum Besten gestellt.« Sie lachte hektisch. »Ich bitte sie, dich nachher zurückzurufen.«

»Hör zu, Charlotte, wenn du mich …«

»Pascal? Pascal!« Aufgeregt zerknüllte Charlotte ein Blatt Papier neben ihrem Handy. »Pascal, ich kann dich nicht mehr hören. Wi … Abes … ein … lechten … pfang.«

Schnellstmöglich beendete sie das Gespräch. Bevor Pascal auf die Idee kommen konnte, erneut anzurufen, schaltete sie ihr Handy rasch aus.

Erleichtert ließ sich Charlotte auf das Bett fallen. Für die nächsten Stunden war sie sicher. Aber sie musste unbedingt mit diesem *Bucher* sprechen. Er müsste Pascal anrufen und sie decken. Sie hatte keinerlei Bedenken, dass sie Lorenz Bucher mit Leichtigkeit dazu bringen konnte.

Und sollte er ihr deshalb Probleme bereiten, wüsste sie ja, wie sie ihn unter Druck setzen konnte.

Das hässliche, grüne Telefon mit der antiquierten Wählscheibe in der Mitte, das auf dem noch viel hässlicheren, alten Nachkriegsnachtkästchen stand, klingelte. Reflexartig nahm sie den Hörer ab und hätte sich gleichzeitig dafür ohrfeigen können.

»Sag mal, für wie bescheuert hältst du mich eigentlich?« Noch nie in ihrem Leben hatte sie Pascal so laut brüllen gehört. »Du glaubst wohl, du kannst mich an der Nase herumführen. Aber nicht mit mir. Du wirst ab morgen den Job nach Plan erledigen. Du wirst auf diese verdammten Berge steigen, und du wirst einen ordentlichen Artikel abgeben. Hast du mich verstanden?« Er wartete keine Antwort ab, sondern legte grußlos auf.

Da hatte sie nun den Salat. Pascal war sauer. Musste sie am Ende womöglich noch um ihren Arbeitsplatz fürchten? Nein! Pascal würde sie niemals rauswerfen. Dafür war sie viel zu gut in ihrem Job.

Doch leider kollidierte seine Stimmung unglücklicherweise mit ihren Gala-Plänen fürs Wochenende und das bereitete ihr viel größere Sorgen.

***

Als Mark sein Telefonat beendete, war er sich nicht sicher, was er von dem Gespräch halten sollte. Der Chefredakteur des Magazins hatte ihn angerufen und gab ihm eindeutige Verhaltensweisen bezüglich seiner Journalistin an die Hand, an die er sich unbedingt halten sollte, und ihn beschlich das Gefühl, dass er unfreiwillig zum Babysitter degradiert worden war.

Aus dem Gespräch mit Pascal Hartmann ging unmissverständlich hervor, dass die Reporterin – Frau Schönberg – tatsächlich keinerlei Interesse an dieser Berichterstattung hatte, geschweige denn einen Artikel zu verfassen gedachte.

Sollten er und Lorenz sie nicht in Ruhe lassen, hatte die schrille Frau Schönberg Lorenz gegenüber mit schlechter Kritik gedroht. Andererseits würden sie sich mit dem Chefredakteur anlegen, sollten sie seinen Wünschen nicht nachkommen. Egal was sie machen würden, einer wäre stets gegen sie.

Nachdenklich ging er zurück zur Gruppe, die den Ausblick ins Tal genoss. Majestätisch erhob sich die wunderschöne Bergwelt vor ihnen. Die Luft war klar, sauber und unverbraucht.

Ein Blick in die gebannt blickenden Gesichter verriet ihm schnell, mit wessen Kondition es nicht zum Besten stand. Aber auch hierfür waren er und Lorenz gut vorbereitet. Sie hatten ihre Routen so gewählt, dass jedermann sie problemlos bewältigen konnte. Und für diejenigen, die sich damit unterfordert fühlten, boten die beiden Bergführer kleine Schikanen, Umwege und Parallelstrecken an.

Nachdem alle auf einer Wiese Platz genommen hatten, war es an Lorenz, das Programm der nächsten Tage zu erläutern. Er stellte die einzelnen Ausflüge kurz vor und gab einen ersten Einblick in das begleitende Rahmenprogramm.

»Wie ihr seht, es geht uns nicht darum, euch wild zu verkuppeln. Obwohl es dem einen oder der anderen vielleicht entgegenkommen würde …«

Ein fröhliches Lachen ging durch die Reihen.

»Wir möchten, dass ihr bei uns ein paar schöne Tage verbringt. Ihr sollt euch wohlfühlen, die Natur genießen und ein paar nette Leute kennenlernen. Wir sind eine bunte Truppe, und ich glaube, dass wir gemeinsam einiges erleben können und viel Spaß zusammen haben werden. Falls ihr etwas braucht oder Fragen habt, helfen Mark und ich euch gerne weiter.« Es wurde kurz applaudiert, ehe Lorenz weitersprach.

»Wir haben Namensschilder vorbereitet, die euch zu Beginn helfen sollen, einander kennenzulernen. Es wäre schön, wenn sich vielleicht jeder kurz vorstellen könnte. Ihr wisst schon: Alter, Beruf, Schuhgröße, etc.«

Die Zuhörer nickten.

»Der erste Name lautet …« Lorenz kramte in einem Umschlag und zog absichtlich seinen eigenen Aufkleber. »Lorenz. Was für ein Zufall. Dann mach ich doch am besten gleich den Anfang.« Er klebte das Stück Papier auf sein dunkelblaues T-Shirt und wandte sich wieder seinen Zuhörer zu.

»Mein Name ist Lorenz Bucher. Ich bin fünfunddreißig Jahre jung und trage Schuhgröße 43. Am liebsten esse ich Kaiserschmarrn mit Apfelmus. Was ich beruflich mache, wisst ihr ja bereits. Und wenn ich mal nicht in den Bergen bin, dann verbringe ich meine Zeit mit dem Restaurieren von Oldtimern.« Wieder kramte er in dem großen Umschlag. Dieses Mal zog er Marks Namen hervor.

Mark richtete sich auf und räusperte sich.

»Ich bin Mark Leitner und vierunddreißig Jahre alt. Ich trage Schuhgröße 45 und esse am liebsten Apfelstrudel. Ich bin ein leidenschaftlicher Motorradfahrer und Liebhaber.«

Die kleine Gruppe begann zu lachen.

»Ich wollte nur testen, ob ihr mir auch alle zuhört.« Mark blickte in die vergnügten Gesichter seines kleinen Publikums und durfte sich deren Aufmerksamkeit sicher sein. »Erst vor ein paar Tagen habe ich Familienzuwachs bekommen.«

Die Frauen der Gruppe ließen sich zu einem langgezogenen

»Oh« hinreißen und wollten wissen, ob es ein Junge oder ein Mädchen wäre.

»Es ist ein zwölf Wochen alter, gefräßiger, noch nicht stubenreiner Bernhardinerwelpe. Und Mark hat ihn nur, um Frauen anzumachen.« Lorenz klopfte seinem Freund kameradschaftlich auf die Schulter. »Stimmt's?«

»Bin ich so leicht durchschaubar?«

Lorenz nickte mitleidig. »Jetzt aber genug von uns zwei. Wir möchten schließlich euch kennenlernen.« Er griff wieder in den Umschlag und zog einen Namen nach dem anderen daraus hervor.

Den Anfang machte Gert aus Schwabing, dessen Kochleidenschaft man an seinem kleinen Bauchansatz erkennen konnte. Der Dreiundvierzigjährige war seit ein paar Wochen geschieden und von Beruf Lehrer.

Die kurzhaarigen, blonden Zwillinge Sandra und Susanne kamen aus Brandenburg. Sie waren sechsundzwanzig. Beide waren Krankenschwestern. Beide trugen Schuhgröße 39. Doch während Sandra leidenschaftlich gerne backte, war Susannes Leidenschaft eher die Malerei.

Bei der Gruppe aus Hessen handelte es sich um vier ehemalige Kommilitonen. Bernd, Chris, Horst und Walter waren sympathische Mittdreißiger, die einmal jährlich gemeinsam verreisten. Sie alle hatten BWL studiert und liebten Fußball.

Die drei Frauen aus Wien waren Cousinen. Die schwarzhaarige, zierliche Brigitte, die ihr Geld in einer Drogerie verdiente. Die Brünette, schlanke, Bianca – Finanzbeamtin. Und die dunkelblonde, vollbusige Natalie, eine sprachbegabte Managementassistentin.

Patrick war schüchtern. Er war leidenschaftlicher Informatiker, und seine zurückhaltende Art ließ darauf schließen, dass dies die einzige Leidenschaft in seinem Leben war. Der Neunundzwanzigjährige aß am liebsten Schokorosinen mit Chips und trug Schuhgröße 46.

Sechsundvierzig war gleichzeitig auch das Alter von Harald. Einem verwitweten Unternehmer aus Freiburg. Der passionierte Hobbyfotograf betrieb, gemeinsam mit seinem Neffen, eine kleine Parfümeriekette. Seine Füße, Größe 44, trugen den ein Meter neunzig großen, sehr gepflegten Mann regelmäßig zur Currywurstbude seines Vertrauens.

Ulla war zweiundvierzig. Die kinderlose Back-Künstlerin betrieb eine kleine Konditorei in Wuppertal. Am liebsten aß die zierliche Konditorin frischen Fisch mit Pellkartoffeln. Sie trug Schuhgröße 36, und ihr feines Gesicht wurde von einer herrlichen, blonden Lockenpracht umrahmt.

Als sich die Gruppe langsam wieder aufmachte, um zum Hotel zurückzukehren, schweiften Marks Gedanken ab. Er überlegte, wie er sich der dreisten Reporterin gegenüber verhalten sollte. Ein Aufeinandertreffen mit ihr war nun unausweichlich. Er schüttelte leicht den Kopf, als er an die Szenerie vom Vormittag dachte.

»Alles in Ordnung?«

Lorenz hatte sich leise pfeifend zurückfallen lassen, um mit Mark zu reden. Es schien ihm nicht entgangen zu sein, dass seinen Freund nach wie vor etwas beschäftigte.

»Wir haben ein Problem.« Mark fuhr mit den Fingern durch sein dunkelbraunes Haar. »Herr Hartmann hat mich vorhin angerufen. Du weißt schon, der Chefredakteur von *Daily Trends*. Anscheinend ist er mit der geplanten Berichterstattung von Frau Schönberg nicht einverstanden.«

»Wie meinst du das?«

Lorenz kniff seine Augen skeptisch zusammen.

»Also, wenn ich ihn richtig verstanden habe, ist sie nicht freiwillig hier. Im Gegenteil, sie wurde anscheinend vorübergehend hierher strafversetzt.« Mark kickte einen Stein weg.

»Strafversetzt?« Ungläubig sah Lorenz dem rollenden Stein hinterher.

»Ja. Laut diesem Hartmann hat unsere Reporterin ein wenig über die Stränge geschlagen. Kurzum, er hat mir gesagt, dass sie vermutlich alles Menschenmögliche versuchen würde, um sich vor den Wanderungen und dem Programm zu drücken. Und wenn wir es nicht schaffen, dem entgegenzuwirken, wird er den Artikel nicht veröffentlichen.«

»Was?« Entgeistert schaute Lorenz zu Mark, der keine Miene verzog. »Wie kannst du so ruhig bleiben? Das ist eine Katastrophe.«

»Egal was wir tun: Entweder wir verscherzen es uns mit der Reporterin oder mit dem Chefredakteur. Momentan überlege ich noch, welches das größere Übel ist.«

»Dann lass uns die ganze Geschichte abblasen.« Lorenz schüttelte enttäuscht den Kopf. »So viel zum Thema: Lieber schlechte Werbung als keine.«

»Noch bin ich nicht bereit aufzugeben.« Mark straffte die Schultern. »Ich werde mich darum kümmern. Mir wird schon noch etwas einfallen.«

ZWEI

Genervt ließ Charlotte den Hörer zurück auf die Gabel fallen. Es war kurz vor sechs Uhr morgens, und sie war von Mark Leitner gewaltsam aus ihrem schönen Schlummer gerissen worden.

Es klingelte erneut. Das war doch die Höhe! Was bildete sich dieser Kerl eigentlich ein? Missmutig griff sie nach dem Hörer und setzte zu übelsten Beschimpfungen an. Er kam ihr jedoch zuvor.

»Gnädigste, wenn Sie in fünf Minuten nicht hier unten sind, werde ich Sie höchstpersönlich abholen.«

»Sagen Sie mal, was erlauben ...« Es tutete an ihrem Ohr. Dieser ungehobelte Hinterwäldler besaß doch tatsächlich die Frechheit und hatte einfach aufgelegt.

Die ersten Sonnenstrahlen des Tages schimmerten durch die dicken Vorhänge in ihr Hotelzimmer. Es war der ideale Tag, um zu relaxen, ein wenig zu bummeln und die Sonne zu genießen. Und sicher nicht, um irgendeinen Berg zu erklimmen. Noch während sie über die unverfrorene Art von diesem

Leitner nachgrübelte, döste sie erneut ein. Hätte sie das lautstarke Hämmern an ihrer Zimmertür nicht erschrocken zusammenzucken lassen, wäre sie sicherlich wieder eingeschlafen.

Charlotte musste sich kurz sammeln und schoss dann wutentbrannt aus dem Bett. Sie stapfte zur Tür, die sie aufriss, um ihr Gegenüber zornig anzugiften.

»Sagen Sie mal, hat man Ihnen keine Manieren beigebracht? Ich habe mit Herrn Bucher bereits alle Details besprochen. Wenn Sie mich also nicht augenblicklich in Ruhe lassen, werde ich es mir mit meiner wohlgesonnenen Berichterstattung noch einmal überlegen.« Sie kehrte auf dem Absatz um und gab der Tür einen kräftigen Stoß. Doch anstatt lautstark in das Schloss zu fallen, stieß die Tür gegen die Handfläche des Eindringlings und sprang wieder auf. Charlotte blieb stehen. Ihr Puls beschleunigte sich rasant, und sie spürte ein unangenehmes Rauschen in ihren Ohren.

Als sie sich wieder umgedrehte, stand er in ihrem Türrahmen und hatte sich groß und bedrohlich aufgebaut. Seine dunkle Cargohose und die schwarze Jacke ließen seine Gestalt düster wirken. Wie am Vortag hatte er auch dieses Mal seine Haare mit den Fingern aus dem Gesicht gestrichen. Seine Augen waren so eng zusammengekniffen, dass sie deren Farbe nicht erkennen konnte. Und dennoch kam sie nicht umhin festzustellen, dass Mark Leitner ein durch und durch attraktiver Mann war.

»Verlassen Sie sofort mein Zimmer!« Mit einer theatralischen Geste bedeutete sie ihm, zu verschwinden. Als er sich vom Türrahmen löste, wich sie jedoch eingeschüchtert zurück. Schlagartig wurde ihr bewusst, dass ihr leichtes, beinahe durchsichtiges, weißes Babydoll, das auf Hüfthöhe endete, bei jeder Bewegung einen Ausblick auf ihren weißen Slip gewährte.

Er sah ihr jedoch ausschließlich in die Augen und blickte sie wissend an. »Sie haben exakt fünf Minuten Zeit, sonst zwingen Sie mich dazu, Herrn Hartmann anzurufen.« Er drehte auf dem Absatz um und verschwand im dunklen Flur.

Verflucht. Pascal hatte mit ihm gesprochen. Somit wusste er also von ihrer misslichen Lage. Und wenn sie ihren Job behalten wollte, wäre sie ihm hilflos ausgeliefert. Wie konnte Pascal ihr nur so etwas antun!

Charlotte sah zur Uhr. Sie hasste es, so früh aufstehen zu müssen. Widerwillig schleifte sie ihre müden Knochen zum Badezimmer und gab der Zimmertür im Vorübergehen einen Stoß, die dieses Mal lautstark in ihr Schloss fiel.

Wenige Minuten später trat sie wieder aus dem Bad und hoffte, sich in der Kürze der Zeit wenigstens einigermaßen passabel hergerichtet zu haben. Sie war es gewohnt, sich mit ihrer Morgentoilette mehr Zeit zu lassen. Dennoch hatte sie es noch geschafft, ihre Haare zu binden und ein dezentes Make-up aufzulegen.

Der Blick in ihren Koffer stellte jedoch die größte Herausforderung dar. Nachdem sie sich sehr schnell für cremefarbene Shorts und ihre bunte, neue Designer-Blümchenbluse entschieden hatte, zerbrach sie sich über die Wahl der Schuhe beinahe den Kopf. Liebend gerne hätte sie sich für ihre knallroten Lederpumps entschieden. Da diese aber mehr als unangebracht waren für den Ausflug in die Berge, griff sie nach den einzigen flachen Schuhen, die in ihrem Koffer lagen – ihre weißen Ballerinas. Schmerzerfüllt verzog sie das Gesicht, als die Schuhe gegen ihre Blasen drückten.

Es klopfte erneut gegen die Tür.

Genervt verdrehte sie die Augen. Sie musste sich dringend etwas gegen den aufdringlichen Wanderführer einfallen lassen. Denn solange sie nicht wusste, wie sie etwas gegen ihn unternehmen konnte, war sie ihm ausgeliefert.

»Die fünf Minuten sind vorbei.«

Mark lehnte lässig an der Wand auf der gegenüberliegenden Seite des Ganges, als Charlotte die Tür öffnete.

»Hier.« Er hielt ihr ein kleines Paket entgegen. »Da Sie das Frühstück versäumen werden, dachte ich, Sie möchten sich eventuell unterwegs noch stärken.«

Charlotte zog die Zimmertür hinter sich ins Schloss und schenkte ihm einen verächtlichen Blick.

»Danke. Ich frühstücke nicht.« Sie ließ Mark stehen und humpelte den Flur entlang. Jeder einzelne Schritt schmerzte sie.

»Haben sie etwa Blasen an den Füßen?«

Wutentbrannt schoss sie zu ihm herum und sah, wie er genüsslich in das belegte Brötchen biss, das er ihr zuvor angeboten hatte.

»Jetzt hör mir mal gut zu, Freundchen.« Sie bohrte ihren Zeigefinger in seine Brust, und das Blut pulsierte in ihren Adern. »Ich werde mir mit Sicherheit nicht alles gefallen lassen. Und die Aktion mit der Wegbeschreibung werde ich auch so schnell nicht vergessen. An allem sind nur Sie schuld. Das werden Sie mir büßen, das schwöre ich.« Sie riss ihm die Semmel aus der Hand und stapfte wütend die Treppen nach unten.

***

Eigentlich hätte Mark Charlottes Drohung einschüchtern sollen. Doch er amüsierte sich geradezu köstlich, während er ihr hinterherblickte. Sie musste höllische Schmerzen haben. Die geplante Tour würde sie mit ihren ramponierten Füßen definitiv nicht durchstehen. Aber ein bisschen leiden sollte die arrogante Zicke noch, ehe er ihr seine Hilfe anbot.

Mark rannte hinter ihr die Treppe hinunter. »Wie sieht's denn mit Wanderschuhen aus?«

Charlotte blieb stehen. »Sehe ich so aus, als ob ich Wanderschuhe besitze?«

Er musterte provokant ihre schlanke Silhouette. »Nein, definitiv nicht.«

»Oh bitte.« Genervt verdrehte Charlotte die Augen und ging weiter.

Als sie das Foyer schließlich betraten, war weit und breit keine Menschenseele zu sehen. Nicht einmal die Rezeption war besetzt.

»Wo sind denn die anderen?«, fragte sie naiv.

»Welche anderen?« Mark konnte ein zufriedenes Grinsen nicht zurückhalten. Charlotte war kurz davor zu explodieren und warf verärgert das Brötchen nach ihm.

Anstatt ihn zu treffen, fing er es jedoch auf. Er ging an ihr vorbei und bedeutete ihr, ihm zu folgen. »Na los. Komm schon.«

»Das zahle ich Ihnen heim. Du … Du …«

Beim Verlassen des Hotels fiel ihr Blick auf sein Motorrad, das direkt vor dem Eingang parkte.

»Du … Du … Was?« Ungerührt reichte er ihr einen Helm.

»Ich steige auf gar keinen Fall auf so ein Teil, du … Du Hinterwäldler.« Ehrfurchtsvoll wich Charlotte zurück.

Mark blieb so dicht vor ihr stehen, dass nur noch der Helm sie trennte. »Glaub mir, du wirst aufsteigen.«

»Und wenn nicht? Was willst du dann tun? Du kannst mich

nicht zwingen.« Bockig verschränkte sie ihre Arme vor der Brust und wandte den Blick ab.

»Nein, zwingen kann ich dich nicht. Aber ich könnte mich ein wenig mit deinem Chef unterhalten, der mich bereits vorgewarnt hat. Gestern Abend am Telefon sagte er mir bereits, dass du über ein sehr aufbrausendes Wesen verfügen sollst und dass du es mir nicht einfach machen wirst. Die Entscheidung liegt also bei dir. Doch ich gebe dir einen gutgemeinten Rat: Erspar uns dieses ganze Drama!« Erneut hielt er ihr den Helm hin.

»Und wo werden wir hinfahren?« Trotzig riss sie den Helm an sich und setzte ihn auf.

»Das wirst du schon noch früh genug erfahren.« Nachdem er sich die Semmel genüsslich in den Mund gesteckt hatte, zog er seine Jacke aus, um sie der nervigen Reporterin umzulegen.

Sie schien überrascht von seiner Fürsorge. Der kühlen Morgenluft geschuldet, schlüpfte sie ohne ein weiteres Widerwort hinein.

Mit einer weit ausholenden Bewegung schwang Mark das rechte Bein über sein Motorrad und stellte es auf. Nachdem er Platz genommen hatte, klopfte er auf den kleinen Sitz hinter sich.

Umständlich machte sich Charlotte daran aufzusteigen. Während sie versuchte, ihr Bein über das Motorrad zu hieven, suchte sie an Marks Oberarm verkrampft nach Halt. Nur mit viel Mühe schaffte sie es schließlich, ihre endgültige Sitzposition einzunehmen. Nachdem er ihr erklärt hatte, wo sie ihre Füße aufzustellen hatte, steckte er das letzte Stück der Semmel in seinen Mund und setzte seinen Helm auf. Mit einem röhrenden Geräusch startete das motorisierte Zweirad. Als sie sich in Bewegung setzten, krallte sie sich an seiner Taille fest.

Keine fünf Minuten später stieg Charlotte zitternd wieder ab. Sie hatten ihr Ziel erreicht – ein Fachgeschäft für Wanderfreunde in der benachbarten Gemeinde.

»Was wollen wir hier?« Ihr Blick schweifte über die menschenleere Straße.

»Wir besorgen dir ein paar ordentliche Wanderschuhe.« Seine Hand lag auf ihrem Rücken. Sanft dirigierte er sie in Richtung des Ladenlokals, wo sie bereits von einer zierlichen, älteren Dame erwartet wurden. Noch ehe sie über die Türschwelle treten konnten, hatte sie sich zur Begrüßung bereits an Mark gedrückt.

»Mark. Schön, dass du vorbeischaust.« Sie ließ von ihm ab und musterte neugierig seine Begleitung. »Was kann ich für euch beide tun?«

»Wir brauchen dringend Wanderschuhe.« Er zeigte missbilligend auf Charlottes Ballerinas.

»Kind, Kind, Kind.« Die kleine Frau schüttelte den Kopf. Ihre dunkelbraunen Locken, die ihr Gesicht umrahmten, wippten aufgeregt mit. »Mit solchen Schuhen kann man doch nicht in die Berge gehen.«

»Es ist ja nicht so, als ob ich freiwillig da rauf gehen würde.«

»Ach, nein?« Verdutzt blickte die Verkäuferin Charlotte an.

»Nein. Er zwingt mich.« Provokativ stemmte Charlotte ihre Fäuste in die Taille.

»Er zwingt Sie? Mark zwingt Sie?« Ihr entsetzter Blick ließ keinen Zweifel daran, dass sie eine Erklärung wünschte. »Mark, stimmt das?«

»Ich bin hier lediglich der Spielball zwischen einem verärgerten Chefredakteur und einer unruhestiftenden Journalistin. Und selbst wenn ich sie zwingen muss, dann definitiv nicht aus meiner eigenen Intention, sondern weil ich selbst gezwungen werde.« Ohne weiter auf das heikle Thema einzugehen, wandte er sich zu dem Regal mit den Damen-Wanderschuhen um. »Welche Größe?«

In Charlottes Kopf begann es zu rattern. Pascal zwang Mark also dazu, sie auf diese Touren zu schleifen. Doch welches Druckmittel sollte der Chefredakteur haben?

»Moment. Pascal zwingt dich dazu, mich auf die Berge zu schleifen, weil er sonst …?«

»Weil er sonst den Artikel nicht veröffentlicht.«

»Den Artikel, den ich schreiben soll?« Sie überlegte kurz. Triumphierend, endlich die Achillesferse ihres Feindes gefunden zu haben, lehnte sie sich gegen eines der Warenregale. »Wenn ich mit meinem Bericht fertig bin, ist es dir vielleicht lieber, er würde nicht erscheinen. Schon einmal darüber nachgedacht?«

»Ich glaube, dieser Hartmann kennt dich gut. Sehr gut sogar. Denn genau diese Reaktion hat er mir vorausgesagt.«

Er stellte ein Paar Wanderschuhe neben ihren Füßen ab.

»Dann verstehe ich diesen ganzen Zirkus hier nicht. Ich hatte mit deinem Geschäftspartner bereits alles besprochen. Wir waren uns einig, dass ihr mich in Ruhe lasst und dafür einen guten Artikel von mir bekommt.«

»Tja, irgendetwas musst du aber angestellt haben. Denn dein Chef schien von deiner Idee überhaupt nicht begeistert. Ganz im Gegenteil. Er hat uns unmissverständlich klargemacht, dass der Artikel nur in den Druck geht, wenn du auch tatsächlich auf den Touren dabei bist.«

Charlotte verzog das Gesicht. »Und was bringt euch das? Und komm mir jetzt nicht mit so einem Blödsinn – lieber schlechte Werbung als keine.«

Sein siegreiches Lächeln verunsicherte sie.

»Ich sagte, der Artikel geht nur in den Druck, wenn du bei den Wanderungen dabei bist. Ich sagte nicht, dass ich ihn vorher nicht überarbeiten darf.«

Charlotte verlor jegliche Gesichtsfarbe. »Das ist nicht dein Ernst?« Entsetzt sackte sie auf einem der Hocker zusammen.

»Solltest du nicht mitkommen, bist du vermutlich deinen Job los, und ich kann meinen Artikel vergessen. Was um alles in der Welt ist also so schlimm daran, ein paar Tage in der Natur zu verbringen?« Verständnislos blickte er auf sie herab.

Charlotte saß noch immer wie ein Häufchen Elend vor ihm. Sie versuchte die Nachricht zu verdauen, dass ihr Chefredakteur, und, wie sie meinte, auch langjähriger Freund, ihr derart in den Rücken gefallen war. Hatte er etwa Zweifel an ihrer Objektivität? Rückblickend hatte sie oft ungewöhnliche Wege gewählt, um an ihre Ziele zu gelangen. Doch sie war stets loyal und nicht beeinflussbar. Etwas Schlimmeres hätte er ihr nicht antun können. Ihr Magen zog sich zusammen, und ein Gefühl von Übelkeit überkam sie. Sie hätte einfach aufstehen können und gehen, doch ihr Job war ihr Ein und Alles – ihr Leben. Ihren Arbeitsplatz aufzugeben, brachte sie nicht übers Herz. Stillschweigend griff sie nach den Wanderschuhen. Die nette Verkäuferin reichte ihr ein paar Strümpfe dazu.

Wäre sie in einer anderen Situation gewesen, hätte sich Charlotte vermutlich gefreut, dass die Schuhe wie angegossen saßen. Jetzt hingegen betrachtete sie teilnahmslos die braunen Galoschen, die zwar farblich zu ihren Shorts passten, aber leider überhaupt nicht zu ihr.

»Können wir gehen?« Es ergab keinen Sinn, die Situation weiter hinauszuzögern. Rasch erhob sie sich und gab der Verkäuferin den Auftrag, die Rechnung doch bitte ins Hotel zu schicken. Ohne ein weiteres Wort verließ sie das Geschäft.

Mark nahm Charlottes Schuhe an sich und bat seine Mutter, sie vorläufig aufzubewahren. »Ich hole ihre Schuhe heute Abend und bringe sie dann unserem blonden Gift.«

»Nicht jedes Gift ist tödlich.« Ursula Leitner lächelte und tätschelte den Arm ihres Sohnes.

»Dann sind wir doch froh, dass ich regelmäßig geimpft wurde.« Er küsste seine Mutter liebevoll auf die Wange und verabschiedete sich von ihr. Nachdenklich trat er ins Freie. Es war ein gefährliches Spiel, auf das er sich einließ. Inständig hoffte er, nicht zu hoch gepokert zu haben. Sollte Charlotte je dahinterkommen, dass er sie angelogen hatte … Er wollte sich die Konsequenzen nicht ausmalen. Die Gedanken an eine derartige Eskalation verbannte er in den hintersten Winkel seines Kopfes.

***

Mark lenkte sein Motorrad durch die malerischen Landschaften des Salzkammerguts, was Charlotte unwillkürlich an kitschige Heimatfilme erinnerte, die mit der Realität nichts gemein hatten.

Nein, mit der Realität hatte dies wirklich nichts zu tun. Das wahre Leben verlief nicht so idyllisch. Täglich musste man kämpfen, um sich und seinen Platz in der Gesellschaft zu verteidigen. Niemand bekam heutzutage noch etwas geschenkt. Es sei denn, man hatte einen dicken Fisch wie Jan Wellbrock am Haken. Dann erhielt man Blumen und Champagner. Und jetzt, wo sich ihr endlich die Gelegenheit geboten hätte, ihn wiederzusehen, um sich persönlich bei ihm für seine

Geschenke zu bedanken, saß sie in der Pampa fest. Es war zum Verrücktwerden.

Beim Gedanken an Jan begann sie unter dem schweren Motorradhelm zu lächeln. Der Großunternehmer hatte ihr nach allen Regeln der Kunst den Hof gemacht. Wie es sich für eine Frau von Welt gehörte, ließ ihn Charlotte eine ganze Weile schmoren. Und es hatte sich gelohnt: Er hatte angebissen. Sie musste nur noch die Gelegenheit bekommen, die Schnur einzuziehen.

Schon seit geraumer Zeit sahen sie sich in unregelmäßigen Abständen auf Society-Events, von denen sie für *Daily Trends* berichtete. Der begehrte Millionär war stets von den attraktivsten Frauen umgeben, doch er war zu bodenständig, um sich dem Jetset-Leben und der Schickeria zu verschreiben. Als Charlotte anfänglich sein Leben durchforstet hatte, fand sie nicht den kleinsten Fleck auf seiner reinen, weißen Weste. Allein das war schon ungewöhnlich für einen Unternehmer seiner Größenordnung.

Als er sich dann auch noch ernsthaft mit ihr über die Arbeit einer Klatschreporterin unterhielt, wusste sie, dass es sich bei ihm um ein seltenes Exemplar seiner Gattung handelte. Einen richtigen Traummann, wie ihn sich jede Frau nur wünschen konnte.

Mark Leitner hingegen war weit davon entfernt, ein Traummann zu sein. Es sei denn man stand auf solch burschikose Landeier. Sein attraktives Äußeres und seine breiten Schultern konnten Charlotte nicht über das flegelhafte Auftreten und die nicht vorhandenen Manieren hinwegtrösten.

Verunsichert von der kurvenreichen Straße, suchte sie nach Halt und krallte sich an Mark fest. Wenngleich ihr die Berührung durchaus bewusst und überaus unangenehm war, so hoffte sie zumindest, dass ihre langen Fingernägel sich durch den Stoff seines Hemdes hindurchbohren konnten. Sollte er ruhig Schmerzen haben. Schließlich war er es, der mit einem Motorrad angekommen war.

Doch anstatt zusammenzuzucken, spannte Mark reflexartig seine Muskeln an. Irritiert hätte Charlotte am liebsten ihre Hände von ihm gelöst – gezwungenermaßen ließ sie es jedoch. Wäre es nicht ausgerechnet Mark Leitner gewesen, hätte dieser intime Körperkontakt etwas durchaus Aufregendes gehabt. Doch solche Gedanken ausgerechnet mit ihm in Verbindung zu bringen, schien ihr unmöglich. Er war schließlich der Feind! Dennoch war sie mit ihren anfänglichen Racheplänen noch nicht weitergekommen.

Nach der Fahrt durch ein Tal, das sich zwischen imposanten Felsmassiven hindurchschlängelte, stoppte Mark sein Motorrad an einer Seilbahnstation. Charlotte versuchte ihre Unsicherheit zu überspielen, indem sie in Windeseile aus dem Helm und seiner Jacke schlüpfte und ihm beides entgegenstreckte.

»Alles in Ordnung?« Er nahm die Utensilien an sich und blickte sie fragend an.

»Es geht mir blendend. Das sieht man doch. Ich kann es kaum erwarten, in diesen klobigen Galoschen auf diese blöden Berge zu steigen.« Erschrocken über ihren aggressiven Tonfall wich Charlotte zurück. Sie nahm auf einer Bank Platz und brachte es nicht über sich, ihn noch einmal anzuschauen. Ihr war bewusst, dass sie sich eben wie ein eingeschnapptes Kind aufgeführt hatte. Mark brachte anscheinend ihre schlechtesten Seiten zum Vorschein. Deshalb war es ihr gerade recht, dass er wortlos zu dem kleinen Häuschen der Seilbahnstation ging und sie allein zurückließ.

Als er außer Sichtweite war, lehnte sich Charlotte zurück und sah sich um. Außer den Bergen war jedoch nicht viel zu sehen. Ein kleines Wäldchen hinderte sie am Blick in das Tal. Gelangweilt fuhr sie mit den Schuhsohlen über den Kiesboden. Die Stille, die sie umgab, war ungewohnt. Nachdenklich beobachtete sie die Wolken, die über sie hinwegzogen.

Mark kam wenige Augenblicke später zurück und setzte sich mit zwei dampfenden Kaffeetassen neben sie.

»Hier. Ich wusste nicht, wie du deinen Kaffee trinkst.« Er reichte ihre eine Tasse, die sie gerne entgegennahm.

»Schwarz. Danke.« Zaghaft nippte sie daran und genoss es, wie das heiße Getränk ihre Kehle hinunterrann.

Eine ganze Weile saßen sie schweigend nebeneinander, ehe Charlotte die Sprache wiederfand.

»Worauf warten wir hier eigentlich?« Sie kniff die Augen zusammen und blickte zu ihm auf.

»Wir warten auf die anderen.« Er sah auf seine Armbanduhr. »Aber wir haben noch ein wenig Zeit.«

»Wie viel Zeit genau?«

»Eine knappe Stunde.«

Charlotte schnaubte verächtlich, während er seine Beine weit von sich streckte.

»Es ist, als hättest du es darauf angelegt, mich in den Wahnsinn zu treiben.« Sie nahm einen kräftigen Schluck ihres Kaffees.

»Das kann ich tatsächlich nicht abstreiten.«

Verblüfft über seine prompte und ehrliche Antwort verschluckte sie sich. Hilfsbereit nahm Mark ihre Tasse und stellte sie auf den Boden, ehe er fürsorglich auf ihren Rücken klopfte.

Ein schmerzhafter Hustenreiz schnürte ihr die Kehle zu. Tränen schossen in ihre Augen. Es dauerte einige Augenblicke, ehe sie sich wieder erholt hatte.

»Geht's wieder?« Mark sah sie besorgt an und strich ihr über die Schultern.

Charlotte war von seiner Berührung irritiert, die schon beinahe als zärtlich zu bezeichnen war. Die feinen Härchen an ihrem Unterarm stellten sich senkrecht auf, und sie erschauderte. »Du willst mich umbringen, gib es ruhig zu.«

»In der Tat, zwischendurch habe ich immer wieder mit dem Gedanken gespielt.«

Unbeabsichtigt griffen sie beide gleichzeitig nach der Kaffeetasse, die noch immer auf dem Boden stand. Schmerzhaft schlugen ihre Köpfe gegeneinander.

»Spätestens jetzt weiß ich, dass du tatsächlich so einen Dickschädel hast.« Er schmunzelte belustigt.

»Zwei Mordanschläge binnen einer Minute. Sollte ich mir Sorgen machen?« Charlotte tastete über die schmerzende Stelle an ihrer Stirn. Die Situation war derart grotesk, sie musste einfach darüber lachen.

***

Das befreite und ehrliche Lachen der Reporterin machte ihm Charlotte beinahe sympathisch. Mark musste sich eingestehen, dass dieses unerwartet natürliche Verhalten sie noch attraktiver erscheinen ließ als bisher.

Als sie ihm am frühen Morgen nur mit diesem Hauch von Nichts bekleidet die Tür geöffnet hatte, wäre er am liebsten gestorben. Nur unter Aufbringung all seiner Willenskraft hatte er sich nicht dazu verleiten lassen, sie schamlos anzustarren. Sie konnte noch so kratzbürstig sein, er fühlte sich auf faszinierende Weise von ihr angezogen.

Das Motorrad hatte er am Morgen nur genommen, um sie zu ärgern. Doch als sie sich während der Fahrt an ihm festklammerte, bereute er seine Entscheidung sogleich. Er hatte größte Mühe gehabt, sich auf die Straße und den Verkehr zu konzentrieren. Zu verlockend war die Ablenkung, die hinter ihm saß und deren Körper sich fest an seinen presste.

»Du starrst mich an.«

Mist. Sie hatte ihn tatsächlich dabei ertappt, wie er sie unverhohlen angaffte. Doch er ließ sich, beinahe schon routiniert, nichts anmerken. »Tja, es gibt schlimmere Motive.«

»Was für eine eigenwillige Art zu flirten. Macht man das so bei euch?« Sie lehnte sich gegen die alten Holzbalken der Bank.

»Einem richtigen Flirt mit mir bist du noch nicht gewachsen.« Seine rechte Augenbraue schoss herausfordernd in die Höhe.

»Schlimmer als die wildgewordene Bestie, drei Blasen an den Füßen, ein Erstickungsanfall und die dicke Beule kann es vermutlich nicht mehr werden. Obwohl …«, sie lachte erneut.

»Nein, nicht schlimmer.« Er schluckte hart und sah sie eindringlich an. »Aber gefährlicher.«

»Du machst mich neugierig.«

Charlotte schenkte ihm ihr verführerischstes Lächeln, und er ließ sie glauben, dass es wirkte. Er neigte seinen Kopf, und ihre Lippen kamen sich gefährlich nahe. Er verharrte in seiner Position und sah in ihre erwartungsvollen Augen.

Sie provozierte ihn, und er durfte unter keinen Umständen in ihre Falle tappen.

»Beinahe hätte ich dir das Theater abgekauft.«

»Einen Versuch war es jedenfalls wert.«

Ihr Lächeln hatte etwas herrlich Verschmitztes. Mark konnte sich kaum daran sattsehen.

»Gott, du bist verdammt gut.« Hastig stand er auf und nahm ihr die halb leere Tasse aus der Hand. »Ich hole uns besser noch einen.«

***

Noch vor wenigen Minuten hätte sich Charlotte nicht vorstellen können, ausgerechnet mit Mark Leitner einen so unterhaltsamen Schlagabtausch führen zu können. Doch er hatte es mit seiner frechen Art geschafft, sie für wenige Augenblicke aus der Tristesse ihrer selbstverschuldeten Notsituation zu holen.

Sie hatte versucht, nach dem kurzen Strohhalm zu greifen, der vor ihrer Nase hin und her schwenkte, indem sie sich Mark kurz von ihrer charmanten Seite präsentierte. Aber er war nicht darauf reingefallen.

Dennoch wurde ihr bewusst, dass sie ihm genauso unvorbereitet vor die Nase gesetzt worden war wie er ihr. Er hätte sie am Morgen auffliegen lassen können, doch er hatte es nicht getan. Der Artikel schien ihm demnach sehr wichtig zu sein.

Während die beiden auf den Rest der Wandergruppe warteten, waren sie tunlichst darauf bedacht, sich aus dem Weg zu gehen. Charlotte nahm ihr Smartphone aus der Tasche und beantwortete einige E-Mails, während Mark sich in eine Wanderkarte vertiefte und zahlreiche Bemerkungen dazu notierte.

Als der Kaffee seine Wirkung zeigte, ging Charlotte zum Stationshäuschen. Eine freundliche, ältere Dame nickte ihr zu und deutete auf eine Tür.

Als sie wenige Minuten später zurückkam, parkte ein sportiver, dunkler Mittelklasse-Kombi vor der Tür. Ein etwas älterer Herr stütze sich gegen das Wagendach. Er war äußerst sportlich gebaut und durchaus attraktiv. Das markante

Gesicht, die gefährlich dreinblickenden Augen – unverkennbar musste er Marks Vater sein.

Er unterhielt sich über das Wagendach hinweg mit einer zierlichen, jungen Frau. Sie stand dicht neben Mark und hatte einen Arm um seine Taille geschlungen. Sie wirkten vertraut miteinander. Auch die beiden Jungen, die Charlotte von ihrer Ankunft am Bahnhof noch kannte, hatte sie entdeckt. Fehlte nur noch ihr schlimmster Albtraum – die Bestie. Sie hatte das Vieh zwar noch nicht gesehen, sie ahnte jedoch, dass der Köter hier irgendwo sein musste.

Vorsichtig trat Charlotte unter dem Dachvorsprung hervor und hielt Ausschau nach dem haarigen Übel. Doch weit und breit war kein Hund zu sehen. Erleichtert atmete sie tief durch.

Zu früh, wie sich erwies. Nur wenige Sekunden später erlebte sie ein Déjà-vu, auf das sie liebend gerne verzichtet hätte. Das Monster hatte sich in den Schatten des Wagens gelegt und auf sie gelauert. Schlagartig hob der Kläffer den Kopf, als sie sich bewegte.

Erschrocken machte Charlotte auf dem Absatz kehrt und rannte zurück in die Seilbahnstation. Lautstark fiel die Tür hinter ihr ins Schloss. Komplett überfordert lehnte sie sich gegen eine Wand, die mit zahlreichen Plakaten und Informationen behängt war. Ihre Knie wurden weich. Als sich plötzlich die Eingangstür öffnete, vergaß sie einen Augenblick zu atmen.

»Alles in Ordnung?« Mark stand im Türrahmen.

»Nein«, schrie sie. Als sie auf ihn zutrat und ihm mit einer weitausholenden Bewegung gegen die Brust schlug, zitterte sie am ganzen Körper. Mark blickte in ihre aufgerissenen Augen. Doch ihre Ängste konnte er vermutlich nicht nachvollziehen. Zu ihrer Überraschung machte er jedoch einen weiteren Schritt auf sie zu und schloss sie tröstend in seine Arme.

Sie barg ihre Wange an seiner Brust, und sein gleichmäßiger Herzschlag beruhigte sie.

»Versprich mir, dass du das blöde Vieh in Zukunft von mir fernhältst.«

»Er ist noch ein Baby und erst zwölf Wochen alt. Er will dir nichts tun. Der Kleine ist nur neugierig.«

Bestimmend blickte sie zu ihm auf. »Versprich es!«

»Ist ja gut. Ich verspreche es.«

Marks Vater betrat die Seilbahnstation, und Charlotte wurde sich bewusst, dass er sie in enger Umarmung vorfand. Doch anstatt sie argwöhnisch zu mustern, erkundigte er sich umgehend nach ihrem Wohlbefinden.

»Geht es Ihnen gut?« Marks Vater deutete nach draußen. »Der Kleine ist im Wagen. Sie können also gerne wieder herauskommen.«

»Ich danke Ihnen.« Erleichtert atmete Charlotte auf. Sie löste sich abrupt aus Marks Armen, da ihr die Nähe zu ihm plötzlich absurd vorkam. Dann reichte sie seinem Vater die Hand. »Charlotte Schönberg.«

»Franz Leitner. Angenehm.« Mit einem freundlichen Lächeln nahm er ihre Hand und hauchte einen Handkuss auf ihre Fingerknöchel. »Kommen Sie, meine Liebe.« Behutsam zog er sie ins Freie.

Der Welpe saß tatsächlich im Kofferraum und wedelte freudig mit seinem Schwanz. Als er kurz bellte, zuckte Charlotte zusammen.

»Du brauchst keine Angst haben vor Sepp. Der tut dir nichts.« Der kleinere, der beiden Jungen hatte sich zu ihnen gesellt und sah zu Charlotte auf.

»Aha, Sepp heißt er also«, konstatierte Charlotte.

»Dachtest du wirklich, ich würde ihn *Killer* nennen?« Mark

stützte sich mit einer Hand am Dach des Wagens ab und beobachtete seinen Hund.

»Dir würde ich so einiges zutrauen.«

Obgleich sie irrsinnige Angst vor dem Hund hatte, tat er ihr doch leid. Nur wegen ihr wurde er in den Wagen gesperrt. Mitleidig blickte sie auf ihn herab, als zwei Mini Vans auf den Parkplatz einbogen.

Erwartungsvoll stiegen die Insassen aus und sahen sich um. Einige von ihnen konnte Charlotte als Gäste des Hotels identifizieren, da sie ihnen bereits am Vortag begegnet war.

Als Lorenz Bucher aus einem der Fahrzeuge stieg, stürmten die beiden Jungen sogleich auf ihn zu. Mit weit ausgebreiteten Armen nahm er sie in Empfang und hob sie hoch, wobei sie unaufhörlich auf ihn einredeten.

Derweilen versammelte sich die Wandergesellschaft vor dem Eingang der Seilbahnstation. Ausstaffiert mit den besten und neuesten Wanderausrüstungen und bepackt mit den modernsten Rucksäcken.

Mark unterhielt sich kurz mit Lorenz. Charlotte konnte jedoch nicht verstehen, um was es genau ging. Sie beobachtete, wie Lorenz die beiden Jungen wieder sicher zurück auf den Boden stellte, und reserviert der Frau zunickte, die zuvor mit Marks Vater gekommen war.

Charlotte wusste nach wie vor noch nicht, wer die Unbekannte war. Es war jedoch durchaus möglich, dass es sich bei den Kindern um die von Mark handelte, und die Vermutung lag dann nahe, dass sie seine Frau oder Lebensgefährtin sein musste. Aber weshalb reagierte sein Geschäftspartner so distanziert auf sie?

Unauffällig unterzog Charlotte sie einer Musterung.

Sie war höchstens eins fünfundsechzig groß und äußerst

zierlich gebaut. Ihr dunkles Haar hatte sie zu einem Zopf gebunden. Seltsamerweise täuschte ihr schönes und freundliches Lächeln nicht über ihre Unsicherheit hinweg.

Mark hatte drei Rucksäcke aus dem Van geholt. Sorgsam schnallte er den Kindern die kleinen Rucksäcke um und reichte der Frau schließlich den letzten. Er schien ein treusorgendes Familienoberhaupt zu sein. Charlotte war selbst überrascht über die Erkenntnis. Sie hatte den burschikosen Mark nicht in dieser Rolle gesehen.

Alarmiert zuckte sie zusammen, als Sepp zu bellen begann. Schlagartig versammelten sich alle um das Auto, um den kleinen Bernhardiner-Welpen zu bewundern.

Der zweite Fahrer schloss unterdessen die Fahrzeuge ab und bekam von Mark seinen Motorradschlüssel ausgehändigt. Lorenz und Mark schnallten schließlich ihre eigenen Rucksäcke um und kamen dann zum Kombi.

»Dürfen wir ihn streicheln?« Die beiden Zwillingsschwestern hatten sich bereits erwartungsvoll vor die Heckklappe gestellt.

»Natürlich.« Marks Vater nahm die Hundeleine an sich und sah sich suchend nach seinem Sohn um. Der hatte sich bereits vor Charlotte aufgebaut, die sich schutzsuchend an seinem Arm festklammerte. Durch ein kaum wahrnehmbares Nicken signalisierte er seinem Vater, den verspielten Wollknäuel zu befreien. Doch als sich die Heckklappe öffnete, blickte sich der kleine Welpe zunächst skeptisch um.

Die Menschentraube um den Hund wurde enger.

Von Neugier gepackt linste auch Charlotte über Marks Schulter hinweg auf das Spektakel.

»Hallo. Ich bin Hannah.«

Charlotte schrak auf, als die hübsche, Brünette sie ansprach.

Ertappt wich sie automatisch einen Schritt zurück. Was würde die Frau wohl von ihr denken? Eine Wildfremde, die an ihrem Mann klebte. Doch Hannah wirkte nicht verärgert. Im Gegenteil. Sie schenkte ihr ein strahlendes Lächeln und streckte ihr die Hand entgegen.

Unsicher schüttelte Charlotte ihre Hand. »Charlotte. Charlotte Schönberg.«

»Freut mich, dich kennenzulernen, Charlotte. Ich habe schon viel von dir gehört.«

Die freundliche und offene Art ihrer Gesprächspartnerin irritierte Charlotte. Sollte sie tatsächlich bereits von ihr gehört haben, dann sicherlich nichts Gutes, wie sie vermutete.

»Ach, wirklich? Mein Ruf eilt mir wieder einmal voraus.« Sie warf Mark einen prüfenden Blick zu, den dieser gekonnt ignorierte.

»Na ja, eigentlich weiß ich bis jetzt nur von deiner Hundephobie. Die Jungs haben mir gestern davon berichtet. Mit deiner Showeinlage scheinst du sie durchaus begeistert zu haben.«

»Oh Gott, das haben sie wirklich erzählt?« Bei der Erinnerung an das Ereignis des vergangenen Tages senkte Charlotte beschämt den Blick.

»Also erzählt hat es eigentlich Mark. Basti und Paul haben es nur ausgeschmückt.« Hannah schmunzelte amüsiert.

Noch ehe Charlotte sich lautstark bei Mark darüber beschweren konnte, dass er die peinliche Begebenheit herumerzählt hatte, forderte dieser die Gruppe auf, ihm zu folgen.

Die erste Gondel der Seilbahn hatte sich schnell gefüllt. Lorenz nickte Charlotte noch freundlich zu, ehe er, dicht gefolgt von Hannah und den Kindern, im Inneren verschwand.

Kurz nachdem die erste Gondel das Stationshäuschen

verlassen hatte, betraten Charlotte und Mark gemeinsam mit dem Rest der Gruppe die nächste Gondel. Während sich die übrigen Reisenden angeregt unterhielten und sich am Ausblick auf die wunderschöne Berglandschaft ergötzten, konzentrierte sich Charlotte mehr auf ihre Atmung. Verkrampft krallten sich ihre Finger um einen Haltegriff, und sie fixierte den Boden unter ihren Füßen. Ihre Fingerknöchel traten bereits weiß hervor.

Da war sie wieder: ihre Höhenangst.

»Gibt es eigentlich irgendetwas, das normal bei dir läuft?« Mark stütze sich neben ihr ab und musterte Charlottes angespannte Haltung.

»Mein ganzes Leben ist normal. Erst seit ich dich kenne, gehe ich durch die Hölle.« Ihre Atmung beschleunigte sich.

»Warum hast du mir nicht gesagt, dass du an Höhenangst leidest?«

»Weil du mich dann vermutlich schon viel früher in so ein Ding gesteckt hättest.« Die Gondel rollte über ein Kupplungsstück, und es ruckelte kurz. Charlotte wollte nur noch eines – sterben.

»Das hätte ich sicherlich nicht. Und jetzt schau mich an.« Da sie sich keinen Millimeter rührte, löste er ihre Hände vom Haltegriff und hielt sie fest umschlossen. »Charlotte, schau mich bitte an.«

»Ich kann nicht.«

»Natürlich kannst du. Seit wir uns kennen, siehst du mich doch schon so begehrlich an und wünschst dir nichts sehnlicher, als mir stundenlang in meine wunderschönen Augen zu schauen.« Er lachte kess. »Vermutlich stellst du dir sogar gerade vor, wie ich nackt aussehe.«

Augenblicklich schoss ihr Kopf in die Höhe.

»Bist du jetzt vollkommen übergeschnappt?« Sie sah sich vorsichtig um und hoffte, dass niemand etwas von der Unterhaltung mitbekommen hatte.

»Sag bloß, es interessiert dich nicht, wie ich nackt aussehe? Glaub mir, es würde sich durchaus lohnen.« Er taxierte sie mit einem frechen Grinsen.

Entrüstet blickte sie ihn an. »Spinnst du? Was würde deine Frau wohl sagen, wenn sie dich hören könnte.«

»Meine Frau?« Verblüffung spiegelte sich in Marks Gesicht wider.

Sie sprach leise weiter.

»Ja, natürlich deine Frau. Hast du sie etwa absichtlich mit deinem Geschäftspartner und den Kindern vorausgeschickt?« Die Gedanken in ihrem Kopf überschlugen sich plötzlich. »Ah, jetzt wird mir so einiges klar. Das ist deine Masche. Du veranstaltest diese ganzen Touren vermutlich nur, um dich an alleinstehende Frauen ranzumachen. Das sind ja ganz neue Aspekte, die ich in meinen Artikel einbauen kann. Ich sehe die Schlagzeile schon vor mir: Auf der Alm, da gibt's ka Sünd'? Wanderführer beweist das Gegenteil.«

Die Gondel hatte ihr Ziel erreicht, und die Fahrt endete abrupt. So abrupt, dass Charlotte gegen Mark stolperte, der sie plötzlich mit finsterer Miene ansah.

»Erstens: Hannah ist nicht meine Frau, sondern meine Schwester. Somit sind die Jungs auch nicht meine Söhne, sondern meine Neffen. Zweitens: Weder Lorenz noch ich haben uns je an einen weiblichen Gast herangemacht. Und werden so etwas auch nie tun. Geschweige denn eine Situation ausnutzen. Für was für Perverslinge hältst du uns eigentlich? Und drittens: Schön, dass du deine Höhenangst überwunden hast.« Verärgert drehte er auf dem Absatz um und ließ sie stehen.

Verstört blickte sich Charlotte um.

War das gerade alles nur ein Ablenkungsmanöver gewesen? Sie erreichten die Mittelstation, und Charlotte hatte tatsächlich nicht einmal an ihre Höhenangst denken müssen, nachdem Mark mit seiner *Nackt*-Geschichte angefangen hatte. Wollte er sie also tatsächlich nur ablenken oder wollte der Idiot sie hochnehmen?

***

»Wie läuft's mit der Reporterin?« Lorenz nahm seinen Freund zur Seite und blickte sich suchend nach Charlotte um. Er entdeckte sie wenige Meter entfernt. Sie unterhielt sich angeregt mit Paul, der ihr wild gestikulierend die umliegende Bergwelt erklärte.

»Frag lieber nicht.« Genervt verdrehte Mark die Augen und begann in seinem riesigen Rucksack zu kramen. Mit Psychologie hatte Mark nichts am Hut, deshalb hatte er einfach gehofft, sein Ablenkungsmanöver in der Gondel würde Früchte tragen. Tat es auch. Aber wie um alles in der Welt kam Charlotte dazu, ihn und Lorenz als perverse Lüstlinge darzustellen, und weshalb dachte sie, Hannah wäre seine Frau?

»Kann ich euch helfen?« Hannah kam auf die beiden Männer zu. Hilfsbereit deutete sie auf die Aufkleber, die ihr Bruder auspackte. Er gab ihr ein paar leere Etiketten. »Du kannst eure Namen noch notieren.«

Lorenz griff nach den bereits beschrifteten Klebeschildern.

»Ich werde die hier solange verteilen und schauen, ob ich noch alle Namen weiß.« Er kehrte den beiden den Rücken zu und arbeitete sich durch die Leute.

»Vermutlich war es doch keine gute Idee mitzukommen.«

Bedrückt ließ Hannah den Kopf sinken.

»Wie kommst du darauf? Natürlich war es eine gute Idee.« Er griff nach ihrer Hand und drückte sie leicht.

»Lorenz nimmt förmlich Reißaus vor mir. Dass er vorhin nicht aus der Gondel gesprungen ist, grenzt an ein Wunder.«

Mark nickte wissend.

***

Hannah

Hannah beobachtete Lorenz dabei, der damit begann, die beschrifteten Aufkleber zu verteilen.

Tiefe Traurigkeit überkam sie.

Früher war er wie ein Bruder für sie gewesen. Sie kannte all seine Marotten, seine Schwächen und jeden einzelnen Gesichtsausdruck. Der Freund, der ihr einst so nahestand, schien jedoch verschwunden. Der schicksalhafte Tag in den Bergen hatte ihr nicht nur den Mann genommen, er hatte ihr auch den besten Freund geraubt. Seitdem schenkte er ihr keinen Blick und mied ihre Gesellschaft, wann und wo es nur ging.

Hannah sah gedankenverloren in die Berge und erinnerte sich an den vergangenen Winter. Gemeinsam mit ihren Eltern und den Kindern hatten sie den Weihnachtsmarkt im Nachbarort besucht. Sie schlenderten zum Markt, als ein fröhliches Summen aus einer alten Scheune an ihr Ohr drang. Mit pochendem Herz schickte sie ihre Kinder mit ihren Eltern voraus zum Karussell und versicherte, bald nachzukommen.

Als sie die Tür der Scheune öffnete, saß Lorenz auf einem alten Schemel und verstaute Nüsse und Äpfel in einem großen Jutesack. Seine blonden Haare hatte er unter einer albernen, großen Pudelmütze versteckt, und sein Fuß tippte aufgeregt zu einer sehr frei improvisierten Version von *Jingle Bells.* Sie genoss es, ihn dabei zu beobachten, wie er jeden einzelnen Apfel sorgsam prüfte, ehe er in dem großen Beutel verschwinden durfte.

In dem Moment, als er sie entdeckte, versteifte er sich. Sein Blick blieb unausweichlich auf die Pflastersteine des Bodens gerichtet, und egal was Hannah auch zu ihm sagte, er blickte nicht auf.

Mit rührenden Worten hatte sie auf ihn eingeredet. Ihm versichert, keinerlei Schuld an dem tragischen Unglück zu haben. Doch was sie auch sagte, ihre Worte erreichten ihn nicht. Resigniert und traurig hatte sie daraufhin die Scheune verlassen.

***

Mark war Hannahs Blick gefolgt. Tröstend nahm er seine kleine Schwester in die Arme. »Wird schon wieder.« Um sie von ihrem Trübsal abzulenken, reichte er ihr einen dicken Stift und bat sie, auch Charlottes Namen zu notieren.

Mit dem beschrifteten Etikett machte er sich schließlich lustlos auf den Weg zu der nervigen Journalistin, die sich äußerst angeregt mit der Männergruppe aus Hessen unterhielt.

Eines musste Mark neidlos anerkennen. Binnen weniger Sekunden hatte sie es geschafft, die begehrlichen Blicke von vier Männern auf sich zu ziehen. Sie zeigte sich charmant und kokettierte beinahe schon frech.

»Na, Jungs. Verdreht sie euch schon den Kopf?«

Ohne ihre Reaktion abzuwarten, reichte er ihr das Namensschild. Er ärgerte sich immer noch über das, was sie in der Seilbahn zu ihm gesagt hatte, denn letztlich hatte sie ihn wie einen Sittenstrolch dargestellt. Doch davon wollte er sich nicht mehr ablenken lassen. Er hatte schließlich einen Job zu erledigen.

Kurze Zeit später riefen er und Lorenz alle Teilnehmer zusammen. Sie breiteten eine Landkarte aus und erklärten allen kurz und prägnant die geplante Route des Tages. Wobei Mark der Gruppe die anstrengendere Alternativstrecke schmackhaft zu machen versuchte, in der Hoffnung, dass sich ein Teil ihm anschließen würde.

Hochmotiviert setzte sich der Tross wenige Minuten später in Bewegung.

***

Charlotte hatte sich dem hinteren Drittel der Wandergruppe angeschlossen. Gelangweilt stapfte sie dem Rest hinterher. Ihre Füße taten jetzt schon weh, und dabei waren sie erst wenige Minuten unterwegs.

Sie bemerkte, wie sich Lorenz Bucher zu ihr zurückfallen ließ und ihr ein motivierendes Lächeln schenkte.

»Und? Ist es so schlimm, wie Sie es sich vorgestellt haben?«

»Schlimmer.« Charlotte kräuselte die Stirn, um ihren Worten mehr Nachdruck zu verleihen, doch der Wanderführer lachte nur freundlich.

»Kommen Sie schon. Geben Sie uns eine Chance. Ich verspreche Ihnen, Sie werden es nicht bereuen.«

»Versprechen Sie nichts, was Sie nicht halten können.«

»Ich versichere es Ihnen sogar, Frau Schönberg.«

Sein befreites und überzeugtes Lachen wirkte ansteckend auf Charlotte. Beinahe wollte sie ihm glauben, doch die schmerzhaft drückenden Blasen an ihren Füßen und ihr beschleunigter Puls ließen sich nicht von ihm überzeugen. »Was macht Sie da so sicher?«

»Sehen Sie das Ganze doch nicht als Pflicht, sondern als Herausforderung.«

»Seit ich hier angekommen bin, kämpfe ich ausschließlich mit Herausforderungen. Und Ihr Kollege hat nicht unwesentlich dazu beigetragen. Ihnen ist hoffentlich bewusst, dass ich nur noch deswegen hier bin, weil ich an meinem Job hänge.« Es war keine Frage, vielmehr ein Statement, das Lorenz sofort verstand.

»Das ist mir sehr wohl bewusst, dennoch könnten wir doch versuchen das Beste daraus zu machen.« Er nickte ihr aufmunternd zu.

»Wir?« Verblüfft blieb sie stehen und musterte ihn argwöhnisch.

»Ja, wir. Mark, Sie und ich. Schließlich kommt keiner von uns aus dieser Nummer wieder raus. Da wäre es doch am sinnvollsten, noch einmal von vorne anzufangen.« Er reichte ihr die Hand. »Ich bin Lorenz.«

Seine ehrlichen Worte, die nichts zu beschönigen versuchten, rechnete Charlotte ihm hoch an. Er hatte die Angelegenheit auf den Punkt gebracht – keiner von ihnen kam einfach so aus dieser Nummer raus. Zögernd reichte sie ihm ihre Hand.

»Charlotte.«

DREI

Nach einem zweieinhalbstündigen Fußmarsch hatte die Wandergruppe ihr erstes Etappenziel erreicht. Die Alm lag an einem Aussichtsplateau und lud mit seinem Ausblick auf die eindrucksvoll gelegene Bergwelt, geradezu zum Verweilen ein.

Charlotte ließ sich erschöpft auf das saftige Grün der Wiese fallen und riss sich die Schuhe von ihren schmerzenden Füßen. Zaghaft zog sie ihre Strümpfe über die Zehen.

Ihre Blasen vom Morgen, hatten sich um mehr als die Hälfte vergrößert. Schmerzerfüllt tastete sie über die geschundenen Stellen.

»Das sieht aber nicht gut aus.« Hannah beugte sich zu ihr und begutachtete Charlottes Füße.

»Noch dazu tut es ziemlich weh.« Unsinnigerweise strich sie sich erneut über eine Blase. »Au.«

Mitfühlend legte Hannah ihre Hand auf Charlottes Schulter. »Du Ärmste. Ich hole am besten den Verbandskasten.«

»Ich habe ihn hier.«

Mark stellte seinen großen Rucksack neben Charlotte ab und kniete sich vor sie. Seelenruhig begann er ihn zu durchstöbern. Als er immer wieder unnötige Utensilien hervorzog und neben sich aufreihte, wollte ihm Charlotte nicht die Genugtuung bieten, sich von seinem Verhalten provozieren zu lassen. Weswegen sie sich einfach nur zurücklehnte.

»So entspannt?«, erkundigte er sich.

Eine gewisse Irritation über ihre ausbleibende Reaktion konnte er nicht verheimlichen. Er nahm eine kleine Tasche aus seinem Rucksack und öffnete den Verschluss. Zahlreiche Pflaster und Verbandsmull quollen über den Rand.

»Ich habe beschlossen, mich nicht mehr über dich zu ärgern«, verkündete Charlotte siegesgewiss.

Hannah grinste amüsiert. »Ich geh dann mal und werde nach meinen beiden Jungs schauen.«

Mark zog Charlottes Fuß auf seinen Schoß und betrachtete die münzgroße Blase an ihrem Zeh. »Dann wirst du dich also ab sofort nicht mehr über mich aufregen?«

»Nein«, reagierte sie gelassen.

Sie dachte an die Unterhaltung mit Lorenz zurück, der sich wider Erwarten als äußerst angenehmer und aufmerksamer Gesprächspartner entpuppt hatte.

Noch ehe sie ihrem eigentlichen Job nachkommen konnte, hatte er die Gelegenheit genutzt und sie einem ausführlichen Interview unterzogen. Seine unaufdringliche, verständnisvolle und offene Art ließen sie mehr Details aus ihrem Leben preisgeben, als ihr lieb war, dennoch beantwortete sie bereitwillig seine Fragen.

Es war ein unterhaltsamer Wortwechsel, der sie zuletzt auch darin bestärkte, den beiden Jungunternehmern mit einem gewissen Maß an Bereitschaft entgegenzukommen.

Als sich ihr Magen plötzlich lautstark zu Wort meldete, hielt sie sich erschrocken ihre Hände vor dem Bauch.

»Entschuldigung.«

»Du hättest mal besser das Brötchen heute Morgen annehmen sollen.« Mark strich eines der Blasenpflaster sanft über die Wunde an ihrer linken Ferse.

Charlotte war so in ihre Gedanken vertieft, dass ihr entgangen war, dass Mark bereits zwei ihrer Wundstellen versorgt hatte.

»Das müsste fürs Erste reichen.« Er legte ihr Bein zurück ins Gras und setzte sich neben sie. Er griff in seinem Rucksack, aus dem er eine Wasserflasche, sowie einen Apfel herausholte und Charlotte beides anbot. »Bedien dich ruhig. Ich verspreche auch, dass ich den Apfel nicht vergiftet habe, Aschenputtel.«

Die Sonne stahl sich in diesem Augenblick hinter einer Wolke hervor und ließ seine schmalen Augen in einem wunderschönen Grün leuchten. Eine Strähne fiel ihm in die Stirn, und Charlotte ertappte sich dabei, wie sie kurz erwog, ihm die Haare aus seinem markanten Gesicht zu streichen.

Gott sei Dank meldete sich in diesem Augenblick erneut ihr Magen und bettelte lautstark um Nahrung, was sie letztlich aus ihren abstrusen Gedanken riss.

»Das war Schneewittchen, du Spinner.« Sie nahm den Apfel und biss herzhaft in die saftige, rote Frucht.

Kurze Zeit später drängten Lorenz und Mark die frisch gestärkte Wandergruppe, ihre Tour fortzusetzen. Durch die angekündigte zweite Route verkleinerte sich die Gruppe von Charlotte, auch wenn sie nicht bestätigen konnte, dadurch einen weniger anstrengenden Weg gewählt zu haben. Der eineinhalbstündige Aufstieg brachte sie bereits an ihre Grenzen.

Zu Beginn hatte sie noch leichte Konversation mit den drei Cousinen aus Wien betrieben, doch inzwischen hatte ihr Gesicht die Farbe einer Tomate angenommen, und sie vermied jeden weiteren Wortwechsel, der ihr mehr Luft oder Kraft rauben konnte. Neidisch beobachtete sie, wie Hannahs Söhne leichtfüßig bergauf marschierten.

In ihren Gedanken verfluchte sie Pascal und versah ihn mit zahlreichen Schimpfworten, die ihr in den Sinn kamen. Doch je größer ihr Groll auf ihren Vorgesetzten wurde, umso mehr verstärkte sich ihr Schritttempo.

Der kleine Paul zeigte sich begeistert, als Charlotte zu ihm und seinem Bruder aufschloss. Anscheinend sah er in ihr ein Opfer, um sein gesamtes Wissen über die Pflanzenwelt zu teilen, und redete unermüdlich auf sie ein.

»Du weißt ja schon ganz schön Bescheid. Wer hat dir das denn alles beigebracht?«, fragte Charlotte nach.

»Lorenz, denn der weiß einfach alles.«

Zu ihrem eigenen Erstaunen war Charlotte keine Sekunde lang von den Ausführungen des Jungen genervt oder gelangweilt. Das Gegenteil war der Fall. Pauls Erklärungen erwiesen sich als äußerst lehrreich und interessant – wenngleich sie nicht allen Einzelheiten Glauben schenken konnte.

»Und, Paulchen? Was erzählst du Charlotte?« Lorenz hatte zu ihnen aufgeschlossen und legte seine Hand auf die Schulter des Jungen.

»Ich habe ihr erklärt, dass man Edelweiß nicht pflücken darf.«

»Und weshalb ist das so?«, wollte Lorenz wissen.

»Weil sie unter Naturschutz stehen und es nur noch wenige davon gibt.«

»Richtig.« Stolz streichelte Lorenz über den Kopf des

Jungen, der freudestrahlend zu ihm aufblickte.

Die innige Beziehung zwischen den beiden war selbst für Charlotte nicht zu übersehen, und während sie ihren Weg fortsetzten, wurde Paul es nicht leid, Lorenz über alles, was seine Augen erspähten, auszufragen.

Auch wenn sich das Frage-Antwort-Spiel unterhaltsam darstellte, war Charlotte erleichtert, als Paul schließlich auf ein großes Gebäude deutete, das ihre nächste Rast ankündigte. Schon von Weitem waren die eingedeckten Tische zu erkennen, die unter den großen, schattenspendenden Sonnenschirmen standen.

Kaum hatten sie die Stufen zur Terrasse erreicht, als auch schon eine stämmige, ältere Frau mit einem reichhaltig gefüllten Tablett an gekühlten Getränken auf sie zukam. Dankbar griffen alle zu und suchten nach einem Platz im Schatten.

»Wie geht es deinen Füßen?« Hannah setzte sich zu Charlotte, die ihre Beine weit von sich gestreckt hatte und erneut kritisch das ungewohnte Schuhwerk beäugte, das sie an den Füßen trug.

»Sei mir bitte nicht böse, wenn ich das jetzt sage, aber dafür wird dein Bruder noch büßen.« Erleichtert über Hannahs Reaktion stimmte Charlotte in ihr Lachen ein und prostete ihr zu.

Hannah deutete mit dem Kopf über die große Wiese, wo die zweite Gruppe durch lautstarke Rufe und freudiges Winken ihr Kommen ankündigte. »Und was wirst du mit ihm anstellen?«

Charlottes Blick fixierte Mark, der über die Lichtung marschierte und alle zu einem Endspurt motivierte. »Ich weiß es noch nicht genau. Aber mir wird noch etwas einfallen.«

»Da bin ich mir sicher«, stellte Hannah belustigt fest.

Als die zweite Gruppe die einladende Terrasse erreichte, bat die freundliche Wirtin ihre Gäste, Platz zu nehmen.

Wenngleich Charlotte nur erahnen konnte, was die Frau verlauten ließ, schließlich verstand sie kein Wort von deren dialektgeprägtem Wortschatz.

Zwei Bedienungen kamen aus dem urigen Holzgebäude und stemmten jeweils zwei prall gefüllte Servierbretter in die Höhe, und der feine Geruch der deftigen Speisen stieg Charlotte in die Nase. Dass sie aus Rücksicht auf ihre Figur normalerweise derart gehaltvollen Gerichten entsagte, stellte sich nun als klare Herausforderung dar. Während sie sich bemühte, sich nicht allzu sehr auf das bevorstehende Festmahl zu freuen, blickte sie sich um und schaute in die erwartungsvollen und hungrigen Gesichter ihrer Wanderkameraden. Allesamt wirkten sie entspannt und zufrieden.

Wieder einmal meldete sich ihr Magen unüberhörbar zu Wort, und sie wusste in der Tat nicht, wann sie das letzte Mal derart hungrig gewesen war.

Als das Tablett vor ihrer Nase abgestellt wurde, offenbarte sich Charlotte nebst dem köstlichen Geruch auch ein verlockender Anblick. Doch die Aussicht auf eine ungeplante Gewichtszunahme ließ sie gerade in Hinblick auf die bevorstehende Charity-Gala erleichtert erkennen, dass außer dem saftigen Braten und den deftigen Knödeln eine zusätzliche Platte mit frischem Gemüse auf dem Tisch Platz fand. Sollte sie Pascal tatsächlich überreden können, sie zu der Veranstaltung zu schicken, würde ihr neues Kleid keine kalorienreiche Sünde erlauben.

Die zierliche Konditorin aus Wuppertal setzte sich neben Charlotte und streckte zunächst Hannah und dann ihr die Hand entgegen.

»Wir haben uns noch gar nicht kennengelernt. Ich bin Ulla.«

»Hannah. Freut mich.«

»Charlotte.«

Ulla ließ ihren Blick über den üppig gedeckten Tisch schweifen. »Das sieht köstlich aus. Findet ihr nicht auch?« Ein einvernehmliches Nicken der beiden Frauen war die Antwort.

An ihrem Tisch nahmen noch zwei der Männer Platz, die sich ihnen als Harald und Gert vorstellten. Mit Mark und seinen beiden Neffen war die Runde schließlich komplett.

Zufrieden bedienten sich alle an dem reichhaltigen Essen. Dabei ging Mark seiner Schwester ganz selbstverständlich zur Hand und half ihr mit den Kindern.

Schon nach wenigen Minuten lehnten sich die Ersten satt und träge zurück. Auch Charlotte legte ihr Besteck zurück in den Teller. Das Gemüse hatte hervorragend geschmeckt, und sie hätte sich nur zu gerne einen Nachschlag gegönnt, zumal die körperliche Anstrengung äußerst ungewohnt für sie war. Doch ihr neues, sündhaft teures Designer-Abendkleid würde es nicht zulassen. Und sie selbst würde es sich nicht verzeihen, wenn sie Jan Wellbrock bei ihrer nächsten Begegnung nicht umhauen würde. Allein die Vorfreude auf das Wiedersehen mit ihm ließ sie unwillkürlich schmunzeln. Zufrieden sah sie sich um, bis sich ihr Blick in dem von Mark verfing und sie unwillkürlich ein seltsames Kribbeln verspürte. Ihr Puls rebellierte aufgeregt, und die Gewissheit um seine Aufmerksamkeit verunsicherte sie. Weshalb sah er sie so undurchdringlich an? Und weshalb vermochte allein sein Blick, sie derart zu beunruhigen?

Lorenz unterbrach schließlich die Verbindung, indem er sich zu Mark setzte und ihn mit organisatorischen und geschäftlichen Fragen von ihr ablenkte.

Erleichterung machte sich in ihr breit. Doch weswegen?

Sie wollte es lieber nicht hinterfragen und widmete sich daher wieder ihren Tischnachbarn, die sie mit kurzweiligen Gesprächen unterhielten und sie so von der Situation mit Mark ablenkten.

Auch den unkomplizierten Small Talk mit Lorenz, dessen Gesprächsthemen wider Erwarten nicht nur um die Bergwelt und das Wandern kreisten, genoss sie zusehends. Mark war und blieb der Einzige, der kein Interesse an einer Unterhaltung mit ihr zeigte. Und das war auch gut so.

Die Pause ging leider schneller vorüber, als Charlotte lieb war. Als Mark und Lorenz die Gruppe zum Aufbruch zusammentrommelten, zeigte sie sich daher wenig begeistert. Sie atmete tief ein, in der Hoffnung, dass die nächsten Stunden möglichst rasch vergehen würden. Ihre Füße schmerzten höllisch, und zu allem Überfluss spürte sie bereits ein Ziehen am Schienbein. Ein Ziehen, das als unmissverständlicher Vorbote eines Muskelkaters von noch nie dagewesenem Ausmaß zu deuten war.

Immerhin war Charlotte nicht die Einzige, die erschöpft war. Während des nächsten Anstiegs verlangsamte sich auch Pauls Schritttempo, und seine Augen wurden verdächtig klein. Hannah, die neben Charlotte herging, nahm ihren Sohn schließlich an die Hand und versuchte ihn mit allerhand Fragen zur Pflanzenwelt abzulenken. Paul bemühte sich tapfer durchzuhalten. Doch als Mark ihn nach wenigen Minuten erlöste und ihn fürsorglich auf seine Schultern hob, ließ Paul dies ohne Widerworte zu.

Da sich Paul sicher in Marks Obhut befand, ließ Hannah ihren Bruder und Charlotte allein zurück und schloss zu Basti auf. Denn auch wenn Basti älter als Paul war, so schien auch sein Elan von Minute zu Minute zu schwinden.

Charlotte lächelte und hätte Mark gegenüber nur zu gerne die Kondition und das Durchhaltevermögen seiner Neffen gelobt. Die heiße Nachmittagssonne und die körperliche Anstrengung raubten ihr jedoch die Luft. Das Atmen fiel ihr schwer, und kleine Schweißperlen rollten über ihre Wangen. Sie kniff die Augen zusammen und konzentrierte sich auf den geschotterten Weg, der vor ihnen lag. Die Muskeln in ihren Oberschenkeln brannten förmlich, und sie konnte sich nicht erinnern, körperlich jemals dermaßen an ihre Grenzen gestoßen zu sein. Sie zwang sich regelrecht, nicht aufzugeben, doch nach weiteren zehn Minuten blieb sie abrupt stehen.

»Ich kann nicht mehr.« Vorsichtig blickte sie zu Mark, der zu ihr aufschloss. Ihre Befürchtung, dass er sie aufziehen könnte, bewahrheitete sich jedoch nicht.

Zu ihrer Überraschung lächelte er ihr aufmunternd zu und griff nach ihrer Hand. »Es ist nicht mehr weit. Die letzten Meter schaffen wir auch noch.« Er setzte sich in Bewegung und zog sie mit sich. Widerwillig ließ sie sich darauf ein. Sie war zu erschöpft, um sich Gedanken darüber zu machen, wie selbstverständlich er sie berührte.

Ihr Blick ruhte sehnsüchtig auf Paul, der eingeschlafen war und ganz entspannt auf Marks Schultern thronte. »Ich würde zu gerne mit dem Kleinen tauschen.«

»Kein Problem. Das nächste Mal trage ich dich. Es wäre ja nicht das erste Mal.« Mark schmunzelte so spitzbübisch und charmant, dass Charlotte sein Lächeln erwiderte.

»Ich meinte eigentlich, dass ich gerne schlafen würde.«

»Ja, sicher.« Unbeirrt setzte Mark seinen Weg fort und zog Charlotte sanft, aber bestimmt mit sich.

Der steilste Anstieg ihres Weges endete in einem Waldstück, von wo aus die restliche Strecke über einen flachen und schmalen Pfad weiterführte. Mark hielt kurz inne. Er löste seine Hand aus Charlottes Griff und legte sie ihr auf die Schulter. »Du hast es geschafft. Und ich würde lügen, wenn ich sagen würde, dass es mich nicht überrascht.«

»Du dachtest wirklich, ich würde aufgeben?« Charlotte war nach wie vor außer Atem. Ihr Brustkorb hob und senkte sich aufgeregt, und die Anstrengung ließ sie ihr Gesicht unkontrolliert verzerren.

»Eigentlich dachte ich, du würdest uns noch vor dem Mittagessen verlassen. Aber«, er nickte anerkennend, »du hast mich eines Besseren belehrt.«

Um den Anschluss zur restlichen Gruppe nicht zu verlieren, dirigierte er sie mit sanftem Druck zum Weitergehen.

Mit der Zeit beruhigte sich Charlottes Atmung wieder, und auch ihr Puls normalisierte sich allmählich. Die hohen Bäume spendeten ausreichend Schatten, und jeden noch so kleinen Windhauch empfand sie als Wohltat. Als sie das Waldstück verließen, wurde der Pfad wieder breiter. Von Weitem war eine Seilbahnstation zu erkennen, an der sich ein Teil ihrer Gruppe bereits niedergelassen hatte. Lorenz war im Mittelfeld unterwegs und trug Basti auf seinen Schultern. Hannah folgte ihnen – mit etwas Abstand.

Charlotte wurde nach wie vor nicht schlau aus den beiden. Lorenz zeigte sich gegenüber Hannah sehr reserviert. Mit dem aufmerksamen und freundlichen Wanderführer, der Charlotte mit seiner aufgeschlossenen Art und seinen Scherzen von sich überzeugen konnte, hatte sein Verhalten nichts gemein. Dennoch war deutlich zu spüren, dass die beiden etwas miteinander verbinden musste.

Plötzlich erwachte der Geist der Enthüllungsjournalistin in ihr, den die Anstrengung des Tages in den Hintergrund hatte treten lassen. Sie witterte eine Story. Von neuem Geist beseelt bewegten sich ihre Beine schneller, und sie erhöhte ihr Schritttempo.

»Warum hast du es plötzlich so eilig?«, fragte Mark völlig überrascht.

»Ich …« Charlotte hielt inne und blickte sich zögernd um. Eigentlich hätte sie auch Mark fragen können, weshalb Lorenz sich gegenüber Hannah so distanziert gab. Doch sie wusste genau, dass er ihr nicht antworten würde. Und sie wollte keine schlafenden Hunde wecken. Vor allem nicht solche, die eine Story verhindern würden. Charlotte hatte schon immer ein untrügliches Gespür für gute Geschichten, und hinter der Fassade ihrer neuen Bekanntschaften verbarg sich mehr, als sie preisgeben wollten – da war sie sich sicher. »Ich dachte, wir sollten besser den Anschluss zur Gruppe nicht verlieren.«

»Warum kann ich dir das nicht glauben?«

»Welchen Grund sollte ich sonst haben?«

Mark deutete mit der Hand den Weg voraus. »Die anderen sitzen an der Seilbahnstation. Wir brauchen uns also nicht beeilen. Warum um alles in der Welt hattest du es plötzlich so eilig?«

»Vermutlich war ich nur in Gedanken.« Sie drehte ihm den Rücken wieder zu und setzte ihren Weg fort. Die letzten Meter bis zum Stationshäuschen gingen sie schweigend nebeneinander her.

Als sie Hannah erreichten, widmete sich diese sofort ihrem Sohn und streichelte liebevoll über seine nackten Beine, während Paul nach wie vor auf Marks Schultern schlief. Sein zufriedener und fester Schlummer ließ Hannah in einer Art und Weise lächeln, wie es nur eine Mutter vermochte.

»Hat Basti freiwillig aufgegeben, oder hat Lorenz ihn

gezwungen?« Vorsichtig hob Mark den kleinen Jungen von seinen Schultern und legte ihn seiner Mutter in die Arme.

»Ich würde von einer diplomatischen Überredung sprechen.« Fürsorglich strich Hannah Paul über den Rücken und sah sich nach Bastian um, der nun wieder sicher mit beiden Beinen auf dem Boden stand. Er wirkte müde und erschöpft aber auch durch und durch glücklich.

Charlotte stellte fest, dass Lorenz wirklich einen ausgesprochen guten Draht zu Hannahs Kindern hatte. Paul und Basti vergötterten den Mann geradezu.

Bei den Worten seiner Schwester lachte Mark herzhaft auf. »Lorenz? Diplomatische Überredungskünste? Sprechen wir von der gleichen Person?«

Hannah antwortete nicht. Sie stimmte ihrem Bruder mit einem leisen Kichern zu.

»Weißt du zufällig, ob unser Überredungskünstler bereits gefragt hat, wer mit der Gondel zurück ins Tal fahren möchte?«

»Wir fahren mit der Gondel zurück?« Angesichts der überraschenden Nachricht hätte Charlotte erleichtert sein müssen, doch ihr drehte sich beim bloßen Gedanken an das schwankende Gefährt der Magen um.

»Nein, du«, er betonte das Wort extra länger, »fährst mit der Gondel zurück. Nur du, Hannah, die Jungs und alle anderen, die sich den Weg dort hinauf und anschließend wieder ins Tal ersparen möchten.« Mit einer weitausholenden Bewegung deutete Mark auf einen schmalen Pfad, der zum Gipfel führte.

Zerrissen blickte Charlotte zwischen ihren Auswahlmöglichkeiten hin und her. Beide Varianten kamen für sie nicht in Frage. Sie wollte unter keinen Umständen noch einmal dieses wackelige Ungetüm betreten. Doch alternativ weiter zum

Gipfelkreuz zu wandern, schien ihr genauso wenig attraktiv.

Nachdem sie ihre Möglichkeiten abgewogen hatte, musste sie sich selbst eingestehen, dass ihre Kräfte für den weiteren geplanten Fußmarsch unmöglich ausreichen würden. Weshalb sie die herannahende Gondel argwöhnisch musterte.

Wenigstens ein Gutes hatte die Fahrt zurück ins Tal. Sie würde sich in aller Ruhe mit Hannah unterhalten können und bei der Gelegenheit ihr angespanntes Verhältnis zu Lorenz hinterfragen. Wagemutig betrat sie deshalb wenige Augenblicke später die Gondel.

Als sie wieder sicheren Boden unter den Füßen hatte, musste sie einsehen, dass ihr Vorhaben gescheitert war. Es hatte sich für sie nicht die kleinste Gelegenheit ergeben, Hannah unauffällig an das Thema heranzuführen. Wenngleich sich die beiden blendend unterhalten hatten.

In der Hoffnung, dass sie Hannah in den kommenden Tagen vielleicht wieder begegnen würde, verabschiedete sie sich von ihr und ihren beiden Söhnen an der Talstation.

***

»Charlotte?« Mark klopfte zögernd an der Tür von Charlottes Hotelzimmer. Niemand hatte die Reporterin gesehen, seit sie im Hotel angekommen war. Selbst zum Abendessen war sie nicht erschienen. Und als Eva gegenüber Mark erwähnte, dass sie sich auch nichts auf ihr Hotelzimmer bestellt hatte, war er ehrlich besorgt.

Sein stetig lauter werdendes Klopfen ging mit leichter Panik in ein Hämmern über. »Charlotte? Bist du da?«

»Verschwinde.«

Mark hörte den weinerlichen Klang ihrer Stimme.

»Charlotte, ist alles in Ordnung?«

»Nichts ist in Ordnung. Geh einfach weg!«

Aus dem Hotelzimmer war ein schmerzerfülltes Stöhnen zu hören, was ihn dazu veranlasste, unbeeindruckt von ihren Worten, die Türklinke nach unten zu drücken und in das Zimmer einzutreten. »Ich hoffe für dich, dass du angezogen bist.«

Auf den sich ihm bietenden Anblick war er jedoch nicht im Geringsten vorbereitet. Charlotte lag zusammengekauert auf dem Boden, und Tränen liefen über ihre Wangen. Das kleine Häufchen Elend blickte zu ihm auf und funkelte ihn zornig an.

»Daran bist nur du schuld«, schluchzte sie.

Mark stellte ihre Ballerinas, die sie am Morgen im Laden seiner Eltern zurückgelassen hatte, auf dem Boden ab, und ohne sie eines weiteren Blickes zu würdigen, verließ er wortlos das Zimmer. Er konnte förmlich spüren, wie sie ihm schockiert hinterher sah, doch es war weder die Zeit für Diskussionen, noch für Streit. Mit dem Tagespensum der Wanderung hatte Charlotte ihren Körper überfordert. Und da er nicht ganz unschuldig daran war, plagte ihn nun sein Gewissen. Er musste ihr helfen. Schnell.

In der Hotellobby traf er auf Lorenz, der mittlerweile ebenfalls von Charlottes Verschwinden erfahren haben musste, denn er kam sofort auf Mark zu.

»Hast du Charlotte gesehen? Sie ist seit ihrer Rückkehr wie vom Erdboden verschluckt.«

Mark zog hörbar die Luft ein. »Sie ist, im wahrsten Sinne des Wortes, am Boden zerstört.«

»Verdammt.« Lorenz schnalzte bedauernd mit der Zunge. »Haben wir einen Notfallplan?«, erkundigte er sich bei Mark, woraufhin dieser nickte.

Charlotte lag noch immer am Boden, als sie wieder Marks Stimme hörte. Sie war so unendlich wütend und enttäuscht darüber, dass er sie hilflos zurückgelassen hatte, dass sie sich nicht entscheiden konnte, ob sie ihn besser nie wiedersehen wollte oder ihm bei dieser Gelegenheit gehörig die Leviten lesen würde. Während sie noch darüber nachdachte, bemerkte sie, dass er nicht allein war. Dieses Mal war er mit Verstärkung gekommen. Mit einem großen Korb bepackt, betraten er und Lorenz ihr Hotelzimmer.

»Mensch, Charlotte, was machst du nur für Sachen? Warum hast du denn nichts gesagt?« Lorenz beugte sich über sie und strich ihr die Haare aus der Stirn.

Lorenz' Besorgnis ließ ihre Wut umgehend verrauchen. »Es ging mir gut. Ich hatte mich nur kurz hingelegt, und als ich aufstehen wollte, haben plötzlich diese Krämpfe angefangen.«

»Hier.« Mark hielt Charlotte eine geschälte Banane unter die Nase.

»Sehe ich aus wie ein Affe? Iss sie doch selbst«, giftete sie ihn an.

Lorenz lachte erst einmal herzlich, ehe er ihr erklärte, dass sie die Frucht nur wegen des hohen Magnesiumgehalts essen sollte. Widerstandslos griff sie daraufhin nach der Banane und biss ab.

Während sie folgsam zu kauen begann, beobachtete sie die beiden Männer. Dankbar über die Ablenkung vergaß sie für einen kurzen Moment ihre Schmerzen, bis sie ein neuerlicher Krampf zurück in die Realität holte.

»Streck deine Beine aus und drück sie fest gegen meine Hände.« Mark kniete sich vor Charlotte und hielt ihr seine Handflächen entgegen. Als ihre Fußsohlen ihn berührten, baute er Gegendruck auf. »Zieh die Zehen zu dir und drück die Fußsohlen ganz durch.«

Gehorsam folgte sie seiner Anweisung.

Binnen weniger Sekunden ebbte der Schmerz ab, und Charlotte entspannte sich. »Das hat ja tatsächlich funktioniert.« Aus ihrer Verwunderung machte sie keinen Hehl.

»Natürlich funktioniert das.« Lorenz goss ein Glas Mineralwasser ein und drückte zwei Pillen aus der Verpackung. »Hattest du Zweifel an der Technik oder an Mark?«

»An beidem.«

Amüsiert reichte Lorenz ihr das Wasser und die Tabletten.

»Das ist Magnesium und ganz unbedenklich. Es wirkt krampflösend und ist rezeptfrei in jeder Apotheke erhältlich.«

»Ich kann mich also darauf verlassen, dass ihr mich nicht vergiften wollt?«

»Das Gift war bereits in der Banane.« Unbeirrt und ohne aufzusehen, sortierte Mark eine Vielzahl von Tüchern und breitete sie auf Charlottes Bett aus.

»Ha, ha. Scherzkeks!« Charlotte legte die Tabletten auf ihre Zunge und schluckte sie mit einer großen Ladung Mineralwasser hinunter. »Igitt. Das ist ja eklig.«

»Aber es hilft. Und weil du so brav mitgemacht hast, bekommst du jetzt noch eine Belohnung von mir.« Lorenz nahm eine Flasche Weißbier samt passendem Glas aus dem Korb.

»Willst du mich etwa abfüllen?«

»Nein. Das ist nur ein altbewährtes Hausmittel. Mein Großvater schwört darauf.« Fachmännisch goss er das Hopfengebräu in das hohe Glas und reichte es ihr.

Sie trank einen Schluck. »Das schmeckt gar nicht mal so schlecht«, stellte sie fest und ließ dem ersten Schluck einen weiteren folgen. Dann noch einen. Und noch einen.

»Immer schön langsam mit den jungen Pferden. Eins nach dem anderen.« Mark nahm ihr das Glas ab. »Ich zieh dich jetzt hoch. Achte unbedingt darauf, dass du deine Beine durchstreckst.« Seine warmen Hände griffen beherzt unter ihre Arme. Sein Blick ruhte auf ihrem Gesicht. »Bist du bereit?«

Ängstlich schüttelte sie den Kopf. »Nein.«

Ein aufmunterndes Lachen von Lorenz war die einzige Reaktion, die Charlotte als Unterstützung erhielt, ehe Mark sie schwungvoll aufrichtete. Im Handumdrehen hatte sie festen Boden unter den Füßen.

Vorsichtig konzentrierte sie sich auf ihre Gliedmaßen und war erleichtert, dass sie zunächst von einem weiteren Krampf verschont blieb. Dennoch krallte sie sich an Marks Oberarmen fest.

»Würdest du freundlicherweise deine Fingernägel aus meinen Armen entfernen?«

Erneut schüttelte sie den Kopf. »Noch nicht.«

Mark musste spüren, wie unsicher sich Charlotte fühlte, denn sein Ton wurde weicher, während er den Druck seiner Hände erneut verstärkte. »Ich halte dich. Es kann also nichts passieren. Entspann dich.«

Langsam glitten ihre Hände herab. Unter ihren Fingern konnte sie seine angespannten Muskeln spüren. Fasziniert von der Kraft, die von ihm ausging, sah sie zu ihm auf und blickte direkt in seine grünen Augen. Sein undurchdringlicher Blick traf sie wie ein Schlag, und sie sah rasch zur Seite.

Unterdessen schob Lorenz einen der Stühle hinter Charlotte und bat sie, sich zu setzen. Mit der Unterstützung von Mark nahm sie schließlich sicher auf der altmodischen Sitzgelegenheit mit den hohen Armlehnen Platz.

Aufmerksam reichte Lorenz ihr wieder das Weißbier und

schmunzelte, als er sah, wie sie das Glas in großen Schlucken bis zur Hälfte leerte.

»Du hattest wohl ziemlich großen Durst?« Anstatt ihm zu antworten, schenkte sie ihm ein peinlich berührtes Lächeln und fühlte sich wie ein schüchternes, kleines Mädchen, das auf frischer Tat ertappt wurde.

»Jetzt versuchen wir erst einmal deine Waden ein wenig zu lockern.«

»Okay«, antwortete sie unsicher. »Und was genau muss ich tun?«

»Stell deine Beine fest auf den Boden und wackle mit deinen Waden hin und her.«

»Wie bitte?« Machte er sich etwa gerade lustig über sie?

»Moment. Ich zeig's dir.« Lorenz zog den zweiten Stuhl neben Charlotte und veranschaulichte ihr die Übung, worüber sie in schallendes Gelächter ausbrach.

»Sieht das bei mir dann genauso dämlich aus?«

»Hoffentlich«, antwortete ihr Lorenz.

Mark schüttelte irritiert den Kopf und wandte sich den Tüchern zu, die er auf dem Bett auszubreiten begann, während Charlotte und Lorenz gemeinsam Weißbier tranken und albern kicherten.

»Hast du eigentlich schon etwas gegessen?«, erkundigte sich Mark plötzlich.

»Nur die vergiftete Banane.«

»Du willst mir jetzt aber nicht allen Ernstes erzählen, dass du außer dem Apfel heute Vormittag und der Handvoll Gemüse beim Mittagessen sonst nichts gegessen hast?«

Charlotte zog eine Schnute und bemerkte, wie ihr der Alkohol langsam in den Kopf stieg.

»Ich muss ein wenig auf meine Linie achten, na und?«

Sie bemerkte, wie die beiden Blicke austauschten.

»Was wird das jetzt?«, fragte sie skeptisch.

»Das wird dein Weg zu einem wunderbar leckeren Abendessen.« Lorenz tätschelte ihre Hand, stand auf und verließ das Zimmer.

Während sich Charlotte noch darüber ausließ, wie aufmerksam Lorenz doch war, kniete sich Mark vor sie und stellte einen kleinen Tiegel ab.

»Was ist das?«, erkundigte sie sich alarmiert, als Mark seine Finger in eine dunkle Creme eintauchte.

»Die letzte Ölung, was denn sonst?«

»Sehr witzig.« Charlotte beugte sich vorne über, um einen Blick auf die Verpackung zu erhaschen, doch zu ihrer Enttäuschung war sie nicht beschriftet.

»Das ist ein Balsam, der kühlend wirkt«, erklärte Mark.

Als er daraufhin begann, mit seinen Händen die Creme sanft über ihren Waden zu verteilen, stockte Charlotte kurz der Atem. Während seine Massage und der kühlende Balm ihre Wadenmuskulatur hätten entspannen sollen, ließ sie jede seiner Berührungen zusehends verkrampfen. Hektisch griff sie nach ihrem Bier und leerte es in einem Zug.

»Du solltest ein paar Schritte gehen. Es ist wichtig, dass du deine Beine jetzt ein wenig belastest.«

Charlotte versuchte aufzustehen und ertappte sich dabei, dass sie ganz selbstverständlich nach seiner Hand griff und Halt suchte. Als sie sie zurückziehen wollte, hielt sie Mark weiterhin fest und begleitete sie bei jedem ihrer Schritte, bis sie schließlich auf den kleinen Balkon ihres Hotelzimmers traten.

Charlotte genoss die kühle Abendluft und lehnte sich gegen die Brüstung. Ihr war leicht schummerig, aber sie schob das Gefühl auf den ungewohnten Bierkonsum, der ihr quasi aufgedrängt worden war.

Für einen kleinen Augenblick war sie glücklich. Sie dachte weder an das Debakel in der Redaktion, noch an den Streit mit Pascal oder an die Charity-Gala. Geschweige denn an den Verlauf der restlichen Woche und den Muskelkater, der sie am nächsten Tag einholen würde. Sie war einfach nur erleichtert, dass sie vorerst von ihren Schmerzen erlöst wurde und Mark und Lorenz sich um sie kümmerten.

»Was hättest du eigentlich getan, wenn ich nicht zufällig nach dir geschaut hätte?«

Sie bemerkte, wie Mark sie von der Seite musterte.

»Vermutlich wäre ich jämmerlich verendet, und du, mein Held, hast mich vor dem sicheren Tod bewahrt.«

Mark schmunzelte. »Und was hättest du tatsächlich gemacht?«

»Glaub mir, mich würde man schnell finden. Ich hätte dich so laut verflucht, dass selbst du mich noch auf sämtlichen Berggipfeln im Umkreis hättest hören können.«

»Das glaube ich ihr auf Anhieb.« Lorenz, der wieder zurückgekehrt war, lachte und hielt Charlotte ein köstliches Abendessen unter die Nase. »Und? Habe ich zu viel versprochen?«

Sie beäugte kritisch den Teller und stellte erleichtert fest, dass das Abendessen genau ihren Vorstellungen entsprach. Das Fischfilet sah köstlich aus, und auch das Gemüsebett, auf dem es lag, traf ganz ihre Wünsche.

»Schmeckt es so gut, wie es aussieht?«

»Es schmeckt sogar noch besser.«

Lorenz sah sich um. »Möchtest du hier draußen sitzen?«

»Am liebsten würde ich für immer hier stehen bleiben.«

Er reichte ihr eine Gabel. »Kein Problem.«

Mark stieß sich von der Brüstung ab und wandte sich zum Gehen. »Ich werde mich solange um das Eis kümmern.«

»Danke, aber ich möchte kein Eis«, antwortete sie ihm.

Mark schüttelte den Kopf. »Natürlich möchtest du Eis. Lorenz, erklär du es unserer Großstadtprinzessin.« Ohne Lorenz Ausführungen abzuwarten, ging Mark zurück in das Zimmer und verschwand daraufhin im dunklen Flur des Hotels.

»Das Eis ist für die Umschläge, die wir dir nachher noch um die Schienbeine wickeln werden.«

»Mir scheint, es kommt häufiger vor, dass jemand nach euren Touren von Wadenkrämpfen geplagt wird.« Ein großes Stück Fisch verschwand in ihrem Mund.

»Es kommt vor allem bei unerfahrenen Wanderern vor, die sich nicht genügend vorbereitet haben. Aber die Krämpfe sind noch nichts im Gegensatz zu dem Muskelkater, den du morgen haben wirst.«

»Über deine Motivationsmethoden müssen wir dringend einmal sprechen.«

»Dem mangelnden Motivationsgeschick kann ich nach wie vor meine charmante und optisch durchaus passable Anwesenheit entgegensetzen.« Sein freches Lausbubengrinsen ließ Charlotte herzlich auflachen.

»Ich werde dir morgen früh berichten, ob deine Taktik aufgegangen ist.«

Während Charlotte seelenruhig ihren Teller leerte, zauberte Lorenz eine weitere Flasche Weißbier aus dem Korb.

***

Charlotte lag entspannt im Liegestuhl auf der Terrasse, als Mark zurückkam. Ihr Glas war bis auf einen kleinen Rest leer.

Ebenso ihr Teller. Er lehnte sich schweigend gegen den Türrahmen und beobachtete Lorenz dabei, wie er die Massage mit dem Balm fortführte. Genau die Massage, die er selbst zuvor abbrechen musste, weil es sich viel zu gut angefühlt hatte, Charlotte zu berühren. Jetzt knetete Lorenz ihre Waden, und sie wirkte dabei völlig entspannt und machte seichten Smalltalk mit seinem Freund. Neid kam in ihm auf. Neid? Nein, Eifersucht.

»Störe ich?«

»In der Tat. Ich wollte gerade über deinen Freund herfallen, doch das müssen wir jetzt wohl verschieben.«

Charlottes breites Grinsen ließ für Mark nur einen Rückschluss zu. »Ist sie etwa betrunken?«

»Ja«, antwortete Lorenz zufrieden. »Und ich kann dir versichern, betrunken ist sie viel entspannter.«

Charlotte tätschelte Lorenz' Wange. »Du sagst immer so nette Sachen zu mir. Das macht er nie.« Sie deutete in Marks Richtung und zog eine Schnute.

»Trotzdem muss ich dich jetzt mit ihm allein lassen«, bedauerte Lorenz.

»Oh, geh noch nicht«, bettelte Charlotte. »Bitte lass mich nicht allein mit ihm.«

»Wenn er gemein zu dir ist, erzählst du es mir einfach morgen. Dann werde ich ihn zur Strafe verprügeln.«

»Das würdest du wirklich für mich tun?«

»Natürlich.«

»So etwas Liebes hat noch niemand für mich gemacht.«

An seinem strahlenden Lächeln konnte Mark erkennen, wie sehr Lorenz sich amüsierte.

»Gute Nacht, Charlotte. Bis morgen.«

»Gute Na-acht.«

»Ich werde mal nach unseren anderen Schäfchen schauen. Hast du die Lage hier im Griff?«

Marks geräuschvolles Einatmen sollte seinen Freund wissen lassen, dass er liebend gerne auf eine weitere Grenzerfahrung mit Charlotte verzichtet hätte.

Aufmunternd klopfte Lorenz ihm auf die Schulter. »Keine Angst, sie ist ganz friedlich.« Mit diesen Worten ließ er Mark stehen und verschwand. Zurück blieb ein entnervter Wanderführer, dessen Hormone kurzzeitig außer Kontrolle geraten waren, und eine betrunkene Journalistin, deren überhebliche Art auf seinen natürlichen Charme stieß.

»Möchtest du hier draußen bleiben?« Mark sah sich um. Der Balkon war klein, dennoch lud er mit den durchaus gemütlichen Möbeln und seinem Ausblick in die Berge zum Verweilen ein. Als Charlotte zustimmend nickte, konnte er es ihr daher nicht verdenken, denn trotz der vorangeschrittenen Tageszeit war es noch angenehm warm.

Solange sich Mark damit beschäftigte, Heilerde und Eis auf den Tüchern zu verteilen, verabschiedete sich langsam der Tag, und die untergehende Sonne hieß die ersten Sterne am Himmel willkommen.

Er griff nach den Umschlägen und kehrte auf den Balkon zurück. »Du bist so ungewohnt still. Geht es dir gut?«

»Ich glaube, ich bin ein wenig beschwipst.« Kaum hatte Charlotte ausgesprochen, verzog sich ihr Mund zu einem lautstarken Gähnen. »Entschuldigung.«

»War eben ein anstrengender und langer Tag für dich.« Er deutete auf ihre Beine. »Du musst die Füße aufstellen.«

Kommentarlos kam sie seiner Aufforderung nach und beobachtete ihn, wie er sich fachmännisch ihrer Beine annahm, indem er die großen, präparierten Tücher um ihre Waden wickelte und sie kühlte.

»Brrr. Kannst du mich bitte aus dieser Eishölle wieder befreien. Ich erfriere.« Mitleidsuchend sah sie zu Mark auf.

»Nur ein paar Minuten. Glaub mir, morgen wirst du mir dafür dankbar sein.«

»Aber es ist so kalt.« Ihre Stimme hatte einen kindlichen Klang angenommen.

Mark würde unter keinen Umständen nachgeben, doch er wollte es ihr wenigstens ein wenig erträglicher machen, daher holte er eine Wolldecke aus dem Zimmer.

»Hier.« Er setzte sich auf die Kante des Liegestuhls und breitete die Decke über Charlottes Oberkörper aus. »Wird es schon wärmer?«

»Nein.«

»Nein?«

»Nein!«

»Dann werde ich jetzt etwas tun, was dir vermutlich überhaupt nicht gefallen wird.« Mark nutzte den Augenblick und zog Charlotte in seine Arme. Seine Hände strichen fest, geradezu hart über ihren Rücken und wärmten sie. Wie erwartet setzte sie zu einem lautstarken Gezeter an, doch es dauerte nicht lange, bis sie verstummte. Entspannt versank sie in seinen Armen und lehnte sich an seine Brust.

Die Erschöpfung und der ungewohnte Bierkonsum zeigten ihre volle Wirkung. Schon nach kurzer Zeit bemerkte Mark, dass sie eingeschlafen war.

Er nutzte die Gelegenheit und hielt sie noch ein wenig länger in seinen Armen als notwendig. Dann bettete er sie zurück und beobachtete sie dabei, wie sie friedlich schlummerte.

Sie bemerkte nicht, wie er sie wenig später von den Umschlägen befreite. Erst als Mark sie zu ihrem Bett trug, wachte sie auf. Es war dunkel geworden, und er schaltete die altmodische Nachttischlampe ein.

»Ruh dich aus. Morgen liegt wieder ein anstrengender Tag vor dir.«

»Ich hasse dich.«

Charlottes beiläufige Worte entlockten Mark ein Lächeln.

»Ich weiß.«

VIER

Geradezu ehrfürchtig stand Charlotte inmitten der Bergwelt und versank in der Aussicht, die sich ihr bot. Ihr beschwerlicher Aufstieg, der schmerzhafte Muskelkater und ihre wiederaufkeimende Wut auf Mark hatten sich in Anbetracht des majestätischen Panoramas in Luft aufgelöst.

Dicht neben ihr jagten Wassermassen lautstark den Berg hinab und mündeten in einem traumhaft schönen Bergsee. Charlotte wurde zum ersten Mal bewusst, in welch herrlicher Umgebung sie sich befand. Die Natur, der sie nie Beachtung geschenkt hatte, zeigte sich ihr in einer Vollkommenheit, die sie erschaudern ließ.

Neben ihr stand Harald und zeigte sich ebenso begeistert von der Landschaft wie sie selbst. Seine linke Hand drehte ruhig und kontrolliert an dem stattlichen Objektiv, das auf der Kamera saß, während seine rechte Hand im gefühlt richtigen Augenblick den Auslöser nach unten drückte.

Er ließ seine Kamera sinken und wandte sich an Charlotte, wobei er seine Stimme heben musste, damit sie ihn über das

Getöse des Wasserfalls hinweg hören konnte.

»Wunderschön. Findest du nicht auch?«

Anstatt ihm zu antworten, nickte Charlotte nur und widmete sich wieder dem Ausblick. Die Bilder von Harald würden sicherlich großartig werden, doch sie bezweifelte ernsthaft, dass es möglich wäre, die vollkommene Pracht der Landschaft auf einem kleinen Stück Papier einzufangen.

»Seid ihr soweit? Wir wollen weitergehen.« Lorenz kam zu den beiden und legte Charlotte seine Hände auf ihre Schultern.

»Natürlich.« Charlotte wollte Lorenz gegenüber nicht zugeben, dass sie noch stundenlang hätte stehenbleiben können, um die Aussicht zu genießen – sie wollte es sich nicht einmal selbst eingestehen. Deshalb kam sie seiner Aufforderung nach.

Als sich der Tross langsam wieder in Bewegung setzte, biss sie tapfer die Zähne zusammen, denn ihr Muskelkater brachte sie beinahe um.

Sie wusste, dass sich der Schmerz nach wenigen Metern wieder legen würde. Schließlich hatte sie schon zahlreiche, stundenlange Shoppingtouren in High Heels gemeistert und kannte das Gefühl von schmerzenden Füßen. Doch diese Art von Schmerz war ihr neu.

Sie waren den ganzen Morgen über bergauf gewandert, bis sie über einen geraden, schmalen Pfad den Wasserfall erreichten. Nun ging es das erste Mal bergab: hinunter zum See. Eine Erfahrung, auf die Charlotte liebend gerne verzichtet hätte. Abwärts war es zwar weniger anstrengend, doch es plagten sie höllische Schmerzen im Schienbein, die sie zwangen, sich in zaghaften, kleinen Schritten fortzubewegen. Tapfer lächelte sie den anderen zu, die sie nach und nach überholten.

Als sich Lorenz unaufgefordert bei ihr unterhakte, um sie zu stützen, atmete sie auf und bedankte sich bei ihm.

Er zeigte sich so fürsorglich, dass Charlotte ihn immer mehr in ihr Herz schloss. Lorenz war wirklich ein feiner Kerl. Man musste ihn einfach gernhaben. War es daher nicht naheliegend, dass gerade sie als gute Reporterin es als ihre Pflicht sah zu hinterfragen, weshalb zwischen ihm und Hannah Eiszeit herrschte?

Als sie am Ende des Weges ankamen, der anstrengende Abstieg endlich geschafft war und sie gemeinsam zu einem nahegelegenen Grillplatz schlenderten, ergriff sie daher die erste Gelegenheit, das Thema anzusprechen.

»Eigentlich schade, dass Hannah und die beiden Jungs heute nicht dabei sind. Ich finde Marks Schwester richtig nett. Kaum vorstellbar, dass sie und Mark verwandt sind. Wirklich ähnlich sind sie sich ja nicht gerade. Und auch ihre beiden Jungs sind wirklich lieb. Weshalb konnten sie eigentlich heute nicht mitkommen?« Sie hatte kaum ausgesprochen, als sich Lorenz von ihr befreite.

»Das weiß ich nicht«, antwortete er kühl. »Schaffst du die paar Meter ohne mich? Ich würde mich gerne nach ein wenig Brennholz umsehen. Schließlich sind wir alle hungrig. Und je früher das Feuer brennt, desto eher gibt es etwas zu essen.«

»Natürlich, geh ruhig.« Hätte Charlotte nicht schon eine interessante Story hinter dem schwierigen Verhältnis von Lorenz und Marks Schwester vermutet, hätte sein seltsames Benehmen sie spätestens jetzt stutzig gemacht.

Der eben noch so lustige und fröhliche Wanderführer stakste zum angrenzenden Wäldchen und verschwand hinter den Hecken und Sträuchern. So leid es ihr tat, dass sie durch ihre Frage zu Lorenz abrupten Stimmungswechsel beigetragen hatte, so sehr wurde ihre Neugierde dadurch angestachelt.

***

Mark, der mit den beiden Zwillingsschwestern das Schluss-
licht der Gruppe bildete, beobachtete Charlotte und Lorenz
argwöhnisch. Auch er hatte Charlottes missliche Lage erkannt
und wollte ihr zur Hilfe eilen, doch sein Freund war ihm zu-
vorgekommen. Verwirrt über seine eifersüchtige Reaktion,
blieb er im Hintergrund.

Er versuchte sich wieder auf seine beiden netten Wegbeglei-
terinnen zu konzentrieren, die ihn unablässig mit Geschichten
aus ihrem Privatleben unterhielten. Aber als Charlottes lautes
Lachen an sein Ohr drang, war seine Aufmerksamkeit dahin.
Was hatten die beiden nur so Lustiges miteinander zu bespre-
chen? Weshalb musste Lorenz auch noch seinen Arm um sie
legen und ihr etwas zuflüstern? War er wirklich so neidisch auf
seinen Freund?

Der mühsame Abstieg zog sich dahin, und als sie endlich
am See ankamen, war Mark noch immer enttäuscht darüber,
nicht an dem unterhaltsamen Gespräch zwischen den beiden
teilgenommen zu haben. Die beiden Zwillingsschwestern hatten unentwegt geredet und gekichert und ließen ihm nicht den
Bruchteil einer Sekunde Zeit, zu seinem Freund und der Reporterin aufzuschließen.

Die beschauliche Grillstelle lag unweit des Seeufers und
wurde von imposanten, alten Bäumen umrahmt. Die Tische
und Bänke standen im Schatten.

Marks Blick folgte Charlotte und Lorenz, die den Weg zum
Grillplatz eingeschlagen hatten. Während Charlotte jedoch un-
unterbrochen weiterredete, schien Lorenz mittlerweile die
Flucht vor ihr zu ergreifen. Bei der ersten Gelegenheit, die sich
ihm bot, ließ er Charlotte allein zurück.

Nachdem Lorenz verschwunden war, entschuldigte sich Mark bei den Zwillingen und nutzte die Gunst der Stunde, um allein mit Charlotte zu sprechen. »Sieh mal einer an. Wer wurde denn hier allein zurückgelassen?«

»Ich wurde nicht zurückgelassen.« Charlotte musterte Mark. »Während du dich hier mit mir unterhältst, sorgt dein Geschäftspartner für Brennholz.«

»Ah ja?!« Mark war irritiert. Unweit der Feuerstelle gab es ausreichend aufgestapeltes Brennholz – dafür hatten er und Lorenz bereits im Vorfeld gesorgt. Was wohl der Grund war, dass Lorenz so plötzlich Reißaus genommen hatte?

»Ja. Möchtest du ihm nicht dabei helfen?«

Mark blickte in die Richtung, in die Lorenz verschwunden war. »Nee.« Er schüttelte gleichgültig den Kopf. »Das schafft der Gute auch ohne mich.«

»Na, du bist ja ein toller Freund.« Charlotte setzte behutsam einen Fuß vor den anderen und steuerte die Grillstelle an.

»Wie erging es dir denn heute Morgen? Ich hatte ja gehofft, dass ich dich wieder wecken kommen darf, doch du warst äußerst pünktlich, wie mir berichtet wurde.« Er grinste und wusste, er würde sie mit seiner Stichelei zur Weißglut bringen.

Charlotte überraschte ihn allerdings, indem sie schlagfertig konterte. »Das nervige Klingeln des Weckers ziehe ich allemal deiner Anwesenheit vor.«

»Wenn du dir da mal nicht zu sicher bist.« Mark wusste selbst nicht, was ihn dazu getrieben hatte, sich zu solch einer Aussage hinreißen zu lassen, doch der verstörte Blick von Charlotte war es ihm wert.

Da sie die Grillstelle erreichten, wo schon ein paar Weggefährten Platz genommen hatten, schob er den ausbleibenden Konter von Charlotte darauf, dass sie nicht mehr unbeobachtet waren. Ansonsten hätte sie seine Aussage niemals unkommentiert im Raum stehenlassen. Unsinnigerweise bedauerte er das Ende ihres Schlagabtauschs.

Während Mark sich zum Rest der Gruppe gesellte, nahm Charlotte auf einer Bank im Schatten Platz und streckte die Beine von sich. Es dauerte nicht lange, bis sich die Männerclique aus Hessen zu der smarten Reporterin verirrte, und kurz darauf war erheitertes Gelächter aus dieser Ecke zu hören.

Solange Lorenz zusätzliches Holz heranschaffte, machte sich Mark daran, das Feuer zu entzünden. Zufrieden stocherte er in der Glut, und wie auf Kommando begannen alle damit, ihre Care-Pakete auszupacken, die ihnen Eva am Morgen mit auf die Reise gegeben hatte. Alle, außer einer. Denn Charlotte besaß keinen Rucksack.

Er drehte sich zu ihr um, doch Lorenz stand schon neben ihr und reichte auch ihr ein kleines verschnürtes Paket. Ihr unverstelltes, dankbares Lächeln ging ihm in diesem Moment durch und durch. Irritiert wandte er sich ab und begann erneut, in der Glut zu stochern. Er wollte nicht, dass Charlotte diese Wirkung auf ihn hatte. Sie war launisch und provokant. Ausgeschlossen, dass er sich für eine Frau wie sie interessieren könnte.

***

»Ich bin so erleichtert, dass nicht nur ich an Muskelkater leide.« Ulla lächelte, als sie und Charlotte sich unterhakten und gemeinsam an den See gingen. »Doch dich scheint es härter getroffen zu haben.«

»Ich kann mich nicht erinnern, in meinem ganzen Leben jemals so große Schmerzen gehabt zu haben«, bestätigte ihr

Charlotte und ließ sich von Ullas mitleidigen Blicken trösten.

Langsam näherten sich die beiden Frauen dem Rest der Gruppe. Ein paar einzelne hatte sich bereits ihres Schuhwerks entledigt und standen bis zu den Knien im kühlen Wasser.

Einladend wurde ihnen gewunken, und Charlotte war selbst überrascht, dass sie der Aufforderung, ohne viel darüber nachzudenken, nur zu gerne nachkommen wollte. Üblicherweise mied sie derart albernes und kindisches Verhalten, doch in Hinblick darauf, dass sie eigentlich niemanden kannte und nach dieser Woche vermutlich auch nie mehr jemanden von den Anwesenden sehen würde, sprang sie über ihren Schatten und schälte ihre Füße aus den noch immer nicht hübscher gewordenen Wanderschuhen.

Kaum hatten sie und Ulla ihre Schuhe abgestreift, staksten sie in den See. Für Charlottes Muskelkater war der Ausflug ins kühle und erfrischende Nass eine wahre Wohltat. Sie genoss das angenehme Gefühl, schloss ihre Augen und reckte ihr Gesicht der warmen Mittagssonne entgegen.

Für einen kurzen Augenblick gelang es ihr, alles um sich herum auszublenden, und ihr Geist war seit langer Zeit entspannt und befreit. Sie befand sich im Einklang mit sich selbst und mit der Natur, bis ein kreischender Aufschrei sie erschrocken zusammenzucken ließ und sie beinahe ihr Gleichgewicht verlor.

Hätte Gert, der sympathische Lehrer, mit dem sie sich am Morgen im Hotel unterhalten hatte, nicht beherzt nach ihrem Arm gegriffen, wären Charlotte der Schreck und die glitschigen Steine zum Verhängnis geworden.

»Dankeschön.« Sie schenkte Gert einen erleichterten Blick.

»Keine Ursache. Stehst du wieder sicher?«

Er sah sie prüfend an.

Erst als Charlotte nickte, löste er seinen festen Griff.

Als sich die beiden dem Geschehen zuwandten, sahen sie gerade noch, wie Natalie, eine der drei Cousinen aus Wien, so ungünstig gegen Walter und Bernd stieß, dass sie dominoartig im See umfielen. Da das Wasser nicht tief war, schien keiner besorgt um die drei, im Gegenteil. Als ihre Köpfe auftauchten und ihre überraschten Gesichter zu sehen waren, begann ein fröhliches und schadenfreudiges Gelächter.

Während Walter und Bernd noch immer verdutzt und patschnass im Wasser standen, huschte Natalie eiligen Schrittes an ihnen vorbei ans Ufer. Charlotte konnte lediglich ein paar Wortfetzen von ihr aufschnappen. Doch die Worte »Wasser«, »bewegt«, »Bein«, »Fisch« ließen schnell erahnen, was passiert war. Erst als sie sicher am Ufer von Mark und Lorenz in Empfang genommen wurde und sie lautstark mit ihren Erzählungen begann, bestätigte sich Charlottes Vermutung. Die Gute hatte sich fürchterlich erschrocken, als sie ein Fisch am Bein streifte.

Das war jedoch nicht das Interessanteste an der Situation. Vielmehr erregte die Tatsache Aufmerksamkeit, dass sich Natalies Oberteil wie eine zweite Haut um sie schloss und sämtliche Körperrundungen mehr als anschaulich betonten. Und das, musste Charlotte feststellen, war den wenigsten entgangen.

Während die vollbusige Managementassistentin noch wild gestikulierend die Ereignisse schilderte, zog sie die Blicke aller Männer auf sich.

Brigitte und Bianca war das ebenfalls aufgefallen. Sie eilten schnurstracks aus dem Wasser und positionierten sich möglichst unauffällig und schützend vor ihrer ahnungslosen Cousine, die sich langsam wieder von dem Schreck erholte.

Die Aufregung ebbte daraufhin schnell ab. Nach und nach zog es den Rest wieder zurück ans Ufer, wo alle ihre Beine zum Trocknen auf der saftigen, grünen Wiese ausstreckten. In der warmen Sommersonne trocknete selbst Natalies Shirt schnell wieder, und so gab es, außer der herrlichen Landschaft auch nichts mehr zu sehen. Der männliche Hormonhaushalt pendelte sich wieder ein, und die Unterhaltungen wurden allgemeiner.

Charlotte warf ihre ursprüngliche Skepsis über Bord. Obwohl sie in ihrem alltäglichen Bekanntenkreis für gewöhnlich mit einer ganz anderen Art von Menschen zu tun hatte, genoss sie die Gespräche in der Gruppe.

Keiner erschien ihr hier oberflächlich oder flatterhaft. Sie hatte es durchweg mit sympathischen und bodenständigen Leuten zu tun. Interessiert lauschte sie einer Unterhaltung zwischen Harald, Patrick und Gert, die sich über ihre Beweggründe, an der Tour teilzunehmen, äußerten. Dabei fiel ihr auf wie unterschiedlich diese doch waren.

Patrick war von seinen Geschäftskollegen überrumpelt worden. Sie waren der Meinung, dass der schüchterne Informatiker endlich einmal unter Leute müsste. Er sollte sich mit jungen Frauen treffen und sich nicht ständig hinter seinem Computer verschanzen. Da ihm frische Luft ebenfalls fremd geworden war, lag die Lösung nahe. Ein Kollege hatte vor wenigen Wochen ebenfalls an dieser Tour teilgenommen und davon erzählt. Kurzerhand wurde Patrick überredet – und dann gab es kein Zurück mehr.

Gert hingegen war passionierter Bergwanderer. Er verbrachte gerne und viel Zeit in der Natur, ganz im Gegensatz zu seiner Exfrau. Sie hatte es gehasst, wenn er sie einmal dazu hatte bringen können, mit ihm in die Berge zu fahren.

Über Jahre hinweg endeten ihre Reisen im Streit, bis Gert schließlich nachgegeben hatte und zweimal im Jahr mit seiner Frau ans Meer verreiste. Doch ihre Freizeitgestaltung war nicht das einzige Problem in der Ehe. Als die Scheidung vor ein paar Wochen schließlich durch war, beschloss Gert, sein Leben wieder so zu gestalten, wie es ihm am besten gefiel. Als er kürzlich in dieser Region unterwegs war, wurde ihm von den Wandertouren erzählt, woraufhin er sich umgehend angemeldet hatte.

Doch Haralds Erklärung ging Charlotte besonders nahe. Der gutaussehende Mittvierziger erzählte vom tragischen Verlust seiner geliebten Frau vor vier Jahren. Um besser mit seiner Trauer klarzukommen, hatte er sich in die Arbeit gestürzt – durchaus erfolgreich. Dabei blieben sein Körper und seine Seele allerdings auf der Strecke. Die Ärzte diagnostizierten ihm einen drohenden Herzinfarkt und ein beginnendes Burnout. Er hatte alle Warnungen zunächst in den Wind geschlagen, bis er vor wenigen Wochen zusammengebrochen war und erst im Krankenhaus wieder erwachte. Da wusste er, er musste etwas in seinem Leben ändern. Harald erinnerte sich an seine Jugend und daran, dass er leidenschaftlich gerne in den Bergen unterwegs gewesen war. Als er seinem Neffen, der gleichzeitig sein engster Vertrauter war, von seinen Plänen berichtete, verwies ihn dieser auf einen kleinen Artikel, den er unlängst gelesen hatte. Ihm hatte das Programm von Mark und Lorenz auf Anhieb gefallen, und mit ein wenig Ermutigung seines Neffen entschied er sich dann für die Single-Tour.

Als sich die drei Männer nach dem Grund für Charlottes Hiersein erkundigten, kam sie ins Straucheln. Wusste etwa niemand, dass sie nur wegen des Artikels an der Tour teilnahm? Noch dazu nicht einmal freiwillig? Dass sie sich nichts aus den Bergen und aus dem Wandern machte, war schließlich kein Geheimnis.

Da die Herren sie erwartungsvoll ansahen, geriet Charlotte zusehends mehr in Bedrängnis und begann unsicher herumzudrucksen. »Wisst ihr, ähm … Wo soll ich nur anfangen … Es ist … Also …«

Erleichtert atmete sie auf, als Mark sie zum Aufbruch animierte.

»Jungs, ich kann durchaus verstehen, dass euch unser hübsches, stotterndes Stadtpflänzchen in ihren Bann gezogen hat, aber wir müssen langsam los.«

»Ich stottere nicht.« Charlotte funkelte Mark an.

»Dennoch warst du nicht in der Lage, einen vollständigen Satz zu bilden. Ausgerechnet bei deinem Beruf.«

Marks selbstzufriedenes Grinsen trug nicht zur Entspannung der Situation bei. Das Gegenteil war der Fall.

»Ich könnte dich … Kannst du nicht einfach … Argh! Lass mich doch einfach in Ruhe!«

Amüsiert von Charlottes und Marks Schlagabtausch, hievten die Männer ihre Körper in die Höhe und machten sich auf die Suche nach ihren Schuhen. Unterdessen versuchte Charlotte äußerst ungelenk aufzustehen.

»Kann ich dir helfen?«

Mark hatte sie bei ihrem schmerzhaften Versuch aufzustehen beobachtet. Sie drehte sich auf alle viere und keifte ihn an: »Bloß nicht. Lieber kaue ich eine Packung Reißnägel.«

Er grinste. Ehe sie protestieren konnte, griff er beherzt um ihre Taille. Noch bevor Charlotte wusste, wie ihr geschah, stand sie sicher auf dem Boden.

»Jetzt gibt es keine faulen Ausreden mehr. Schuhe anziehen! Wir wollen endlich los.«

Sie hatte keine Gelegenheit mehr, etwas zu sagen. Mark ließ sie einfach stehen und ging weiter, und sie blieb perplex zurück.

Da stand sie nun endlich. Ihre Schuhe und Strümpfe befanden sich hingegen in schier endloser Entfernung vor ihr auf dem Boden. Mühsam beugte sie ihre Knie und tastete nach dem Schuhwerk, bis sie ihre Beute schließlich in den Händen hielt. Erschöpft machte sie kehrt und ging zurück zur Grillstelle, wo sie sich hinsetzen konnte. Den gleichen Gedanken musste auch Ulla gehabt haben, die sich bereits auf einer der Bänke niederließ.

Lorenz ging mit großen Schritten an ihr vorbei und klopfte ihr aufmunternd auf die Schulter. »Wenn du dich beeilst, kommst du vielleicht auch noch in den Genuss meines Service.«

Verwirrt sah ihm Charlotte nach. Wie hatte er das gemeint? Welcher Service?

Lorenz hatte den Grillplatz erreicht und kniete sich vor Ulla auf den Boden. Fürsorglich half er ihr beim Anziehen ihrer Schuhe und Charlotte musste wieder einmal feststellen, dass Lorenz ein echt netter Kerl war. Sie war selten jemandem begegnet, der so hilfsbereit und freundlich war.

»Ich bin schon beim zweiten Schuh. Du musst dich also sputen«, rief er ihr belustigt entgegen.

»Gemessen an meinem derzeitigen, körperlichen Empfinden und meiner Schmerzgrenze, rase ich quasi schon.«

Lorenz lautes Auflachen ließ sie ebenfalls einstimmen.

Als sie endlich angekommen war, ließ sie sich erleichtert auf die harte Holzbank fallen. Und das keine Sekunde zu früh. Ullas Schuhe saßen bereits fest an ihren Füßen, und sie bedankte sich bei ihrem Helfer mit einem Schmatz auf seine Wange.

Lorenz und Charlotte blickten der humpelnden Ulla hinterher, die wieder auf den See zusteuerte. Augenzwinkernd wandte er sich ihr zu und tippte mit seinem Zeigefinger an seine Wange. »Da hast du aber eine steile Vorlage zu toppen, Charlotte.«

»Wenn der Service stimmt, lasse ich gerne mit mir verhandeln. Doch zuerst die Arbeit.«

Die Situation amüsierte beide. Und hätten sie es nicht besser gewusst, hätte für außenstehende der Eindruck entstehen können, sie wären ernsthaft interessiert aneinander.

Lorenz zog langsam die Augenbrauen nach oben. »Dann werde ich mir die größte Mühe geben, Schätzchen.«

Charlotte lehnte sich entspannt zurück und beobachtete ihn dabei, wie er ihre Füße sorgsam in ihre dunkelbraunen Wanderschuhe steckte. Fröhlich pfiff er eine sehr eigentümliche Interpretation des Deep-Purple-Klassikers *Smoke on the water* vor sich hin. Sie ging jedenfalls davon aus, dass es sich bei der Melodie um besagtes Stück handelte.

»Du bist ein richtig netter Kerl, weißt du das?«

»Das muss wohl mein Schicksal sein.«

Eine gewisse Verbitterung schwang in seinen Worten mit und machte sie stutzig.

»Wie meinst du das?«

Lorenz' Miene war unergründlich, und sie konnte nicht einschätzen, ob an ihrem Eindruck etwas dran war oder nicht. Erst als er weitersprach, wurde ihr bewusst, dass sie wieder einmal einen wunden Punkt bei ihm getroffen hatte.

»Ich bin immer der nette Kerl.« Er ließ keinen Zweifel daran, dass er das Thema nicht weiter vertiefen wollte. Er band rasch Charlottes anderen Schuh und stand auf. »Fertig. Jetzt kannst du in die zweite Runde starten. Bist du bereit?«

Sie wollte Lorenz nicht erneut vergraulen, dafür hatte sie noch allzu deutlich seine Reaktion auf das Gespräch über Hannah vor Augen. Sie schenkte ihm daher kurzerhand ein aufmunterndes Lächeln und erhob sich. »Ich möchte dich ungern anlügen.«

»Aber du hast heute schon bedeutend mehr Spaß als gestern. Das musst du doch zugeben.«

Lorenz blaue Augen durchdrangen sie fragend. Erst als sie geschlagen nickte, wanderten seine Mundwinkel wieder nach oben, und jenes Lausbubengesicht, das Charlotte bereits bei ihrem ersten Aufeinandertreffen aufgefallen war, zeigte sich.

»Warst du denn mit meinen Diensten zufrieden?«

Sein zaghafter Wink war nicht zu missverstehen, zumal er ihr auffordernd seine Wange hinhielt.

Charlotte stellte sich auf ihre Zehenspitzen und hauchte ihm einen Kuss auf die Wange. Dass sie dabei beobachtet wurden, zeigte sich schnell an den Pfiffen und begeisterten Rufen.

Ertappt schauten sich die beiden um. Ihre Wandergruppe stand wartend und startbereit nur wenige Meter von ihnen entfernt. Alle schmunzelten amüsiert – mit einer Ausnahme. Mark taxierte die beiden und sah dabei aus, als hätte es ihm die Petersilie verhagelt.

***

Am Nachmittag überraschten Lorenz und Mark ihre Gäste mit einem kleinen Highlight. Im Dorf hatte es sich herumgesprochen, dass sich eine Gruppe Freeclimber in den Bergen herumtrieb. Nach kurzer Recherche hatte Mark herausgefunden, dass die wagemutigen Kletterer zufälligerweise unweit von ihnen unterwegs waren. Auch wenn dadurch ihre geplante

Route ins Wasser fiel, so wollten er und Lorenz ihrer Gruppe dieses Schauspiel nicht vorenthalten. Und wie erwartet, starrten alle gebannt auf die Gestalten, die sich in der Felsenwand geradezu schwerelos zu bewegen schienen.

Als sie ihren ursprünglichen Weg wieder fortsetzten, war es daher wenig verwunderlich, dass die Extremsportler das vorherrschende Gesprächsthema waren.

Nach ungefähr einer weiteren Stunde des gemütlichen Wanderns erreichten sie schließlich ihr Etappenziel. Es war ein modernes Holzhaus. Es wirkte großzügig und einladend, wenngleich eher untypisch, da es nicht dem gängigen Touristenstandard entsprach. Auf der Terrasse des Gebäudes war ein großer Tisch mit allerhand Küchenmobiliar aufgebaut, was ein wenig für Verwirrung sorgte.

Lorenz stieß einen so langen und lauten Pfiff aus, dass Charlotte sich erschrocken die Ohren zuhielt und ihn entgeistert anschaute. Nur wenige Augenblicke später hörten sie das Echo, und eine junge Frau trat ins Freie.

Sie war überdurchschnittlich groß. Charlotte schätzte sie auf mindestens eins achtzig. Ihr blondes Haar, das unglaublich gut zu ihrem hellen Sommerkleid passte, trug sie kinnlang, und ihre großen, blauen Augen strahlten. Was, wie Charlotte vermutete, an ihrem Zustand oder besser gesagt an ihrem Umstand lag. Die Frau schob eine imposante Babykugel vor sich her, die sie schützend mit ihren Armen umschlang. Ihr Strahlen ließ erahnen, wie glücklich sie sein musste.

Lorenz umschloss ihr Gesicht mit seinen Händen und küsste sie auf die Stirn. Danach tätschelte er liebevoll ihren voluminösen Bauch und redete auf selbigen ein.

»Wenn du einen Schritt zur Seite gehen würdest, …«

Lorenz fiel Mark ins Wort. »Warte, ich glaube, sie hat mich

getreten.« Aufgeregt ließ er seine Hand auf der Kugel ruhen. »Wow, das ist ja der Wahnsinn.«

»Möchtest du auch mal fühlen?« Die Frau wartete Marks Antwort nicht ab, sondern führte seine Hand zu ihrem Bauch. Er musste lächeln, als er die energischen Tritte des Ungeborenen spürte.

»Wann ist es denn soweit?« Charlotte war neugierig. Sie wollte mehr über die Frau wissen. Nicht zuletzt, weil ihr die bewundernden Blicke nicht entgangen waren, die die Schwangere Mark zugeworfen hatte. Sie hätte es zwar nicht zugegeben, doch als Mark den Bauch der Unbekannten berührte, regte sich ein verwirrendes Gefühl in ihr – Eifersucht!

»In acht Wochen, wenn sich der Arzt nicht verrechnet hat.« Die blonde Frau kam auf die Gruppe zu. Sie reichte jedem die Hand und stellte sich als Kathi vor: Lorenz' Schwester. Kaum hatte sie ihre Begrüßungsrunde beendet, als Lorenz auf ihren Bauch deutete und stolz verkündete, dass dies seine kleine Nichte sei. Oder sein kleiner Neffe, wie Kathi ergänzte.

Über die Wiese nahte ein großgewachsener Mann heran.

Soweit Charlotte erkennen konnte, war er, wie Lorenz' Schwester, höchstens Mitte zwanzig. Er entsprach nicht gerade dem gängigen Schönheitsideal. Seine Nase hatte einen kleinen Höcker und seine Statur war knochig und hager. Doch Kathis Augen strahlten, als sie ihn entdeckte. Es war ein Blick, der eine verliebte Frau auszeichnete. Augenblicklich waren Charlottes Befürchtungen um Mark und die kleine Schwester von Lorenz zerstreut.

Doch es gab etwas, das ihr wirklich Sorgen bereitete. Der Mann war in Begleitung. Von weitem mochte der Bernhardiner ja nett und ruhig wirken. Je näher die beiden allerdings kamen, umso unruhiger wurde sie und wich zurück.

Erst als Charlotte Bernd unbeholfen auf die Zehen trat und sie sich hektisch bei ihm entschuldigte, erkannte Mark ihr Dilemma. Geistesgegenwärtig bat er alle auf die angrenzende Terrasse. Im Tumult griff er unbemerkt nach Charlottes Arm und zog sie zu sich. Er beugte sich zu ihr herab und flüsterte an ihr Ohr. »Hilde ist gefühlte hundert Jahre alt. Sie ist weder neugierig noch bissig oder verspielt. Wenn du sie in Ruhe lässt, lässt sie dich auch in Ruhe.«

Die sonst so wundervoll gefährlich leuchtenden grünen Augen von Mark hatten sich zu einem durchdringenden, eisigen Blick verzogen, mit dem Charlotte nicht umzugehen wusste. Doch es bot sich ihr nicht die Gelegenheit, darauf einzugehen, da Mark sie stehen ließ und zu Lorenz ging. Der wiederum stellte den eingetroffenen Mann, als seinen Schwager Robert vor. Danach überließen die beiden Wanderführer das Wort der Gastgeberin, die sich liebevoll an ihren Mann schmiegte.

Mit den Worten »Liebe geht ja bekanntlich durch den Magen« erklärte Kathi auf äußerst sympathische Art und Weise, dass die Gruppe an diesem Nachmittag eine kleine kulinarische Überraschung erwartete. So war neben dem gemeinsamen Apfelstrudelbacken zusätzlich noch eine Schnapsprobe in der hauseigenen kleinen Schnapsbrennerei geplant.

Begeistert machten sich alle ans Werk und folgten aufmerksam Kathis Ausführungen. Kathi hatte Ulla schnell als Frau vom Fach durchschaut und war begeistert, es mit einer waschechten Konditorin zu tun zu haben. Deshalb wurde Ulla als weitere Instruktorin auserkoren, die gemeinsam mit Kathi durch die Reihen ging, um Tipps, Ratschläge und Anweisungen zu geben.

Gemeinsam mit Harald machte sich Charlotte an die Arbeit. Sie musste über ihren Mitstreiter schmunzeln. Auffallend oft bat er Ulla um Hilfe und löcherte sie mit Fragen zu ihrem Beruf. Es machte Spaß, die beiden bei ihrem Flirt zu beobachten, denn es hatte etwas Entspanntes und Ehrliches. Ulla und Harald würden definitiv ein schönes Paar abgeben, und noch hatten sie ja ein paar Tage Zeit, um sich weiter anzunähern.

Langsam begriff Charlotte das Konzept von Mark und Lorenz. Alle schienen sich in der Gruppe wohlzufühlen. Die beiden achteten von Anfang an darauf, dass keiner ausgeschlossen war. Sie kümmerten sich um jede einzelne Person und jedes noch so kleine Problem. Sie agierten wie Brücken, die die einzelnen Personen und Gruppen miteinander verbanden, um den Kontakt untereinander herzustellen und zu fördern. Selbst der extrem schüchterne Patrick beteiligte sich ganz selbstverständlich an den Gesprächen. Das Wandern trug zusätzlich noch einen Teil zur Entspannung der Leute bei. Charlotte musste selbst zugeben, dass sie seit langer Zeit wieder einmal abschalten konnte. Es war zwar nach wie vor nicht ihre bevorzugte Art der Unterhaltung, geschweige denn die ultimative Vorstellung eines erholsamen Urlaubes. Doch wenn sie die Schmerzen in ihren Beinen einmal außer Acht lassen würde, fand sie es nicht so schlimm, wie sie zunächst gedacht hatte.

Bei der kniffligen Kunst des Teigausrollens trennte sich schnell die Spreu vom Weizen. Während Gert und Sandra keinerlei Probleme zu haben schienen, den Teigkloß wie geheißen auszurollen, tat sich der Rest der Gruppe äußerst schwer. Inklusive Charlotte. Nur mit Ullas Hilfe schafften sie und Harald es schließlich, ihr Kunstwerk als letzte zu beenden.

Die anderen waren schon ins Nebengebäude vorausgegangen, und so bot sich Charlotte an, das Backblech in die Küche zu tragen. Vor allem wollte sie Ulla und Harald noch die Gelegenheit bieten, sich ungestört weiter zu unterhalten.

Als Charlotte das Haus betrat, war sie überrascht von der modernen Einrichtung. Das Gebäude war sehr stilbewusst möbliert und widersprach ihrer anfänglichen Vorstellung vom veralteten Leben in den Bergen in jeder Beziehung. Neugierig blickte sie sich um.

Während sie dem Geräusch von klapperndem Geschirr folgte, betrachtete sie die gerahmten Fotografien an der Wand. Unter anderem entdeckte sie ein älteres Bild von drei kleinen Jungen, die stolz vor einem Gipfelkreuz posierten. Zwei davon waren unschwer als Mark und Lorenz auszumachen. Der dritte erinnerte Charlotte ein wenig an Marks Neffen Basti.

Sie konnte ihre Überlegungen nicht zu Ende führen, denn wie aus dem Nichts tauchte ein großes Ungeheuer auf und ließ sich abrupt vor ihr nieder.

Hilde hatte es sich mitten im Flur bequem gemacht. Sie hob nicht einmal mehr den Kopf, als Charlotte wie angewurzelt vor ihr stehen blieb und erschrocken die Luft einsog. Was sollte sie jetzt nur tun? Sie blieb stehen und zählte langsam auf zehn – dann auf zwanzig – auf dreißig. Doch der Köter lag vor ihr und bewegte sich nicht. Lebte er überhaupt noch? Schlief er etwa? Was passierte, wenn sie sich bewegen würde und der Hund plötzlich aufwachte?

Da das Blech in ihren Händen immer schwerer wurde, riskierte sie es. Mit einem großen Schritt überwand sie das flauschige Hindernis, nur um dem nächsten in die Arme zu laufen.

Lachend trat Mark aus der Küche und lehnte die Tür hinter sich an. Augenblicklich verfinsterte sich seine Miene, was Charlotte nicht entging.

»Habe ich dir eigentlich irgendetwas getan?«

Mark ging nicht auf ihre Frage ein. Er griff nach dem Backblech, das sie in den Händen hielt.

»Ich nehm' dir das ab«, sagte er lediglich.

»Nein.«

»Nein?«

Er klang überrascht, was sie auf ihren harten Tonfall schob.

»Nein. Ich will zuerst wissen, was los ist.«

»Nichts. Was soll denn los sein?«

»Lüg mich nicht an.« Charlotte kniff die Augen zusammen und taxierte ihn prüfend.

»Okay, du willst also wissen, was los ist?«

»Ja.«

»Ja?«

»Ja!«

»Ich habe etwas dagegen, wenn du meinem Geschäfts-partner den Kopf verdrehst. Das tut ihm nicht gut. Das tut un-serem Geschäft nicht gut. Und was glaubst du wohl, wie es bei unseren Gästen ankommt?«

»Was?« Charlotte hatte weder die Absicht, Lorenz den Kopf zu verdrehen, noch wusste sie, wie Mark diesen Eindruck ge-winnen konnte. »Wie kommst du denn auf diese hirnrissige Idee?«

»Ich bin ja nicht blind.«

In Charlottes Kopf begann es zu rattern, bis ihr schließlich die Situation am See in den Sinn kam. »Also erstens verdrehe weder ich Lorenz den Kopf, noch umkehrt. Zweitens wäre ich auch durchaus freundlich zu dir, wenn du mich nicht mutwil-lig dazu gebracht hättest, dich zu hassen. Und drittens«, Char-lotte schmunzelte amüsiert, »wüsste ich es nicht besser, würde ich sagen, du bist eifersüchtig.«

Mark schüttelte energisch den Kopf. »Ich bin nicht eifer-süchtig, ich …«

»Hilfe!« Charlotte fiel ihm mit angsterfüllten Augen ins

Wort, als sie eine Bewegung hinter sich wahrnahm und Hildes Fell ihre nackten Waden streifte.

»Hund!« Ängstlich begann sie mit ihren Füßen zu tippeln. Als wollte sie zu einem Sprint ansetzen, drückte sie Mark mit Hilfe des Backbleches in Richtung Küche. Völlig überrascht kam er jedoch ins Straucheln, und Charlottes Plan, die Flucht zu ergreifen, wurde vereitelt.

***

Kathi zuckte erschrocken zusammen, als die Tür donnernd gegen einen der hellen Küchenschränke flog. Doch der sich ihr bietende Anblick entschädigte sie für den Schreck. Laut lachend hielt sie ihren Bauch fest umschlossen und ergötzte sich an der abstrusen Szenerie.

Mark lag auf dem Boden. Charlotte lag auf ihm und dazwischen das Backblech, mit einem zerdrückten Apfelstrudel, dessen Inhalt sich über Mark und den Boden verteilte. Und als ob das noch nicht genug wäre, trottete Hilde seelenruhig an den beiden vorbei, leckte Marks Ohr ab und würdigte die beiden keines weiteren Blickes. Sie folgte Kathi durch die zweite Tür, die davoneilte, da ihr Lachanfall dazu geführt hatte, dass das Baby auf ihre Blase drückte. »Ich bin gleich zurück«, rief sie den beiden zu.

Charlotte blickte auf Mark herab. In seinen Haaren, in seinem Gesicht – überall hing die Apfelfüllung. Sie konnte ihr Lachen beinahe nicht unterdrücken, als sie mit dem Zeigefinger auf ihn deutete. »Du hast da ein bisschen was«, sagte sie ganz beiläufig, woraufhin Mark sich mit der Fingerspitze über seine linke Wange strich. »Ist es weg?«, erkundigte er sich amüsiert, aber dennoch in ernstem Ton.

»Ja.« Sie rollte sich von ihm herunter und merkte leider erst zu spät, dass ein Teil der Füllung auch auf dem Boden gelandet war.

»Oh, Mist.« Doch es war schon zu spät. Ihre Haare, ihre Bluse, ihre Shorts – alles hatte etwas vom Strudelinhalt abbekommen. Sie setzte sich kerzengerade auf und streckte den Rücken durch. Vorsichtig zog sie am Bund ihrer Bluse, bis sich ein großer Klecks von ihrem Rücken löste.

Mark befreite sich unterdessen vom Backblech und setzte sich ebenfalls auf. Der zerdrückte Teigklumpen löste sich langsam von seinem Hemd.

»Hast du dir eigentlich wehgetan?« Charlotte lächelte noch immer, wenngleich nun sanftmütiger, und ihre Stimme klang weich und mitfühlend.

»Nein, mir ist nichts passiert.« Er tastete an seinen Hinterkopf. »Abgesehen von einer kleinen Beule.«

»Uh.« Charlotte verzog mitleidig ihr Gesicht. »Das tut mir leid.« Sie richtete sich auf und sah seinen skeptischen Blick. »Es tut mir wirklich leid.«

»Schon gut.«

»Ist es sehr schlimm?« Sie fuhr mit ihren Fingern in sein Haar und streichelte sanft seinen Hinterkopf. Erst als Mark sich zu ihr umdrehte und in seinen Augen wieder dieser gefährliche und bestechende Ausdruck lag, wurde Charlotte bewusst, was sie tat. Schlagartig zog sie ihre Hand zurück – keinen Moment zu früh.

»So, da bin ich wieder, inklusive einem Putzlappen.« Kathi schlenderte zurück in die Küche und lehnte den mitgebrachten Wischmopp gegen die Wand.

»Lass mich dir helfen.« Hastig erhob sich Mark, um der Schwangeren zur Hilfe zu eilen.

Kathi bedeutete ihm stehen zu bleiben. »Bleib, wo du bist. Sonst haben wir die Schweinerei in der ganzen Küche.« Ihre Stimme klang trotz der Bescherung in ihrer Küche nach wie vor fröhlich.

»Kathi, entschuldige bitte, es war meine Schuld. Lass mich das Durcheinander beseitigen.« Charlotte versuchte aufzustehen. Der Schmerz in ihren Schienbeinen war unerträglich, dennoch mühte sie sich, die Tortur ohne Aufsehen und mit einem letzten kleinen Rest Würde zu überstehen. Ausnahmsweise spielte sich Mark nicht als ihr Retter auf, wofür sie dankbar war. Wenngleich ihr bewusstwurde, dass er ihr zum ersten Mal nicht behilflich war.

»Ihr zwei geht am besten nach oben ins Badezimmer. Aber geht außen herum, damit eure Schuhe sauber bleiben.« Kathi interessierte sich nicht weiter für die beiden. Seelenruhig hievte sie einen leeren Eimer ins Waschbecken und ließ Wasser einlaufen.

Wortlos trottete Charlotte Mark hinterher. Das Haus schien ihm vertraut, denn er steuerte im oberen Stockwerk zielsicher das Badezimmer an. Der Raum war zwar überschaubar, dennoch war auch er so detailverliebt eingerichtet, dass man sich wohlfühlen musste.

Sie standen vor dem großen Doppelwaschtisch und schwiegen weiterhin. Charlotte versuchte sich zunächst darin, sämtliche Apfelstücke aus ihren Haaren zu entfernen. Doch als Mark sein Hemd auszog und nur noch mit einem Unterhemd bekleidet neben ihr stand, war sie mehr denn je von seiner muskulösen Erscheinung abgelenkt. Er streckte seinen Kopf unter den Wasserhahn, und Charlotte folgte fasziniert seinen Fingern, die eben über die Stelle streiften, die sie selbst noch vor wenigen Augenblicken berührt hatte.

Er hatte einen breiten Rücken und starke Arme, und Charlotte hätte sich dafür ohrfeigen können, darauf zu hoffen, dass er sich zu ihr umdrehen möge, damit sie ihn genauer betrachten konnte.

Mark stellte das Wasser ab und richtete sich auf. Die nassen Haare tropften auf seine Schultern. Wasserperlen liefen über sein Gesicht. Er blickte sich suchend nach einem Handtuch um, verfing sich jedoch in Charlottes Blick.

Hastig drehte sie sich zum Waschbecken und stieß dabei den Seifenspender um.

»Alles in Ordnung?«

Nein, nichts ist in Ordnung. Überhaupt nichts ist in Ordnung. Hör auf, mich zu verwirren.

Sie nickte. »Ja.«

»Sicher?« Mark griff nach einem Handtuch und wischte sich über sein Gesicht. Da Charlotte nicht reagierte, wandte er sich zu ihr und lehnte sich mit verschränkten Armen gegen den Waschtisch.

Charlotte schloss kurz die Augen, um sich zu sammeln. Ihre Gedanken waren derart abstrus, dass sie sie dringend wieder in die richtigen Bahnen leiten musste. »Ja.« Doch ihre Antwort, die sie Lüge strafte, kam leider sehr spät und sehr zögernd.

»Du lügst.«

Aufgebracht schoss sie zu ihm herum. »Ich lüge nicht.« *Oh doch, das tu ich.* Ihr Blick folgte einem Wassertropfen, der sich aus seinen Haaren löste. Er verfing sich in seinem Brusthaar, das sein Unterhemd nicht bedeckte. Ihre Augen blieben fasziniert an seinem Oberkörper hängen.

»Oh doch, das tust du.« Mark schluckte hart. Er stieß sich mit der Hüfte vom Waschtisch ab und trat einen Schritt auf sie zu. Er umschloss zärtlich ihr Gesicht mit seinen Händen und zwang sie, ihn anzusehen. »Gib es zu!«

Charlotte hätte sich im Grün seiner Augen verlieren können. Er sah sie so begehrlich an, dass sie augenblicklich dahinschmelzen wollte. Inständig hoffte sie darauf, von ihm geküsst zu werden. Allein der Gedanke daran ließ sie erwartungsvoll strahlen. »Niemals.«

»Niemals?« Mark zog seine Augenbrauen herausfordernd nach oben, und in seinen Mundwinkeln spiegelte sich ein verschmitztes Lächeln.

Fasziniert, wie sexy ein einfaches Lächeln sein konnte, verringerte Charlotte provokativ den Abstand zwischen ihnen. Ihr Herz pochte aufgeregt.

»Niemals«, flüsterte sie kaum merklich. Den Bruchteil einer Sekunde später fanden ihre Lippen die seinen, und alles um sie herum schien verschwunden. Kein nerviger Chefredakteur. Keine hässlichen Wanderschuhe. Kein quälender Muskelkater. Nur sie und der dickköpfige Hinterwäldler, der sie zu küssen vermochte wie kein anderer vor ihm.

***

Der Himmel verfärbte sich rosa, als die Sonne hinter der imposanten Bergkulisse versank. Charlotte saß zurückgelehnt auf dem Balkon ihres Hotelzimmers. Eine zarte Brise frischer Abendluft strich über ihr Gesicht, als sie abwesend das Wasserglas vor sich anstarrte. Die Magnesiumtablette, die sie vor kurzem in ihr Getränk geworfen hatte, war beinahe verschwunden. Rings um das Glas zeugten winzige Wassertropfen von der aufspritzenden Flüssigkeit.

Kurz zuvor hatte sie ihr Telefonat mit Lea Engel beendet und gehorsam ihr Laptop geöffnet. Pascal drängte darauf, einen ersten Entwurf der Reportage zu sehen, und Charlotte konnte es ihm nicht verdenken. Ihr Chefredakteur wollte den Beweis, dass sie seinen Aufforderungen pflichtgemäß nachgekommen war. Doch ihre sonst so stürmische Art, einfach drauflos zu schreiben, versagte dieses Mal. Die Worte, die ihr normalerweise so leicht zuflogen, blieben aus. Sie richtete ihren Blick auf die leere, weiße Seite, die der Bildschirm ihr anzeigte. Sämtliche Worte, die ihr einfielen, hackte sie nacheinander in die Tastatur, nur um kurz darauf zu sehen, wie sie sie selbst wieder verschwinden ließ – mit zwei Ausnahmen: Mark Leitner.

Während sie die beiden Worte betrachtete, drehten sich ihre Gedanken ausschließlich um die vergangenen Stunden und einen überwältigenden Kuss, den sie so schnell nicht vergessen würde.

Charlotte klappte das Display ihres Notebooks nach unten. Sie konnte sich nicht konzentrieren. Nicht, solange ihr Mark in ihrem Kopf herumspukte, und sie nicht Herr der Lage war.

Der Kuss stand unkommentiert im Raum. Charlotte wusste weder, was sie davon halten sollte, noch wie sie am besten damit umzugehen hatte. Denn zu ihrem Leidwesen war es nicht sie, sondern Mark, der ihnen Einhalt geboten hatte. Sie selbst wäre dazu nicht in der Lage gewesen.

Wie konnte sie es nur so weit kommen lassen? Sich ihrer eigenen Schuld bewusst, blickte sie erneut zu ihrem Wasserglas, wo das aufgeregte Sprudeln ein Ende gefunden hatte.

Erneut schweiften ihre Gedanken zu jenem Augenblick im Badezimmer zurück, als sie scheinbar nicht sie selbst gewesen war.

Mark war ein attraktiver und gutaussehender Mann, doch auch wenn er optisch durchaus in ihr Beuteschema hätte passen können, gab es dennoch viel zu viele Punkte, die sie an ihm auszusetzen hatte.

Er war frech.

Provozierend.

Streitlustig.

Ein Landei.

Er war weit davon entfernt, die Art Mann zu sein, auf die sich Charlotte für gewöhnlich einließ, und sie vermutete schwer, dass er den Blick noch nie über die Grenzen seiner kleinen, heilen Welt hinaus gerichtet hatte.

Verglichen mit dem charmanten, smarten und weltgewandten Jan Wellbrock hatte Mark keine Chance. Bei nächster Gelegenheit musste sie ihm sagen, dass es ein Ausrutscher war. Ein angenehmer Ausrutscher, aber eben ein Ausrutscher. So etwas durfte sich nicht noch einmal wiederholen. Sie wollte ihre Berichterstattung im provinziellen Ödland ohne weiteres Aufsehen erledigen und so schnell wie möglich wieder in die Zivilisation zurückkehren. Alles andere stand nicht zur Diskussion.

FÜNF

»Was ist los?« Lorenz lehnte sich neben Mark an den verwitterten Gartenzaun der Almhütte und musterte seinen Freund aufmerksam. Er kannte ihn lange und gut genug, um zu erkennen, dass ihn etwas quälte. »Du bist so schnell auf den Berg gerannt, dass ich das Gefühl habe, du rennst vor etwas davon. Oder sollte ich besser sagen: vor jemandem?«

Mark schwieg. Er hatte den Blick auf die atemberaubende Landschaft gerichtet, um nicht in Versuchung zu geraten, sich nach Charlotte umzusehen. Den gesamten Vormittag über war er im strammen Tempo vorneweg gewandert, nur um nicht in ihrer Nähe sein zu müssen. Die Gruppe, die sich ihm anschloss, hatte ihre liebe Mühe, sich mit ihm zu messen. Und jetzt, anstatt die prachtvolle Kulisse, die sich ihm bot, zu genießen, hallten Lorenz Worte in seinem Kopf wider. War er wirklich so leicht zu durchschauen?

Lorenz stieß Mark mit dem Ellbogen an. »Was ist gestern passiert?« Mit dieser Frage hatte er schlagartig die volle Aufmerksamkeit seines Freundes.

Mark drehte sich zu ihm um. »Was meinst du?«, fragte er unschuldig, doch Lorenz ließ ihn bereits erahnen, worauf er abzielte.

Mark hatte am vergangenen Tag einen furchtbaren Fehler begangen. Einen Fehler, der sich so gut angefühlt hatte, dass er beinahe die Kontrolle über sich selbst und die Situation verloren hätte. Charlotte zu küssen, war das Schlechteste, was er zu diesem Zeitpunkt tun konnte. Dennoch hatte er sich noch nie so lebendig, begehrt und angekommen gefühlt.

Als ihm bewusst geworden war, was geschah, war es schon zu spät gewesen. Es bedurfte all seiner Willenskraft, sich von ihr zu lösen.

»Ihr zwei geht euch seit unserem Besuch bei Kathi aus dem Weg.«

Mark stellte sich dumm und nestelte an einem Hemdsknopf. »Von wem redest du?«

»Du weißt genau, wen und was ich meine. Während du auf die Berge rennst, hat sich Charlottes Gemütszustand von *ungewohnt verunsichert* in *ziemlich wütend* gewandelt. Und dabei hatte ich gestern durchaus den Eindruck, ihr würdet euch gut verstehen.« Lorenz konnte sich ein vielsagendes Grinsen nicht verkneifen.

Mark wusste, dass er Lorenz nichts vormachen konnte. Niemand kannte ihn besser als er. »Ich habe großen Mist gebaut.«

»Das habe ich schon vermutet.« Marks Eingeständnis änderte nichts an Lorenz' interessiertem Blick.

»Wenn du es schon mehr oder weniger weißt, wie kannst du da so ruhig bleiben? Während du hier vor dich hin grinst könnte ich mich selbst ohrfeigen.«

Mark donnerte mit voller Wucht seine Hand auf den Zaun, woraufhin dieser gefährlich zu zittern begann.

»Tut mir leid, das sagen zu müssen, aber zu sehen, wie eine Frau es schafft, ausgerechnet dich, den wohl diszipliniertesten, ausgeglichensten und geradlinigsten Menschen, den ich kenne, derart aus der Bahn zu werfen, lässt mich hoffen.«

»Hoffen? Worauf?«

»Dass du über die ganze Arbeit der letzten Monate hinaus nicht zu versteinern beginnst. Charlotte ist eine attraktive, leidenschaftliche und interessante Frau. Nur ein Vollidiot würde das nicht erkennen.«

»Das mag ja sein«, erwiderte er. »Nur ist Charlotte nicht freiwillig hier. Es war etwas anderes, sie in die Wanderschuhe zu stecken und dazu zu bringen, mit auf die Touren zu kommen. Durch mein leichtsinniges Verhalten habe ich aber die Reportage gefährdet. Mittlerweile denke ich, es wäre besser, die ganze Geschichte abzublasen. Lieber warten wir noch ein paar Monate und versuchen es dann über ein anderes Magazin. Es steht zu viel auf dem Spiel, als dass wir uns dies durch eine verärgerte Reporterin gefährden lassen können.«

»Mark, du weißt genau, dass wir nicht mehr so viel Zeit haben. Onkel Bernhard will den *Bergblick* schon lange verkaufen. Nur uns zuliebe hat er es noch nicht getan. Noch länger können wir ihn aber nicht mehr hinhalten. Sämtliche Verträge laufen in wenigen Wochen aus. Wenn wir der Bank nicht die gewünschten Zahlen und Buchungen vorweisen können, müssen wir den Plan mit dem eigenen Hotel wieder verwerfen.«

»Was schlägst du vor, was ich tun soll?« Geknickt fragte Mark bei seinem Freund nach Rat.

»Sprich mit Charlotte.«

»Das war genau die Antwort, die ich nicht hören wollte.«

»Du kannst ihr aber nicht ewig aus dem Weg gehen.«

Mit diesen Worten trieb Lorenz Mark an, sich auf die Suche nach Charlotte zu machen. »Sie wird dir schon nicht den Kopf abreißen, und selbst wenn, tut es nur einmal weh.«

Während Mark sich gedanklich bereits auf die Konfrontation vorbereitete und zur Schutzhütte stapfte, spürte er, dass Lorenz ihm noch immer hinterher sah. Auch wenn sich alles in ihm gegen diese Aussprache sträubte, so war er es seinem Geschäftspartner schuldig, die Angelegenheit zu klären.

Sein Blick streifte über die voll besetzten Bänke, doch von Charlotte war weit und breit keine Spur.

»Suchst du jemanden?« Ulla, deren Wangen sich unter Haralds Komplimenten rot verfärbt hatten, lächelte Mark zu – glücklich, die Charmeoffensive ihres Gegenübers für einen kurzen Augenblick unterbrechen zu können.

»Hast du Charlotte irgendwo gesehen?« Mark hatte sie nach wie vor noch nicht entdeckt.

»Sie wollte sich kurz frisch machen. Vermutlich ist sie noch drinnen. Soll ich rasch nachsehen?« Ulla machte Anstalten aufzustehen, doch Mark legte ihr behutsam seine Hand auf den Rücken.

»Nein, das brauchst du nicht. Bleib ruhig hier.« Sollte ihm Charlotte tatsächlich eine Szene machen, wäre es sinnvoller, ungestört mit ihr zu sein. Schließlich sollten die anderen von dieser Angelegenheit möglichst nichts mitbekommen. Als Mark sich zum Gehen wandte, klopfte er Harald aufmunternd auf die Schulter. Ein eindeutiges Zeichen dafür, dass er die Situation zwischen ihm und Ulla guthieß.

Der Eingang der Schutzhütte befand sich auf der gegenüberliegenden Seite des Gebäudes. Mark lehnte sich gegen die Wand neben der Eingangstür und wartete. Aus sicherer Entfernung drangen die Stimmen der Wandergruppe zu ihm.

Noch während er darüber nachgrübelte, was er Charlotte am besten sagen sollte, trat sie ins Freie. Als er sich ihr näherte und sie seine Bewegung aus den Augenwinkeln wahrnahm, zuckte sie zusammen.

Keuchend legte Charlotte ihre Hand auf die Brust und funkelte ihn an. »Musst du mich so erschrecken?«

»Entschuldige, das war keine Absicht.«

»Ach, nein?«

»Nein, wirklich nicht.«

»Dann wolltest du also nicht, dass ich vor Schreck tot umfalle? Und ich täusche mich vermutlich auch, wenn ich annehme, dass du die letzten vier Stunden förmlich vor mir davongelaufen bist, nur um mir jetzt, quasi ganz zufällig, über den Weg zu laufen?«

Während sie wild mit ihrem Finger vor Marks Nase herumwedelte, um ihrer Feststellung mehr Nachdruck zu verleihen, beobachtete er fasziniert, wie Charlottes Pferdeschwanz aufgeregt hin und her wippte. »Ich stehe sicherlich nicht zufällig hier.«

»Du lauerst mir also absichtlich auf?«

»Ich wollte einfach nur kurz mit dir reden.«

»Aber ich will nicht mit dir reden.«

Charlotte machte auf dem Absatz kehrt, und Mark sah seine Chancen auf ein klärendes Gespräch schwinden, weshalb er sie hastig am Arm zurückhielt.

Wutentbrannt schoss sie zu ihm herum. »Lass mich gefälligst …«, doch Mark fiel ihr ins Wort.

»Wenn du schon nicht reden willst, dann hör mir bitte wenigstens kurz zu.« Irritiert, dass Charlotte sich nicht mehr gegen ihn wehrte, beobachtete er ihre helle Haut unter seiner großen Hand. Ihre greifbare Nervosität nahm ihm sprichwörtlich den Wind aus den Segeln. Ihr Atem ging unkontrolliert und schnell. Mark wusste, wenn er ihr in die Augen schauen würde, wäre er verloren. Er wollte mit ihr reden, nur deshalb hatte er sie zurückgehalten. Doch nun, da sie schweigend vor ihm ausharrte, stand ihm nach allem Möglichen der Sinn – nur nicht nach einer Aussprache. Gedankenverloren begann Mark mit seinem Daumen über ihren Oberarm zu streichen.

Unsicher blickte Charlotte zu ihm auf. »Nun? Was hast du mir zu sagen?«

»Ich wollte mich bei dir entschuldigen.« Seine Stimme klang rau und atemlos.

»Wofür genau wolltest du dich entschuldigen?«

»Du weißt genau, was ich meine.« Warum nur konnte Charlotte es nicht einfach auf sich beruhen lassen?

»Nein, weiß ich nicht.«

Mark sah sie an. Er hatte die Augen bedrohlich zusammengekniffen und schluckte hart. »Den Kuss. Ich meinte den Kuss.«

»Aha.« Es wurde einen kurzen Augenblick still. »Meinst du den von gestern oder den von heute?«

Mark sah sie verwirrt an. »Ich habe dich heute doch gar nicht …?« Und dann dämmerte es ihm. Er sah, dass Charlottes Blick auf seinen Mund gerichtet war. Ihm blieb keine Gelegenheit abzuwägen, ob er die Herausforderung annehmen sollte, nach der er sich so sehr verzehrte. Oder ob ihn seine Vernunft und seine Besonnenheit zurückhalten würden.

Charlotte trat einen Schritt auf ihn zu, streckte sich und hauchte ihm einen Kuss auf seine Lippen. So kurz die Berührung ihrer Lippen auch war, Charlotte hatte in Mark ein Feuer entfacht, das einem ausgewachsenen Flächenbrand glich.

Zärtlich streichelte Mark über Charlottes Wange.

»Dir ist hoffentlich bewusst, dass du mich noch um den Verstand bringst?«

»Dann hätte ich mein Ziel ja endlich erreicht.«

Da war es wieder – das unvergleichliche Lächeln, das Mark seit jenem Morgen an der Talstation unbedingt wiedersehen wollte. Er konnte ihr einfach nicht länger widerstehen und neigte seinen Kopf.

Bei den anfänglich sanften Küssen und Neckereien blieb es jedoch nicht lange. Beide wurden zunehmend leidenschaftlicher, und Mark wurde bewusst, dass sie unmöglich am Eingang zur Hütte stehen bleiben konnten. Seine Gedanken wurden jedoch von einem lautstarken Räuspern unterbrochen. Erschrocken fuhren sie auseinander.

»Wie ich sehe, scheint ihr zwei ja alles ausführlich geklärt zu haben. Das ist gut, wir sollten nämlich langsam wieder aufbrechen.« Lorenz feixte. Wissend nickte er seinem Freund zu, ehe er sich zum Gehen wandte und die beiden wieder allein zurückließ.

Mark raufte sich die Haare. »Wir sollten wirklich dringend miteinander reden.«

Charlotte, noch völlig außer Atem, nickte nur, auch wenn sie unmöglich wissen konnte, worauf er hinauswollte.

Aus sicherer Entfernung war die Aufbruchsstimmung der restlichen Gruppe zu vernehmen. Bänke wurden verrückt, und Tische wurden verschoben.

»Wir werden heute ein wenig früher zurück im Hotel sein. Ich komme gegen vier bei dir vorbei.«

Er wusste, dass er gehen musste, doch er brachte es nicht über sich, sie ungeküsst zurückzulassen.

***

Nachdem Mark an ihre Hotelzimmertür geklopft hatte, riss Charlotte förmlich die Tür auf.

»Ich habe ein riesiges Problem.« Aufgeregt stapfte sie wieder zurück in ihr Zimmer. Ihr Koffer lag aufgeklappt in der Mitte des Raumes. Überall lagen Kleidungsstücke und Schuhe herum.

»Ich kann ein Zimmermädchen rufen, wenn du das meinst?«, fragte Mark unsicher.

»Was?« Verwirrt folgte Charlotte Marks Blick, der an dem Durcheinander im Zimmer hängen blieb. »Nein. Das meine ich nicht. Ich habe ein viel größeres Problem.«

»Und was genau für ein Problem hast du?«

»Hier, sieh mal!« Charlotte hob ein paar Hotpants und einen Mini-Rock in die Luft.

»Also mir gefällt's. Wo liegt das Problem?«

Marks anzügliches Grinsen verschwand, als Charlotte ihm ihr Dilemma erklärte.

»Das sind die einzigen Teile in meiner bescheidenen Kleiderauswahl, die noch bergtauglich sind. Entweder du bringst mich irgendwohin, wo ich mir wenigstens Shorts kaufen kann, oder deine Wandergruppe muss mich in den nächsten Tagen in diesen Outfits ertragen.« Um ihrer Forderung mehr Nachdruck zu verleihen, hielt sich Charlotte den Minirock provokativ vor ihre Hüften.

Die gewünschte Wirkung blieb nicht aus. Marks Blick blieb fasziniert an dem Kleidungsstück hängen, während er ruhig zu sprechen versuchte. »Mach dich fertig. Wir fahren in fünf Minuten los. Ich muss nur noch schnell telefonieren. Und wage es ja nicht, jemals eines dieser Kleidungsstücke auf einer

meiner Touren zu tragen.« Er warf noch einen kopfschütteln-
den Blick auf ihren Koffer. »Wir treffen uns dann unten.«

Ohne ein weiteres Wort verließ er das Zimmer.

Zufrieden zog sich Charlotte ins Badezimmer zurück und
machte sich frisch. Das Wandern an der frischen Luft hatte ihre
Haut gebräunt. Ihr Gesicht sah strahlend und erholt aus. Daher entschied sie sich, auf eine Vielzahl an Kosmetikprodukten
zu verzichten und lediglich ihrer Wimperntusche und einem
hellen Lipgloss den Vorzug zu geben.

Da das Thermometer noch immer über dreißig Grad anzeigte, entschied sie sich für einen ihrer neuesten Maxiröcke,
der in seinem blumigen Muster sommerliche Leichtigkeit zum
Ausdruck brachte. In Kombination mit einem Paar ihrer liebsten Sandaletten und einem weißen, dekolletierten Trägertop
sah sie zum Anbeißen aus – und das wusste sie auch. Ihre langen, blonden Haare hielt sie mit einem schlichten Haarband
zurück. Für mehr war einfach keine Zeit mehr, denn Mark
wartete auf sie, und ausnahmsweise wollte sie ihn nicht schon
im Vorfeld verärgern. Beschwingt machte sie sich in ihren
zehn Zentimeter hohen Absätzen auf den Weg.

Mark lehnte an dem dunklen Kombi, den Charlotte bereits
kannte, und schob sein Mobiltelefon in die Hosentasche seiner
hellen, verwaschenen Jeans.

»Kaum ist von Shopping die Rede, ist hier jemand äußerst
pünktlich.« Er grinste frech und öffnete ihr aufmerksam die
Wagentür.

»Bis jetzt bin ich noch ausgesprochen gut gelaunt – riskier
also nicht zu viel.« Mit einer weit ausholenden Bewegung, die
gespielte Theatralik vermitteln sollte, setzte Charlotte ihre
schicke Designersonnenbrille auf und nahm im Wagen Platz.

Die Fahrt verlief sehr kurzweilig. Sie sprachen über alles

Mögliche, nur ein ganz bestimmtes Thema umgingen sie dabei großzügig.

Nach ungefähr zwanzig Minuten Fahrt wurde Charlotte neugierig. Den Weg, den Mark gefahren war, kannte sie nicht. Ursprünglich dachte sie, er würde wieder zu dem Geschäft fahren, das schon Ausgangspunkt für ihren letzten Einkauf gewesen war. Doch er fuhr an jedem Laden, der auch nur annähernd modische Beinbekleidung im Angebot haben konnte, vorbei.

»Wohin fahren wir eigentlich?«, erkundigte sie sich skeptisch.

»Warst du schon einmal in Salzburg?«

»Wir fahren nach Salzburg?« Charlottes verwundertes Gesicht spiegelte sich in den Gläsern von Marks Pilotenbrille wider, als er sich ihr kurz zuwandte.

»Ja. Oder hast du etwas dagegen?«

»Machst du Witze? Ich dachte eigentlich, du würdest mich in irgendeinen Hinterhofladen schleifen, damit meine neuen Shorts genauso hässlich werden wie meine Schuhe.«

»Damit ich es jetzt richtig interpretiere: Ja, du freust dich, dass wir nach Salzburg fahren. Nein, das Geschäft meiner Eltern hat dir nicht gefallen.«

»Ich kann nicht behaupten, dass mir das Geschäft nicht gefallen hat. Dort werden lediglich nicht die von mir bevorzugten Textilien veräußert.«

»Ah, sehr diplomatisch ausgedrückt.« Mark setzte den Blinker und verließ die Schnellstraße.

»Außerdem hättest du mir ruhig sagen können, dass der Laden deinen Eltern gehört. Vermutlich war die nette Verkäuferin dann auch noch deine Mutter?«

Charlotte sah, wie Mark zufrieden nickte.

»Großartig.« Sie zog eine Schnute. »Da habe ich ja den besten Eindruck hinterlassen.«

Er schmunzelte. »Sagen wir einmal so – du wirst ihr in Erinnerung bleiben.«

Es dauerte noch ein paar weitere Minuten, bis Mark schließlich die Innenstadt von Salzburg erreicht hatte. Als er den Motor des Wagens abstellte, hatte Charlotte jegliche Orientierung verloren. Mark war so oft abgebogen, dass sie unmöglich ohne fremde Hilfe wieder aus der Stadt finden würde.

Anders als auf ihren Bergtouren, schien sich Mark die Zeit zu nehmen, gemütlich mit ihr durch die Straßen und Gassen zu spazieren. Sie schlenderten eine leicht abschüssige Straße entlang, bis er vor einer Kirche innehielt und sie Charlotte als Sebastianskirche präsentierte. Eine wunderschöne barocke Kirche, die zur Priesterbruderschaft St. Peter gehörte – wie die meisten Kirchen der Stadt.

Allgemein schien sich Mark sehr gut auszukennen. Zu Charlottes Verwunderung langweilten sie seine geschichtsträchtigen Vorträge zu den alten Gebäuden nicht im Geringsten. Im Gegenteil. Selten hatte sie eine Stadtführung so in ihren Bann gezogen. Ihr Blick klebte förmlich an Marks Lippen. Doch sie wusste, dass es nicht nur die unterhaltsamen Anekdoten waren, die sie interessierten.

Abgelenkt wurde sie schließlich vom Blick auf das Wahrzeichen von Salzburg, das imposant auf einem Berg über der Altstadt thronte.

»Ich kann mich noch gut daran erinnern, wie mich der Anblick bereits als kleiner Junge faszinierte. Als ich die Festung das erste Mal sah, wollte ich sie unbedingt später einmal kaufen.« Mark spazierte über die Staatsbrücke und blickte auf den Mönchsberg hinauf, auf dem die Festung Hohensalzburg thronte, während unter ihm die Salzach rauschte. »Aber da ich mit meinem Taschengeld immer die tollsten und heißesten Mädchen der Schule auf ein Eis eingeladen habe, reichte nie das Geld.«

Charlotte lachte herzhaft. »Weißt du was?«

Sie konnte zwar seine Augen hinter den verspiegelten Gläsern seiner Sonnenbrille nicht erkennen, dennoch war sie sich seiner vollen Aufmerksamkeit bewusst.

»Wenn ich tatsächlich etwas Passendes anzuziehen finde«, – daran hatte Charlotte nicht eine Sekunde Zweifel – »dann lade ich dich nachher als Dankeschön für diesen Ausflug auf eine Kugel Eis ein.«

»Worauf warten wir dann noch.« Mark griff nach ihrer Hand und zog sie mit sich, bereit, den Shopping-Marathon zu beginnen.

***

Hannah

Durch die offene Terrassentür ihres Hauses drang lautstark das Gekreische von Basti und Paul an Hannahs Ohr. Sie hörte das Wasser im kleinen, aufblasbaren Schwimmbecken plätschern, als sie die Tüten mit ihren Einkäufen auf dem großen Küchentisch abstellte. Zwei Stunden waren seit dem Anruf von Mark vergangen, und noch immer hatten sich ihre Gedanken nicht an ein Zusammentreffen mit Lorenz gewöhnt.

Die tiefe Männerstimme, die sich zwischen die begeisterten Rufe ihrer beiden Söhne mischte, ließ sie erschaudern. Der raue Klang der altbekannten Stimme weckte Erinnerungen in ihr. Doch Lorenz war ihr über die letzten Jahre fremd geworden. Seit ihr Mann verstorben war, mied er ihre Gegenwart.

All ihre Versuche, sich mit ihm auszusprechen, waren bisher gescheitert. Und nun stand er, wie sie bei einem zaghaften Blick durch das Küchenfenster erkennen konnte, mit nacktem Oberkörper in ihrem Garten und ließ sich von den Jungs mit ihrem Wasserspielzeug nassspritzen.

Ein vertrautes Gefühl machte sich in ihr breit, von dem sie dachte, dass es längst nicht mehr existieren würde. Nie hatte sie mit jemandem darüber gesprochen, doch Lorenz war und blieb ihre erste, große Liebe.

Früher hatten sie stundenlang über ihre Träume und Wünsche miteinander sprechen können. Sie alberten herum oder redeten über Belanglosigkeiten. Manchmal saßen sie auch einfach nur schweigend nebeneinander. Lorenz hatte ihr schon immer das Gefühl gegeben, wichtig und besonders für ihn zu sein. Auch in der Zeit, als Mark, Martin und er außer Mädchen nichts im Kopf zu haben schienen und auch Lorenz beinahe wöchentlich seine Freundinnen wechselte, vergaß er sie nicht. Zu sämtlichen Partys und Ausflügen nahm er sie mit, wenngleich er damit auch den Unmut von Mark auf sich zog, der sich Schöneres vorstellen konnte, als ständig mit seiner kleinen Schwester unterwegs zu sein.

Mit siebzehn wurde sich Hannah immer mehr bewusst, dass sie Lorenz Frauengeschmack in keiner Weise traf. Er datete stets große, blonde Mädchen. Noch dazu war sie jünger als er. Es waren zwar nur drei Jahre, die sie voneinander trennten, doch drei Jahre konnten viel sein. Daher hatte sie weiterhin das gemacht, was sie immer tat: Sie verheimlichte ihre Gefühle ihm gegenüber und genoss die Augenblicke, die er mit ihr verbrachte.

Gleich nach seiner Ausbildung entschloss sich Lorenz, auf eine große Rucksacktour zu gehen. Er hatte nie ein Geheimnis daraus gemacht, dass er einmal die ganze Welt sehen wollte. Dennoch ließ seine Reiseplanung für Hannah eben diese Welt in sich zusammenbrechen. Wieder einmal wurde ihr auf schmerzhafte Art und Weise bewusst, dass zwischen ihnen nie mehr als Freundschaft sein würde. Schweren Herzens hatte sie sich mit dem traurigen Gefühl arrangiert, ihm für lange Zeit Lebewohl sagen zu müssen.

Kaum war Lorenz allerdings aus ihrem Leben verschwunden, war ihr das Interesse anderer junger Herren gewiss. Von der Aufmerksamkeit, die ihr geschenkt wurde, schon beinahe überrumpelt, beschloss Hannah, diese zu genießen. Sie ging aus, traf sich mit ein paar netten Jungs und ließ schließlich wieder die Liebe in ihr Leben: Martin.

Martin trug sie förmlich auf Händen und nutzte jede Gelegenheit, um ihr seine Beständigkeit zu beweisen. Im Gegensatz zu Mark und Lorenz hatte Martin keinerlei Interesse, die Welt zu bereisen. Er war fest verwurzelt mit den Bergen und seiner Heimat. Auch aus seinen ehrlichen Absichten ihr gegenüber machte er nie ein Geheimnis. Bei ihm fühlte sich Hannah geborgen und geliebt.

Lorenz kehrte schließlich von seiner Welterkundungstour zurück. Keinem schien es aufzufallen, doch schon damals wusste Hannah, dass nichts mehr so sein würde, wie es einmal war. Alles hatte sich verändert. Er hatte sich verändert.

Fortan zeigte er kein Interesse mehr, Zeit mir ihr zu verbringen, wich ihren Fragen aus und ging ihr weitestgehend aus dem Weg. Die Freundschaft zu Lorenz fehlte ihr. Erschwerend nahm die Distanz zwischen ihnen stetig zu.

Nach ihrer Hochzeit mit Martin beschränkte sich der Kontakt zu ihm nur noch auf zufällige Begegnungen, die sich meist nur auf oberflächlichen Smalltalk bezogen.

Seit Martins Tod mied Lorenz sie komplett. Sie wusste, dass er sich Vorwürfe machte. Doch sie wusste auch, dass ihn keine Schuld traf. Martin hatte in seinem Leichtsinn das Schicksal selbst herausgefordert – und verloren. Sie vermisste ihren Mann und den Vater ihrer Kinder unendlich, doch ihr fehlte auch ihr Freund.

»Mutti.« Pauls Stimme riss Hannah aus ihren Gedanken. Aufgeregt winkten ihre Söhne ihr zu, woraufhin Lorenz fröhliches Pfeifen abrupt verstummte.

Ihre Blicke trafen sich, und ihr Herz pochte aufgeregt in ihrer Brust. Inständig hoffte sie, er würde nicht wieder Reißaus vor ihr nehmen. Doch genau das schien der Fall zu sein. Noch ehe sie den Gruß von Paul erwidern konnte, griff er nach seinem T-Shirt und verabschiedete sich von den Jungs.

»Geh noch nicht!«, rief Paul.

»Bitte, bleib noch hier!«, bettelte Basti.

Hannah sah die enttäuschten Gesichter ihrer Söhne und beschloss kurzerhand einzugreifen. Sie wollte endlich einmal alles zwischen ihnen klären, und dafür war sie auch bereit, ihre Kinder als Druckmittel einzusetzen. Sie legte ihre Einkaufstaschen auf dem Tisch ab und machte sich schnurstracks auf den Weg in den Garten.

»Hallo ihr Süßen.« Hannah zerzauste die nassen Haare ihrer Söhne und holte sich bei jedem einen Begrüßungskuss ab.

»Mutti, der Lorenz will schon wieder gehen. Kann er nicht zum Abendessen bleiben?« Paul zog eine enttäuschte Schnute und klammerte sich an Lorenz Bein.

Hannah bemerkte, wie Lorenz bereits dazu ansetzte, sich mit einer Ausrede davonzuschleichen, und kam ihm zuvor.

»Natürlich bleibt er zum Abendessen.«

Laut grölend hüpften die Brüder durch das Planschbecken.

Vor dem aufspritzenden Wasser Schutz suchend, ging Hannah hinter Lorenz breiten Schultern in Deckung. Ganz selbstverständlich und ohne einen Hintergedanken hatte sie ihre Hände auf seinen Rücken gelegt und augenblicklich gespürt, wie er unter ihren Fingern erstarrte. Sofort löste sie sich wieder von ihm. Erschüttert, welche Sehnsucht diese kurze Berührung in ihr auslöste, trat sie zurück.

»Was gibt es zum Abendbrot, Mutti.« Basti trat aus dem Planschbecken und rubbelte sich mit dem Handtuch die Haare trocken.

Dankbar für die Ablenkung nahm Hannah ihm das Handtuch ab und trocknete den Rest des Jungen ab. »Auf was hättest du denn Lust?«

»Hm, …«, überlegte Basti.

»Ich weiß etwas. Ich weiß etwas.« Begeistert riss Paul seine Hand in die Höhe und begann mit den Fingern zu schnipsen. »Basti, darf ich etwas sagen?«

Basti und Hannah schauten sich daraufhin nur kurz an und antworteten synchron. »Pizza.«

»Ja, Pizza!« Ehe sich Paul zu einer neuerlichen Jubelrunde im Planschbecken aufmachen konnte, schnappte ihn Lorenz und stellte ihn neben seinem Bruder ab. Er sagte noch immer nichts, und Hannah fürchtete, ihn verärgert zu haben. Sei es durch die Nötigung, zum Abendessen zu bleiben, oder den ungeplanten Körperkontakt.

Nachdem auch Paul sich mit Hilfe seiner Mutter abgetrocknet hatte, wurden die beiden Kinder ins Haus geschickt, um sich trockene Kleidung anzuziehen. Die damit entstandene Ruhe im Garten wurde durch das erdrückende Schweigen zwischen Hannah und Lorenz noch gesteigert.

Letztlich brach Lorenz sein Schweigen.

»Ich gehe lieber.«

Er streifte das Shirt über seinen nassen Oberkörper und wandte sich zum Gehen.

Verzweifelt hielt Hannah ihn am Arm zurück. »Nein, bitte, Lorenz. Geh nicht.« Sie konnte es nicht ertragen, schon wieder von ihm stehen gelassen zu werden. Tapfer versuchte sie, gegen ihre aufsteigenden Tränen anzukämpfen.

»Es ist besser so. Ich will nicht, dass du wegen mir weinen musst.«

»Dann bleib.« Sie blickte ihn bittend an. »Verstehst du nicht, dass ich nicht weine, weil du hier bist, sondern weil du vor mir wegrennst?« Da er noch immer unsicher zu sein schien, ergänzte sie rasch: »Wenn du schon nicht für mich bleiben willst, dann wenigsten für Paul und Basti.« Sie löste ihre Hand und spürte noch die Wärme seines Arms in ihrer Handfläche. »Bitte.«

Ohne eine weitere Aufforderung folgte er ihr ins Haus.

Kaum hatten sich Basti und Paul umgezogen, machten sie sich mit Feuereifer daran, sämtliche benötigten Küchenutensilien aus den Schränken und Schubladen zu holen, um sie Lorenz vorzuführen. Bereitwillig half er den beiden Jungen bei den Vorbereitungen.

Da Hannah die Männer weitestgehend und wohlwissend, dass ihre Söhne das Rezept für Pizza bereits auswendig kannten, in Ruhe ließ, begann auch Lorenz sich zu entspannen.

»Stopp, Lorenz. Das ist doch viel zu viel Mehl.« Paul schüttelte den Kopf, während Basti begann, das Mehl wieder in die Vorratsdose zurückzuschaufeln.

»Entschuldigung.«

Mit seinen Mehl bestäubten Fingern, fuhr er den beiden über die Nase und hinterließ eine weiße Spur.

Hannah, die die Szene vom Küchentisch aus beobachtete, schmunzelte. Es machte sie glücklich, Lorenz so vertraut im Umgang mit ihren Kindern zu sehen.

»Du, Lorenz, wenn es die Mutti erlaubt, dürfen wir dann morgen wieder mit in die Berge?« Basti kramte in einer der Küchenschubladen nach den Knethaken des Handmixers, wohl darauf bedacht, seine Frage eher beiläufig in den Raum zu werfen.

»Normalerweise dürft ihr immer mit uns mitkommen, das wisst ihr doch. Aber morgen liegt ein langer Marsch vor uns. Ihr werdet vermutlich nicht die ganze Strecke schaffen kön-nen.«

»Ach so.« Traurig ließ Basti den Kopf sinken und reichte Paul, der ebenso niedergeschlagen aussah, die Knethaken.

Lorenz strich ihnen über die Haare. »Seid nicht traurig ihr zwei, beim nächsten …«

»Und wenn ich morgen auch mitgehe und einfach früher mit den beiden zurückkehre?« Hannah war aufgesprungen und blickte aufgeregt in Lorenz' Richtung. Sie hoffte inständig, er würde ihren Vorschlag akzeptieren.

Da Basti und Paul bereits zu jubeln begannen, nickte Lorenz überrumpelt. »Okay.«

In ihrer Euphorie nicht mehr zu bremsen, waren die beiden Brüder darauf bedacht, die Zubereitung des Abendessens zu beschleunigen. Um sicherzustellen, dass Lorenz auch weiter-hin bei ihnen bleiben würde, überhäuften sie ihn deshalb mit allerhand neuen und ehrenvollen Aufgaben.

Um zu vermeiden, dass die ganze Aktion im Chaos enden würde, half Hannah ihnen schließlich. Selbst die verkrampfte Stimmung schien sich allmählich zu lösen, und sie genoss den unbekümmerten Eindruck von Normalität zwischen ihnen.

Nachdem das Pizzablech im Ofen war und alle gemeinsam beim Aufräumen geholfen hatten, entführten die Brüder Lorenz in ihr Zimmer. Sorgsam präsentierten sie ihm sämtliche neue Errungenschaften ihrer Spielzeugwelt. Die ständig wechselnden Motorengeräusche aus dem Kinderzimmer entlockten Hannah ein Lächeln.

Pünktlich mit dem Klingeln der Küchenuhr kehrten die drei wieder zurück in die Küche und bewunderten ihr Werk. Sie versammelten sich um den großen Esstisch und ließen sich gemeinsam ihr Abendessen schmecken. Während Basti und Paul sich zunächst noch angeregt mit Hannah und Lorenz zu unterhalten wussten, wurden die Augen der Kinder von Minute zu Minute zusehends kleiner. Es war daher nicht verwunderlich, dass ihre Mutter sie nach dem Essen bat, sich für ihre Betten fertig zu machen.

Widerwillig folgten sie der Anweisung, allerdings nicht ohne vorher Lorenz zu überreden, sie zu Bett zu bringen. So blieb Hannah erneut allein in der Küche zurück.

Um sich von dem bevorstehenden Aufeinandertreffen mit Lorenz abzulenken, räumte sie den Tisch ab und stellte die Spülmaschine an. Anschließend brühte sie sich eine Tasse Kaffee auf und wischte zum dritten Mal über ihre Arbeitsplatte. Als sie in Versuchung geriet, erneut nach ihrem Lappen zu greifen, huschten Paul und Basti in die Küche und gaben ihrer Mutter einen Gute-Nacht-Kuss auf die Wange.

Als sie wieder verschwunden waren, trank Hannah nervös einen Schluck ihres heißen Kaffees. Es würde nur noch ein paar wenige Augenblicke dauern, bis Lorenz wieder zu flüchten versuchte. Doch dieses Mal wollte sie unbedingt die Chance nutzen, um mit ihm zu reden. Weshalb ihre Anspannung von Sekunde zu Sekunde wuchs.

Es kam, wie sie es vorausgesehen hatte. Lorenz tauchte plötzlich auf, und noch ehe sie reagieren konnte, stand er bereits unter der Terrassentür und brachte ein leises »Gute Nacht und danke für alles« zustande, bevor er sich umdrehte, um den Heimweg anzutreten.

»Lorenz, warte.« Hannah folgte ihm und holte ihn kurz vor der hüfthohen, weißlasierten Gartentür ein. »Warum tust du das?«

»Ich muss los.« Ohne sich ihr noch einmal zuzuwenden, ging er zielsicher zur Gartentür.

»Nein, so einfach kommst du mir dieses Mal nicht davon.« Aufgebracht stellte sich Hannah zwischen ihn und das Tor, um ihm den Weg zu versperren. »Ich will endlich wissen, was mit dir los ist. Warum tust du das? Warum rennst du vor mir davon? Du kannst mir weder in die Augen sehen, noch hältst du es im gleichen Raum mit mir aus. Was habe ich getan, dass du mich so meidest? Sag es mir. Bitte sag es mir endlich!« Sie hatte sich derart in Rage geredet, dass sie nun ein Schluchzen nicht mehr unterdrücken konnte. Tränen rannen über ihre Wangen. Sie hatte nicht einmal gemerkt, dass sie zu weinen begonnen hatte. »Wir waren doch einmal Freunde!«

»Freunde.« Das Wort klang bitter, aber nicht verächtlich. »Genau. Wir waren Freunde.« Er hatte den Blick noch immer auf den Boden gerichtet. »Und dann konnte ich nicht verhindern, dass dein Mann in den Bergen stirbt.«

Hannah klang traurig, aber gefasst. »Das hätte keiner verhindern können. Niemand kommt gegen die Mächte der Natur an. Es grenzt an ein Wunder, dass du selbst überlebt hast. Es war Martins eigene Idee, an diesem Tag in die Berge zu gehen. Weshalb also machst du dir solche Vorwürfe?« Sie wusste, dass er ihr nicht antworten würde.

»Ich habe dir nie in irgendeiner Form Schuld daran gegeben, und trotzdem meidest du mich und weichst mir aus. Du kannst mir ja nicht einmal mehr in die Augen schauen.« Sie machte eine Pause und atmete durch. Endlich hatte sie sich Luft verschafft und hoffte nun, er würde es ihr gleichtun und endlich sagen, was der Grund für sein Verhalten war. »Warum? Sag mir bitte endlich, warum.«

Lorenz schluckte und schien von seinen Gefühlen zerrissen. Es dauerte einen Augenblick, bevor er zu reden begann.

»Ich musste tatenlos zusehen, wie dir das Liebste auf der Welt genommen wurde, und das bringt mich um den Verstand.« Er raufte sich die Haare. »Ich fühle mich schuldig, weil ich meinen Freund nicht retten konnte.« Seine Stimme brach beinahe. »Und die Frau, die ich über alles liebte, um ihr Glück gebracht habe.«

Seit langer Zeit blickte er ihr das erste Mal in die Augen. »Es tut mir unsagbar leid, Hannah.«

Seine Hände stützten sich bereits am Gartenzaun ab, als er sich mit beiden Beinen darüber schwang und Hannah allein zurückließ.

SECHS

Charlotte genoss jeden Augenblick ihres Ausfluges, während sie Hand in Hand mit Mark durch die historische Altstadt Salzburgs schlenderte. Shopping, schien plötzlich nebensächlich und nicht mehr wichtig. Es war Mark, der sie letztlich in eine der Boutiquen zog, um den lästigen Einkauf, wie er sagte, schnellstmöglich hinter sich zu bringen.

Als sie das Geschäft nach einer halben Stunde verließen, hatte sich Charlotte für eine nette kleine Auswahl an Shorts entschieden. Auch ein paar reizende Oberteile, deren Kauf nicht zwingend notwendig gewesen wäre, die ihr aber auf Anhieb ins Auge stachen, ließ sie umgehend in ihrer Einkaufstasche verstauen. Letztlich tauschte sie noch direkt an der Kasse ihre hohen Sandaletten gegen ein paar entzückende, beige Dianetten und war somit gewappnet, die Stadt weiterhin zu Fuß zu erkunden.

Als sie wieder die schmale Gasse betraten, schob Charlotte ihre Sonnenbrille auf die Nase und sah sich um. »Ich habe überhaupt keine Ahnung, wo wir gerade sind.«

»Dann kannst du ja froh sein, dass du mich hast.«

Er nahm ihr die Einkaufstasche ab. Dabei kam er ihr so nahe, dass sie wieder seinen unverwechselbaren dezenten Duft einatmen konnte und ihr Herz wie auf Kommando wild zu schlagen begann. »Was ist das eigentlich für ein Duft?«

»Hast du mich das nicht schon einmal gefragt?« Er legte ihr die Hand auf den Rücken und dirigierte sie zum Weitergehen.

»Schon, aber du hast mir keine Antwort gegeben.«

»Weshalb fragst du?«

»Du riechst so gut.« Nun, da sie ihre hohen Schuhe gegen flache getauscht hatte, musste sie den Kopf zurücklehnen, um zu ihm aufzublicken.

»Wirklich?« Er war sichtlich erstaunt über diese simple Feststellung. »Das muss die frische Bergluft sein.«

»Aha.«

Es entstand ein kurzes Schweigen.

»Ist das ansteckend? Rieche ich jetzt etwa auch nach frischer Bergluft?« Sie begann zu kichern, was sie schon seit Jahren nicht mehr getan hatte.

»Nein, du riechst nicht nach Bergluft.« Ihr Lachen verstummte, als Mark sich zu ihr herabbeugte und mit der Nasenspitze ihren Hals entlangfuhr. »Du riechst nach Sommer.«

Charlotte hielt den Atem an. Ein kalter Schauder lief ihr den Rücken hinab. Was um alles in der Welt war nur mit ihren Knien los? Drohten diese etwa nachzugeben? Angestrengt starrte Charlotte auf Marks Mund. »Wir sollten wirklich langsam miteinander reden. Das ist doch nicht normal, was hier passiert, oder?«

»Ich weiß es nicht«, antwortete er ihr ehrlich. »Sollen wir lieber wieder zurückfahren?«

Entrüstet riss sie die Augen auf.

»Nein, bitte nicht. Ich würde zu gerne noch bleiben und mir die Stadt ansehen.«

»In Ordnung«, stimmte er zu. »Dann lass uns weitergehen.«

Die Stimmung zwischen den beiden schien plötzlich gedämpft. Schweigend liefen sie durch die Gassen. Charlotte blickte auf Marks Hand, die zuvor noch ganz selbstverständlich mit ihren Fingern verschlungen war, und war für einen kurzen Augenblick versucht, ihre Finger wieder in seine Hand zu legen. Mit einem leichten Bedauern entschied sie sich jedoch dagegen.

Vorbei am Mozart-Museum und der Kollegienkirche über die Pferdeschwemme in der Hofstallgasse erreichten sie das Salzburger Festspielhaus. Das große Gebäude entsprach zwar rein optisch nicht Charlottes Vorstellungen eines weltberühmten Schauplatzes von Kunst und Kultur, dennoch tummelten sich hier zu den Festspielzeiten die berühmtesten Persönlichkeiten der Welt. Dementsprechend beeindruckend würde ihr dieser Ort in Erinnerung bleiben.

Als sie weiterschlenderten, überspielte Mark die angespannte und ungeklärte Situation zwischen ihnen. Er setzte seine Ausführungen zur Stadt weiter fort, wofür ihm Charlotte überaus dankbar war. Sie genoss seine Erzählungen und bemühte sich, dass noch ausstehende Gespräch aus ihrem Kopf zu verbannen. Denn eines war bereits von vornherein klar: Die Anziehung zwischen ihnen war so groß, dass sie sich nicht zerreden ließ.

Als sie am Residenzplatz ankamen, entdeckte Charlotte eine Vielzahl an Pferdekutschen. Zielstrebig steuerte sie direkt darauf zu. Lediglich ein kurzer Schulterblick zu Mark ließ ihn verstehen, welche Attraktion als Nächstes auf sie wartete.

Mark lachte über die Tatsache, dass Charlotte sich für den

typischen Touristenquatsch zu interessieren schien, und nickte zustimmend. »Du weißt aber hoffentlich, wie kitschig das ist?«

»Als guter Tourist sollte ich doch das Klischee bedienen.« Charlotte war bereits eingestiegen und hatte die Beine übereinandergeschlagen. Entspannt lehnte sie sich zurück und wartete darauf, dass sich die Kutsche in Bewegung setzte. Von Beginn an zog sie die malerische Kulisse der historischen Altstadt in den Bann. In bester Stadtführer-Manier erwähnte Mark gelegentlich ein paar geschichtliche Details, doch meist schwiegen sie einträchtig.

Die Stille wurde von einem schrillen Klingelton unterbrochen, der aus Charlottes Handtasche zu hören war. Sie brauchte nicht drauf zu schauen, um zu wissen, um wen es sich bei dem Anrufer handelte. Pascal! Sie war ihm nach wie vor den Vorabentwurf der Reportage schuldig, daher ignorierte sie den ungebetenen Anrufer.

»Willst du nicht rangehen?« Marks Blick fiel auf die große Handtasche, die Charlotte unbeachtet im Fußraum stehen ließ.

»Nein.« Das Handy verstummte schließlich nach acht weiteren schrillen Signaltönen. Doch ignorieren konnte sie den Anruf nicht. Mit dem Bericht war sie keinen Schritt weitergekommen. Deshalb war es wenig verwunderlich, dass Pascal ihr auf die Pelle rückte. »Meinst du, es ließe sich einrichten, dass wir später noch ein wenig über eure Geschäftsidee sprechen können?«

»Wenn du möchtest, können wir hier in der Stadt noch zu Abend essen, und du kannst mich alles fragen, was du möchtest.«

Kaum hatte Mark ausgesprochen, schien ihm bewusst zu werden, wie unglücklich er sein Angebot formuliert hatte. Er verdrehte die Augen, denn Charlottes perfekt gezupfte Augenbrauen schossen augenblicklich in die Höhe.

»Ich kann dich also wirklich alles fragen?«

Mark wusste zu kontern. »Nur, wenn ich dir auch ein paar Fragen stellen darf.«

»Was wären denn das für Fragen?« Charlottes Herz begann zu rasen. Sie hatte mit Mark bisher noch nie über private Dinge gesprochen. Wäre er überhaupt an ihrem Privatleben interessiert? Was genau wollte er von ihr wissen?

Sie spürte seinen warmen Atem an ihrem Ohr, als er sich zu ihr beugte und mit rauer und ernster Stimme flüsterte: »Mich würde beispielsweise interessieren, ob es dir genauso geht wie mir.«

Charlotte schluckte hart und drehte sich zu ihm. Ihre Nasenspitzen berührten sich beinahe. Sie musste ihm nicht antworten, denn in seinen begehrlichen Augen spiegelte sich ihr eigenes Verlangen wider. Weshalb nur konnte sie diesem Mann nicht widerstehen? Alles in ihr sehnte sich danach, ihn zu berühren, ihn zu küssen und ihm nah zu sein.

Ihre Lippen trafen sich, und die Zärtlichkeit des Kusses berührte Charlotte in einer Weise, die sie zutiefst erschütterte. Sie wollte nirgendwo anders sein. Sie wollte einfach nur den süßen Moment der zauberhaften Unendlichkeit auskosten.

»Das fühlt sich so gut an«, sagte er mit verträumter Stimme.

»Ich bin nur noch drei Tage hier. Können wir das mit dem darüber reden nicht einfach überspringen?«, flüsterte Charlotte.

»Natürlich.« Mark legte seinen Arm um sie und zog sie an sich. »Man sollte es ausnutzen, wenn einer Frau einmal nicht nach Reden zumute ist.«

»Hey.« Mit einem Klaps gab sie ihm ihre gespielte Entrüstung zu verstehen. Sie ließ ihre Hand auf seinem Schenkel ruhen, als ob er genau dort hingehörte. Und nicht nur das. Ohne darüber nachzudenken, ließ sie sich dazu hinreißen, ihren Kopf an seine Brust zu schmiegen.

Der vorherige Druck, eine Aussprache herbeiführen zu müssen, fiel merklich von beiden ab, und die zuvor noch angespannte Stimmung schlug um. Sie genossen die restliche, unterhaltsame Fahrt und die Nähe zueinander, ehe sich Charlotte mit einer liebevollen Streicheleinheit von den Pferden und einem freundlichen Gruß an den Kutscher verabschiedete.

Gemeinsam schlenderten sie durch die Stadt. Sie fragte nicht, wo ihr Weg sie hinführte, sondern genoss einfach nur die Zeit an seiner Seite.

Sie erreichten ein kleines Restaurant. Es lag in einem schmalen Gässchen, das eher an einen Hinterhof als an einen Durchgangsweg erinnerte. Mit einem prüfenden Blick gen Himmel musste sich Charlotte vergewissern, ob sie sich noch immer im Freien befanden. Sie erkannte das strahlende Blau und zeigte sich gleichzeitig von den umherliegenden Fassaden fasziniert.

Der Außenbereich des Restaurants war überschaubar. Es gab lediglich vier kleine Tische, die den Gästen zur Verfügung standen. Umso schöner und gemütlicher war der Bereich gestaltet worden. Die modernen, dunklen Rattan-Möbel waren mit dezenten, beigen Kissen kombiniert worden, und die dunkelroten Rosen auf den Tischen bildeten den perfekten Kontrast. Charlotte und Mark konnten gerade noch die letzten freien Plätze ergattern, als auch schon eine freundliche Bedienung erschien. Die etwas ältere Frau mit der hageren Figur reichte ihnen eine Speisekarte und nahm ihre Getränkebestellung entgegen.

Dadurch, dass Charlotte bereits auf dem Weg ins Restaurant begonnen hatte, Mark mit Fragen zu löchern, fiel es ihr nicht schwer, an exakt diesem Punkt wieder anzuknüpfen.

Seine bisherigen Ausführungen stimmten jedoch überhaupt nicht mit ihren vermeintlichen Annahmen über das beschauliche Leben des Bergführers, der nicht über den Tellerrand schaute, überein. Sie hatte ihn unterschätzt – in jeder Hinsicht.

Als er von seinen zahlreichen Reisen erzählte, hing sie förmlich an seinen Lippen. Er hatte Länder bereist und Berge erklommen, von deren Existenz sie nicht einmal etwas wusste. Da die Befürchtung nahe lag, dass sie sich die Details seiner Erzählungen unmöglich merken konnte, zog sie einen kleinen Notizblock aus ihrer Tasche und schrieb drauflos.

Vertieft in die letzten Ausführungen und die unbändige Lust, seine Erlebnisse für immer auf ihrem kleinen Stück Papier festzuhalten, ignorierte sie die Kellnerin, die ihre Getränke zum Tisch brachte und die Auswahl ihres Essens entgegennehmen wollte.

»Charlotte?«

»Hm?« Charlotte wollte ihren Gedanken noch zu Ende formulieren und sah daher nicht auf.

»Charlotte.«

Als sie noch immer nicht reagierte, nahm Mark ihr den Stift aus der Hand und hatte damit umgehend ihre volle Aufmerksamkeit.

»Sie wünschen, bitte?«, fragte die Servicekraft gelangweilt.

»Für mich bitte einen großen Salatteller. Danke.«

Ohne weiter auf den fragenden Blick der Frau einzugehen, nahm sie Mark den Stift wieder ab und schrieb weiter.

»Ich kenne niemanden, der so schnell und unleserlich schreiben kann wie du.«

Charlotte lachte. »In meinem Beruf ist es unglaublich wichtig, innerhalb kürzester Zeit so viele Informationen wie möglich zu sammeln und aufzunehmen. Schließlich will ich ja nichts vergessen. Und solange ich unleserlich schreibe, kann sich auch niemand an meinen Notizen vergreifen. Hauptsache, ich kann es lesen.«

Mark lehnte sich im Stuhl zurück und musterte sie. »War es schon immer dein Wunsch, Journalistin zu werden?«

»Nein, nicht schon immer. Als ich klein war, wollte ich eine Zeitlang Eisverkäuferin werden.« Sie schmunzelte bei der Erinnerung an die alte Eisdiele, die auf ihrem täglichen Weg zum Kindergarten lag. Damals war sie der festen Überzeugung, es könne keinen schöneren Arbeitsplatz auf der Welt geben.

»In der Grundschule war es dann Pilotin. Erst mit vierzehn, als mich ein Lehrer bat, bei der Schülerzeitung auszuhelfen, habe ich den Journalismus für mich entdeckt.«

»Schön, einen Beruf zu haben, der einem Freude macht.«

Marks Worte machten Charlotte nachdenklich. Sie war dem Journalismus über all die Jahre treu geblieben, doch die Art von Journalismus, die sie zwischenzeitlich betrieb, hatte nichts mit der seriösen Berichterstattung zu tun, die sie zu Beginn ihrer Karriere verfolgen wollte.

Sie hatte, wie man ihr mehrfach bestätigte, die besten Voraussetzungen, eine Top-Journalistin zu werden. Doch anders als erwartet, tat sie sich, trotz ihrer vielen Empfehlungsschreiben, schwer, einen passenden Job zu finden. Ihre Stelle als Klatschreporterin bei *Daily Trends* sollte eigentlich nur eine vorübergehende Station in ihrem Leben sein.

Charlotte wollte es nie wirklich wahrhaben, doch ihr wurde wieder einmal schmerzlich bewusst, wie sehr sie sich von all dem Glanz und Glamour hatte blenden lassen. So sehr, dass sie ihr eigentliches Ziel aus den Augen verloren hatte.

»Du wirkst nachdenklich. Ist alles in Ordnung?«

»Aber natürlich«, antwortete sie ihm knapp.

Der Nachmittag und auch der Abend waren viel zu schön, um ihn sich mit Gedanken um nicht erreichte Lebensziele verderben zu lassen. So unwirklich es ihr auch erschien: Sie wollte die gemeinsame Zeit mit Mark genießen und noch mehr über ihn und sein abenteuerliches Leben in Erfahrung bringen. Sie überflog rasch ihre Notizen und hakte nach, weshalb seine letzte Reise so lange zurücklag und weshalb er sie abgebrochen hatte.

»Als ich damals in Kanada unterwegs war, erreichte mich die Nachricht von einem schweren Unfall. Meine beiden besten Freunde waren in den Bergen verunglückt. Lorenz wurde schwer verletzt ins Krankenhaus gebracht. Doch für Martin kam jede Hilfe zu spät. Ich habe sofort die Heimreise angetreten, denn Martin war nicht nur mein Freund, er war auch Hannahs Mann.«

»Um Gottes willen.« Charlotte hielt sich tief betroffen die Hand vor ihren Mund. Tiefes Mitgefühl überkam sie für Marks Schwester, die sie so lebhaft und freundlich in Erinnerung hatte. Welch trauriges Schicksal die kleine Familie doch zu verkraften hatte.

»Seitdem versuche ich meine Schwester zu unterstützen und ihr auch mit den Kindern zu helfen. Für großartige Reisen bleibt da nicht mehr die Zeit.« Er beugte sich nach vorn und sah Charlotte eindringlich an.

»Doch versteh das jetzt bitte nicht falsch. Ich helfe Hannah gerne, und es war von jeher meine Absicht, in die Heimat zurückzukommen. Ich habe viel von der Welt gesehen – mehr als manch anderer. Und ich habe viel gelernt auf meinen Reisen. Aber ich habe auch immer gewusst, wo ich hingehöre. Lorenz und ich haben uns einen Traum erfüllt. Das, was wir am liebsten tun, haben wir zu unserem Beruf gemacht.«

Charlotte packte die Neugier, und sie wollte noch mehr wissen. »Weshalb ist euch dieser Artikel so wichtig?«

Mark atmete tief durch. »Für die kurze Zeit, in der wir nun schon unsere Erlebnistouren anbieten, geht es Lorenz und mir als Unternehmer gut. Wir können nicht klagen. Unsere Angebote kommen gut an. Das spiegelt sich auch durchaus in unserer Auslastung wider. Doch in uns stecken so viele Ideen, die sich momentan noch nicht realisieren lassen. Erschwerend kommt hinzu, dass der *Bergblick* verkauft werden soll. Wenn das Hotel in fremde Hände fällt, können wir unmöglich unsere bisherigen Konditionen halten. Daher haben Lorenz und ich einen Businessplan ausgearbeitet, der es uns nicht nur ermöglicht, unsere neuen Konzepte umzusetzen, sondern es uns auch gleichzeitig erlaubt, das Hotel zu übernehmen und zu renovieren. Die Bank will allerdings Zahlen und Fakten sehen. Mit unserem Konzept und der Zusage für diesen Artikel konnten wir die Bank für das Projekt gewinnen. Doch nun müssen wir auch Verträge, Reservierungen und Buchungen liefern. Nur dann erhalten wir den dafür notwendigen Kredit.«

»Ich verstehe.« Langsam dämmerte es Charlotte, wie viel für Mark und Lorenz von der Reportage abhing. Der Reiseteil der *Daily Trends* war eine äußerst beliebte Rubrik. Nicht zuletzt, weil ihr Kollege es verstand, äußerst unterhaltsam und anschaulich von seinen Reisen zu berichten. Hierfür war Lehmann auch schon mehrfach ausgezeichnet worden. Und dann setzte man den beiden ausgerechnet sie vor die Nase.

Hastig griff sie wieder nach ihrem Stift. In Windeseile notierte sie sich eine stichpunktartige Zusammenfassung von Marks Ausführungen. Sie überflog ihre Notizen erneut. »Was läuft da eigentlich zwischen Hannah und Lorenz?«

Mark war überrascht. »Ich habe gerade mehr oder weniger mein Innerstes nach außen gekehrt, und du fragst mich nach Hannah und Lorenz?«

»Entschuldige. Auf dich komme ich nachher noch einmal zurück.« Sie lächelte ihn gewinnend an und schwenkte wieder zum ursprünglichen Thema. »Ich wollte mich nur kurz nach den beiden erkundigen. Als ich Hannah kennengelernt habe, hatte ich das Gefühl, dass irgendetwas bei den beiden schief-läuft. Und Lorenz hat meine Fragen erst gar nicht zugelassen.«

»Vielleicht weil er nicht darüber reden möchte.«

»Hat es denn etwas mit dem Unfall zu tun?«

»Vermutlich.«

Damit schien für Mark die Sache erledigt.

»Ich verstehe.« Charlotte war klug genug, dieses brisante Thema nicht weiter zu vertiefen. Hannah war die Einzige, mit der sie noch nicht gesprochen hatte. Sobald sich ihr die Gelegenheit bot, würde sie das Gespräch mit Marks Schwester suchen. Vielleicht war sie ja redseliger.

»Was macht eigentlich dein Muskelkater?«, fragte er unvermittelt nach.

Der abrupte Themenwechsel riss Charlotte aus ihren Gedanken. Sie spannte ihre Waden an, um sich selbst von ihrem Wohlbefinden zu überzeugen. Schmunzelnd beugte sie sich zu Mark hinüber. »Er erholt sich, und wenn er erst wieder genesen ist, tritt er dir dafür in den Hintern.« Wieder begann ihr Herz aufgeregt zu rasen, als Mark ihr auf halber Strecke entgegenkam und sie mit seinen tiefgrünen Augen fixierte.

»Wirst du mir das je verzeihen können?« Er griff nach ihrer Hand und hauchte zur Entschuldigung einen Kuss auf ihren Handrücken.

Charlotte schüttelte den Kopf.

Er nahm ihre andere Hand und küsste auch diese. »Bitte.«

Sie lachte verlegen, doch sie schüttelte erneut den Kopf.

Mark zog sie an beiden Händen näher zu sich. Sie hatte keine Wahl, als seiner stummen Aufforderung zu folgen.

»Was muss ich tun, damit du mir verzeihst?«

»Benutze deine Fantasie.«

Marks verschmitztes Lächeln ließ Charlotte geradezu dahinschmelzen.

»Das tue ich bereits.«

Je länger sie ihn kannte und je mehr sie von ihm wusste, umso gefährlicher wurde es. Zwischen ihnen knisterte es so gewaltig, dass die Vorstellung, ein Teil seiner Fantasie zu sein, ihr Herz dazu brachte, aufgeregt gegen ihre Brust zu hämmern.

»So, dann hätten wir einmal den Sommersalat für die Dame und ein Wiener Schnitzel für den Herrn. Guten Appetit.«

***

Nachdenklich stand Charlotte auf dem kleinen Balkon ihres Hotelzimmers und blickte zum Himmel. Sie hatte sich selten so gut amüsiert und so viel gelacht, wie an diesem Abend mit Mark. Es war eine Wohltat, sich in der Gegenwart eines Mannes einmal nicht zu verstellen.

Er ließ sie ihre Launen einfach ausleben und wartete nicht darauf, dass sie ihm die Rolle der Femme fatale vorspielte, in die sie ihr Umfeld gerne hineinzwängte. Bei ihm konnte sie einfach nur sie selbst sein. Und obwohl Mark sie seit Beginn ihrer Bekanntschaft schon in allen möglichen Gemütszuständen erlebt hatte, schien sie ihm trotzdem – oder vielleicht auch genau deswegen – zu gefallen.

Die letzten gemeinsamen Stunden mit ihm ließen Charlotte aber auch erkennen, dass sie ihren ersten Eindruck von ihm korrigieren musste.

Der Hinterwäldler ohne Manieren, der seine Bestie auf sie gehetzt und sie gezwungen hatte, in altmodischer Fußbekleidung auf einen Berg zu wandern, entpuppte sich immer mehr als intelligenter und interessanter Mann, der Charlotte für sich zu gewinnen wusste. Sein Businessplan war ebenso überzeugend wie sein unwiderstehlicher Charme.

Sie würde noch drei Tage hier verbringen, und überraschenderweise freute sie sich darauf. Auch die anstehenden Fußmärsche trübten diese Freude nicht. In diesen drei Tagen wollte sie das Knistern zwischen ihr und dem sturen, dickköpfigen und süßen Bergführer genießen.

Der Mond glich einer schmalen Sichel und wurde von zahlreichen Sternen umrahmt. Es war eine laue Sommernacht und geradezu dafür gemacht, sie zu zweit zu genießen. Doch sie war allein.

Sie waren bereits auf dem Rückweg zum Hotel gewesen, als Mark einen Anruf seiner Eltern erhalten hatte, der zum abrupten Ende ihres gemeinsamen Ausfluges führte. Einerseits war sie enttäuscht, andererseits aber auch besorgt. Enttäuscht, weil Mark nicht mehr bei ihr bleiben konnte, während sie sich nach seiner Nähe und Gesellschaft sehnte. Besorgt, weil etwas mit seinem kleinen Welpen nicht in Ordnung zu sein schien. Auch wenn sie furchtbare Angst vor Hunden hatte, allein der Gedanke, dass dem Wollknäuel etwas zugestoßen sein könnte, nahm sie mit.

Charlottes Blick fiel auf den kleinen Beistelltisch neben ihr. Alle Notizen, die sie sich in den vergangenen Stunden gemacht hatte, lagen darauf ausgebreitet. Die Zettel hatte sie mit diversen Gegenständen beschwert, damit sie vor jedem kleinen Luftzug geschützt waren. Unter keinen Umständen wollte sie, dass auch nur eine Information verloren ging.

Nachdenklich beugte sie sich über den Tisch und studierte die Aufzeichnungen erneut. Was ihr tags zuvor noch an Inspiration verwehrt geblieben war, drängte nun darauf, festgehalten zu werden. Um keine weitere Zeit und Gedanken mehr zu verlieren, zog sie zielstrebig ihr Laptop aus der Tasche und klappte es auf. Flink huschten ihre Finger über die Tastatur und verwandelten die notierten Stichworte in ausführlich formulierte Sätze.

Es dauerte beinahe eine Stunde, bis Charlotte alle Details, inklusive der weiteren Erkenntnisse, zu denen sie im Laufe ihres Schreibens gelangt war, vollständig auf ihrer Festplatte gespeichert hatte.

Es war spät geworden, und sie konnte ein Gähnen nicht unterdrücken. Mit sich und ihrer Arbeit zufrieden, entschied sie sich, zu Bett zu gehen. Sorgfältig sammelte sie die Zettel ein und schloss, mit einem letzten Blick auf den leuchtenden Monitor, ihr Laptop. Sie griff nach ihren Habseligkeiten und trug alles in ihr Hotelzimmer, wo es auf dem altmodischen Nachttisch Platz fand.

Sie wollte sich gerade auf den Weg ins Badezimmer machen, als sie ein leises Klopfen an der Zimmertür aus ihren Gedanken riss. Für einen kurzen Augenblick blieb ihr Herz stehen. Unsicher durchquerte sie den Raum und öffnete vorsichtig die Tür.

Mark lehnte gegen den Türrahmen und hielt ihr schweigend die Einkaufstasche mit dem Logo der Boutique entgegen. Seine Mimik ließ keinerlei Rückschlüsse auf seinen Gemütszustand zu, doch seine begehrlichen Blicke sprachen Bände.

Sie war bereits versucht nach der Tasche zu greifen, als sie plötzlich in ihrer Bewegung verharrte.

»Wie geht es Killer?«

***

Mark war ehrlich verwundert. Er hätte viel von Charlotte erwartet, aber niemals, dass ausgerechnet sie sich um seinen Hund sorgte.

Ihr Gesichtsausdruck belehrte ihn jedoch eines Besseren. Sie schien sich tatsächlich für das Wohlbefinden des kleinen Welpen zu interessieren, wofür er sie nur zu gerne in seine Arme gezogen und geküsst hätte. Allein die Vorstellung ließ seine Stimme rauer werden. »Es geht ihm wieder gut.«

»Das ist schön. Nicht auszudenken, wenn er ernsthaft erkrankt wäre. Gut, dass er bei deinen Eltern war und sie dich sofort verständigt haben, wer weiß, was sonst …«

Charlotte quasselte wie wild drauflos und war kaum zu bremsen. Ihm war nicht entgangen, dass sie die ganze Zeit über den Augenkontakt zu ihm mied. Anscheinend gelang es nicht nur ihr, ihn aus der Bahn zu werfen, sondern auch umgekehrt.

»Charlotte«, unterbrach er sie.

»Hm?«

»Er hat sich einfach nur überfressen.«

»Oh.« Sie sah ihn verdutzt an. Doch als seine Worte nach und nach zu ihr durchdrangen, wich ihre Verwirrtheit einem Grinsen, das unweigerlich in ein Kichern überging. »Ehrlich?«

Mit einem kurzen Nicken bestätigte er seine Worte.

»Ehrlich. Es geht ihm gut. Er muss jetzt nur ein wenig Diät halten und in nächster Zeit darauf verzichten, kleinen, biestigen Reporterinnen aus der Großstadt in den Hintern zu beißen.« Seine Augenbrauen zogen sich herausfordernd nach oben.

In dem Augenblick, als er sich erneut mit ihrem wunderschönen und verführerischen Lächeln konfrontiert sah, blendete er alles um sich herum aus.

Charlotte hob ihre Hand, um die Tasche entgegenzunehmen. Doch anstatt danach zu greifen, umfingen ihre Finger seine Hand und gaben ihm mit sanftem Druck zu verstehen, näher zu kommen.

»Wüsste ich es nicht besser, würde ich sagen, du hast die Tasche absichtlich in meinem Wagen …« Mark bekam keine Gelegenheit, seinen Satz auszusprechen, denn im nächsten Augenblick spürte er, wie Charlotte ihre freie Hand in seinen Nacken legte und ihn sanft zu sich herabzog. Als ihre vollen, weichen Lippen über seinen Mund streiften und ihn sanft küssten, war es um ihn geschehen. Den ganzen Abend über hatte er sich in Zurückhaltung geübt, während sich jede Faser seines Körpers nach ihr verzehrte. Er wollte sie küssen – nein, er wollte mehr, und endlich durfte er seiner Begierde nachgeben.

Bestimmend drängte er sie zurück ins Hotelzimmer. Während die Tragekordeln der Einkaufstasche langsam über seine Fingerkuppen zu Boden glitten, erhielt die Tür einen sanften Stoß und fiel leise ins Schloss.

Er presste Charlotte gegen die Zimmerwand und ließ seine Hände ungeniert über ihre Schenkel wandern. Dann hob er sie hoch, woraufhin sie zufrieden ihre schlanken Beine um seine Hüften schlang. Spätestens jetzt wusste sie, dass sie an seinem Verlangen keine Sekunde mehr zweifeln musste.

Ihre Hände strichen durch sein dunkles Haar und verharrten schließlich an seinem Hinterkopf. Sie beugte sich nach vorn und küsste ihn erneut. Seine Wange. Sein Ohr. Seinen Hals. Immer und immer wieder. Bis ihr Mund nur noch wenige Millimeter von seinen Lippen entfernt war.

»Küss mich.«

Kaum hatte sie es ausgesprochen, konnte er nicht mehr an sich halten. Augenblicklich trafen seine Lippen auf ihre. Es war ein harter Kuss, der die Leidenschaft zwischen ihnen nicht annähernd beschreiben konnte.

Ihre Beine verselbständigten sich geradezu und legten sich noch enger um seine Hüften, während ihre Hände sich in seinem Haar festkrallten. Zuletzt wusste Mark nicht mehr, wo ihm der Kopf stand, so sehr begehrte er sie. Darauf bedacht, jeden Augenblick, jeden Kuss und jede Berührung von ihr auszukosten, erforschten seine Hände ihren Körper. Ihre Position erlaubte ihm nicht annähernd das, was er vorhatte mit ihr zu tun. Weshalb er sich in Bewegung setzte und sie zu ihrem Bett trug. Als er spürte, wie sie sich auf der weichen Matratze zu entspannen begann, gingen ihre leidenschaftlichen, harten Küsse in ein sanftes und gefühlvolles Necken über. Langsam setzte er seine Erkundungsreise fort, und sein Mund bedeckte ihren Körper mit Küssen, während ihre Finger sich hilflos in seinem zerzausten Haar vergruben.

Ihr lustvolles Stöhnen raubte ihm den Verstand. Er sah sie an, und als sie langsam ihre Augen öffnete und seinen Blick erwiderte, erkannte er sein eigenes Verlangen in ihrem, das er zu stillen mehr als bereit war.

***

Die ersten Sonnenstrahlen fielen in das überschaubare Hotelzimmer. Charlotte hatte kaum geschlafen, weshalb sie noch nicht gewillt war, ihre Augen zu öffnen.

Dieser Morgen kam nach ihrem Empfinden viel zu früh, und die Erinnerungen an die vergangene Nacht waren noch allzu gegenwärtig. Ihre Hand ruhte auf Marks Unterarm, der sie bestimmend an seine Brust gepresst hielt.

Sie beschloss, die Gelegenheit zu nutzen und während der verbleibenden Zeit die Nähe von Mark – die sich so unsagbar gut anfühlte – auszukosten. An Schlaf war nicht mehr zu denken, deshalb hingen ihre Gedanken den letzten Stunden hinterher. Allein die Erinnerung zauberte ein zufriedenes Lächeln auf ihr Gesicht.

Nur wenige Minuten später spürte sie, wie Mark sich zu rühren begann. Er streichelte sanft über ihren Arm und küsste zärtlich ihren Nacken. Als sich die Bettdecke hob und die kühle Luft ihre Rücken streifte, erschauderte sie. Zögernd öffnete sie ihre Augen und betrachtete ihn, wie er im schwachen Licht des frühen Morgens begann, sich anzuziehen.

Erst als er vollständig bekleidet war, ertappte Mark sie schließlich dabei, wie sie ihn unverhohlen musterte.

Er lächelte.

»Entschuldige. Ich wollte dich nicht aufwecken«, flüsterte er ihr zu.

»Ich weiß.« Zufrieden streckte sich Charlotte in ihrem Bett. Mark hatte bereits angekündigt, dass er frühzeitig aufbrechen musste, um seinen Verpflichtungen nachzukommen. Verpflichtungen, die er auf Grund der Ereignisse der letzten Stunden kurzfristig vernachlässigt hatte. Charlotte hatte hierfür vollstes Verständnis, zumal sie an seiner Zeitnot nicht unschuldig war. Erschwerend kam hinzu, dass Mark auf dem Hotelflur möglichst keinem seiner Gäste in die Arme laufen sollte.

»Ich muss jetzt leider gehen.« Mark setzte sich auf die

Bettkante und strich Charlotte eine Strähne aus der Stirn. »Schlaf weiter. Es wird ein langer Tag.« Er beugte sich zu ihr und küsste sie ein letztes Mal, ehe er leise aus ihrem Hotelzimmer verschwand.

Charlotte schloss zufrieden die Augen. Sie bemühte sich, seinem Ratschlag zu folgen, doch es wollte ihr nicht so recht gelingen. Nachdem sie sich zahlreiche Male im Bett gedreht hatte, griff sie schließlich nach ihrem Handy. Ein kurzer Blick darauf verriet ihr, dass es erst kurz nach fünf Uhr morgens war.

Was sie aber viel mehr beunruhigte, waren die vielen unbeantworteten Anrufe, die angezeigt wurden und die sich auf exakt zwei Personen eingrenzen ließen: Pascal und sein Engel.

Nach seinem nachmittäglichen Anruf hatte sie sich fest vorgenommen, ihn am Abend zurückzurufen. Über die Entwicklung des Tages hatte sie ihn jedoch schlichtweg vergessen. *Verflixt!*

Ihr Rückruf verschob sie jedoch besser auf eine humanere Uhrzeit, wusste sie doch, dass Pascal nicht unbedingt ein Morgenmensch war. Da sie mittlerweile tatsächlich etwas vorzuweisen hatte, lastete der ihr auferlegte Druck, den seine Anrufe nachhaltig schürten, auch nicht mehr allzu schwer auf ihr.

Langsam kroch Charlotte aus dem Bett, sammelte ihre Kleidungsstücke vom Boden auf und schlenderte ins Badezimmer.

Als sie eine halbe Stunde später an ihrem kleinen Tischchen saß, war sie bereits frisch geduscht und vollständig bekleidet. Ihre nassen Haare waren mit einem Handtuch zu einem großen Turban nach oben gebunden.

Während sie aufmerksam ihre Aufzeichnungen des Vortages studierte, stolperte sie unweigerlich über das traurige Schicksal von Hannah. Sie kam nicht umhin, sich zu fragen, wie die sympathische, junge Frau und Mutter ein derartiges Unglück ertragen konnte. Oder hatte sie es doch noch nicht verkraftet? Was war da zwischen ihr und Lorenz? Machte sie ihm Vorwürfe? Oder gab sich Lorenz womöglich die Schuld an dem Unfall?

Während die Minuten nur so dahinschwanden, wuchs ihr Gedankengut Zeile für Zeile. Vollkommen in ihre Arbeit vertieft, zuckte sie erschrocken zusammen, als es an ihrer Tür klopfte. Sie warf erneut einen Blick auf das Display ihres Smartphones. Über das Schreiben hatte sie die Zeit vergessen, und es war bereits kurz vor acht Uhr.

Mist! Sie war vermutlich wieder einmal die Letzte, und das, wo sie doch zur Abwechslung einmal nicht müde in ihrem Bett lag und den bevorstehenden Tag verfluchte. »Ja, bitte.«

Hannah streckte den Kopf durch die Tür und schenkte ihr ein warmes Lächeln. »Guten Morgen, Charlotte.«

»Hannah? Ähm, hallo. Guten Morgen.«

»Mark meinte, ich soll nachsehen, ob du noch schläfst. Wir würden in fünfzehn Minuten losgehen.«

»Kommst du heute auch mit?« Charlotte erschien es wie ein Wink des Schicksals. Sie hatte sich schon den Kopf zermartert, wie sie ein Zusammentreffen mit Hannah am besten herbeiführen konnte. Und nun wurde es ihr womöglich so einfach gemacht.

»Ja. Die Jungs wollten unbedingt mitgehen. Deshalb begleiten wir euch heute wieder ein Stück.«

»Das freut mich. Ich kümmere mich nur noch schnell um meine Haare und bin gleich bei euch.« Charlotte war bereits aufgestanden und befreite ihre noch feuchten Haare aus dem Handtuch.

»In Ordnung. Bis gleich.«

Hannahs Kopf verschwand hinter der dunkelbraunen Holztür, und Charlotte hörte, wie sie hinter ihr ins Schloss fiel. In Windeseile föhnte Charlotte ihr langes, blondes Haar kurz an.

Bewaffnet mit ihren wichtigsten Utensilien für den Tag, brach sie kurz darauf auf und gesellte sich zur restlichen Wandergruppe, die sich bereits vor dem Hotel eingefunden hatte. Ihre Augen tasteten die Anwesenden nach Mark ab, jedoch ohne Erfolg. Dafür blieb ihr Blick an Paul hängen, der ihr begeistert zuwinkte und sie umgehend in Beschlag nahm. Innerhalb weniger Sekunden gab er ihr eine komplette und detaillierte Auskunft über den bisherigen Verlauf seiner Woche.

»… und gestern Abend haben wir dann mit Lorenz und Mutti Pizza gemacht.«

Charlotte wurde hellhörig. Lorenz war gestern bei Hannah gewesen? Sie dachte, die beiden würden sich aus dem Weg gehen? Was genau ging da vor? Überraschenderweise fand Charlotte in Paul einen kleinen Spion.

»Dann hat euch Lorenz gestern also besucht?«

Paul nickte kräftig. »Ja. Er hat auf Basti und mich aufgepasst, weil Mutti der Oma im Laden geholfen hat und Onkel Mark keine Zeit hatte.«

Da hatte der Kleine recht: Sein Onkel Mark hatte gestern keine Zeit gehabt. Sie hielt erneut nach dem Mann Ausschau, der ihr eine wundervolle Nacht geschenkt hatte, konnte ihn aber immer noch nicht entdecken. Stattdessen beobachtete sie den bedrückt wirkenden Lorenz, der sich die Zeit damit vertrieb, sämtliche Rucksäcke in den Fahrzeugen zu verstauen. Hannah stand unweit von ihm und beobachtete ihn ebenfalls. Charlotte konnte ihre Miene nicht deuten. Die junge und attraktive Witwe wirkte unsicher und verletzlich. Man konnte den Eindruck gewinnen, sie wollte mit ihm reden, traute sich aber nicht, ihn anzusprechen.

»Du, Charlotte?« Paul zog an Charlottes neuen Shorts, um wieder auf sich aufmerksam zu machen.

»Ja, Paul?« Sie beugte sich zu ihm herab und strich ihm über seine braunen Haare.

»Fährst du nachher mit uns im Auto mit?«

Charlotte schloss den Jungen immer mehr in ihr Herz. Sie mochte nicht nur seine unbekümmerte und offene Art, unwissentlich schaffte er ihr die Möglichkeit, ein Gespräch mit Hannah zu führen.

»Das mache ich sehr gerne. Aber nur, wenn du mir nachher noch ein wenig von eurem aufregenden Nachmittag mit Lorenz erzählst.« Während sich Charlotte wieder aufrichtete, nickte Paul eifrig.

***

Mark, der sich auf Spurensuche begeben musste, hatte unterdessen die beiden vermissten Personen ausfindig gemacht.

Nachdem er erfahren hatte, dass weder Ulla noch Harald zum Frühstück erschienen waren und ihm auch nach mehrfachem Klopfen an ihre Hotelzimmertüren nicht geöffnet wurde, durchforstete er das ganze Hotel nach ihnen. Er entdeckte die beiden schließlich in der Hotelbar, wo sie seelenruhig und eng aneinandergekuschelt auf der Bank schliefen.

Ulla war auf das Peinlichste berührt, als sie von Mark geweckt wurden. In Windeseile verzog sie sich in ihr Zimmer, um sich umzuziehen. Auch Harald ging auf geradem Wege in sein Zimmer, aber nicht ohne Mark vorher vorzuschwärmen, was Ulla für eine tolle Frau war.

Schmunzelnd trat Mark vor das Hotel.

Bis auf die beiden Langschläfer hatten sich bereits alle versammelt. Selbst Charlotte hatte sich ausnahmsweise einmal nicht verspätet.

Er wusste, dass ihn ihr Anblick von seiner Arbeit ablenken würde, daher vermied er es, sich nach ihr umzuschauen. Gleichwohl sich alles in ihm danach sehnte. Sie hatten sich die ganze Nacht geliebt und in den Armen gehalten. Ihr Anblick würde ihm nur schmerzlich bewusst machen, wie sehr er sie begehrte. Denn eines stand jetzt schon fest: Er hatte noch lange nicht genug von seiner Großstadtprinzessin.

Doch er schaffte es nicht lange, seinem Vorsatz treu zu bleiben. Sobald er Charlottes fröhliches Lachen hörte, war ihr seine Aufmerksamkeit sicher.

Ulla und Harald hatten sich umgezogen und stießen nur wenige Minuten später zu den anderen, von denen sie vergnügt in Empfang genommen wurden. Mark ging derweilen durch die Reihen und bat alle, sich zu den Bussen zu begeben. Als er bei Charlotte angekommen war, die sich angeregt mit Chris unterhielt, konnte er seinem Drang, sie zu berühren, nicht widerstehen. Getarnt als harmlose Geste stand er schräg hinter ihr und legte seine Hand auf ihren Rücken, nicht ahnend, welche Wirkung die kleine Berührung auf ihn haben würde. Am liebsten hätte er sie an sich gezogen und sie geküsst.

»Ich möchte euch ja nur ungern stören, aber wir sollten langsam los. Chris, du fährst bei Lorenz mit, und Charlotte, du fährst mit mir.«

»Wir können ja nachher noch weiterquatschen.«

Chris schenkte Charlotte ein strahlendes Lächeln und zwinkerte ihr zu. »Bis gleich.«

Gutgelaunt spazierte der großgewachsene und durchaus gutaussehende Betriebswirt über den Parkplatz davon.

»Du scheinst einen neuen Verehrer zu haben«, murrte Mark und ließ seine Hand zärtlich über ihren Rücken wandern, als er sicher war, dass sie nicht beobachtet wurden.

»Eifersüchtig?« Charlotte sah ihn über die Schulter hinweg an.

»Nein.« *Oh doch!*

»Lügner.« Sie drehte sich zu ihm um. »Ich kann übrigens nicht mit dir fahren.«

»Und weshalb nicht?«, fragte er alarmiert. Sie beabsichtigte doch hoffentlich nicht, ihm nach der vergangenen Nacht aus dem Weg zu gehen?

»Ich musste Paul versprechen, bei ihm mitzufahren.«

»Paul?« Bei Mark schrillten sämtliche Alarmglocken. Charlotte war tags zuvor viel zu neugierig gewesen, was das Verhältnis zwischen Hannah und Lorenz betraf, und er spürte, dass mehr dahinterstecken musste. »Das heißt, du fährst bei Hannah mit?«

»Ja. Hast du womöglich etwas dagegen?«

»Versprich mir einfach, nicht in alten Wunden zu bohren.«

***

Charlotte war erschrocken darüber, wie leicht Mark sie durchschaute. Ihr würde sich keine bessere Gelegenheit bieten, um mit Hannah ins Gespräch zu kommen. Wie sollte sie also Marks Bitte nachkommen?

Von weitem hörte sie die Stimme von Lorenz, der alle aufforderte, in den Fahrzeugen Platz zu nehmen.

»Wir müssen los.«

Charlotte wollte sich zum Gehen wenden, doch Mark hielt sie am Arm fest. Der Ausdruck in seinem Gesicht hatte sich verfinstert. Seine Blicke durchdrangen sie förmlich.

»Charlotte, das ist mein voller Ernst.«

Sie lächelte besänftigend und wiegte ihn in Sicherheit. »Ja, natürlich. Und jetzt lass uns gehen.«

Mark löste seinen Griff, doch sie sah den Zweifel in seinen Augen.

SIEBEN

Mark lehnte an einem Felsvorsprung und blickte in die interessierten Gesichter seiner Wandergruppe. Sie alle lauschten aufmerksam Lorenz' Worten, der es wie kein Zweiter verstand, einem die Wunder der Natur näherzubringen. Auch Mark hörte immer wieder aufs Neue zu, wenn sein Kamerad die Naturgewalten beschrieb, die die Klamm, in der sie sich gegenwärtig befanden, entstehen ließen. Kein Wunder also, dass alle gebannt an Lorenz' Lippen hingen, allen voran Paul. Die Neugier, mit welcher er begeistert sein großes Idol ausfragte, freute Mark und erinnerte ihn gleichzeitig an Martin. Während Basti eher Hannah ähnelte, kam Paul ganz nach seinem Vater. Auch Martin war immer neugierig gewesen und wollte stets alles ganz genau wissen.

Sein Blick wanderte zu Hannah. Seine Schwester hatte ihre Arme fest um Bastis Schultern geschlungen. Erst jetzt fiel ihm auf, wie blass sie aussah und wie zerbrechlich sie wirkte. Hätte er es nicht besser gewusst, wäre er versucht gewesen, ihren Gemütszustand auf Charlotte zu schieben. Aber er hatte die beiden Frauen den bisherigen Weg über immer wieder beobachtet. Sie hatten sich zwar angeregt unterhalten, doch ihr Verhalten und ihr fortwährendes Lachen gaben Mark keine Veranlassung, sich Sorgen zu machen. Dennoch musste Hannah etwas beschäftigen.

Ihm blieb jedoch keine Zeit, sich über den Gemütszustand seiner Schwester den Kopf zu zerbrechen, denn Lorenz hatte seine Ausführungen zwischenzeitlich beendet. Nun war es an ihm, die beiden bevorstehenden Routen kurz zu beschreiben und darauf gespannt zu sein, wie viele sich ihm anschlossen, um die Kletterwand in Angriff zu nehmen. Und wer mit Lorenz den kürzeren und bedeutend weniger anstrengenden Pfad bewanderte.

Zur Verwunderung der beiden Bergführer entschieden sich alle, mit Ausnahme von Charlotte und Hannah, für die Kletterwand. Charlotte graute allein schon bei dem Gedanken daran. Hannah hingegen reizte die Wand, doch waren ihre beiden Jungen noch zu klein dafür.

Ratlos schauten sich Mark und Lorenz an. Mit solch einer Resonanz hatten sie nicht gerechnet. Gleichzeitig waren jedoch auch ein paar Probleme damit verbunden. Mark konnte sich nicht allein um alle kümmern. Doch würde Lorenz sie begleiten, wären Hannah und Charlotte allein, und das wollte Mark unter allen Umständen verhindern.

Er verschränkte seine Arme vor der Brust und grübelte. »Was schlägst du vor?«, fragte er seinen Freund.

»Wir haben keine Wahl. Bei so vielen Leuten muss ich mit euch gehen. Hannah kennt die Strecke in- und auswendig. Es ist nicht nötig, dass wir bei den beiden den Aufpasser spielen.«

»Ich weiß, du hast recht. Ich rede mit ihnen.« Unzufrieden fuhr sich Mark durch die Haare.

Noch während er auf die Frauen zusteuerte, überlegte er, wie er Hannah vor Charlottes Neugier bewahren konnte. Außer Charlotte noch einmal eindringlich zu bitten, hatte er jedoch keine Möglichkeit, also wollte er genau das tun.

»Hannah?« Mark legte Hannah seine Hand auf ihre Schulter und drehte sie zu sich um. »Kann ich kurz mit dir sprechen?«

»Natürlich. Aber ich ahne schon, um was es geht.« Sie lächelte wissend. »Geht ihr zwei ruhig klettern. Ich werde mit Charlotte und den Jungs über den alten Pfad zum Parkplatz wandern.«

»Dankeschön.« Mark küsste seine Schwester auf die Stirn und wandte sich dann Charlotte zu. Es waren keine Worte notwendig, damit sie begriff, was er von ihr erwartete.

Sie zog eine Schnute. »Ist ja gut. Sieh mich nicht so an. Ich werde brav sein.«

Mark fand ihren Gesichtsausdruck zum Niederknien. Nur zu gerne hätte er sie in diesem Augenblick geküsst, und er sehnte sich den Abend herbei, um endlich wieder ungestört mit ihr sein zu können.

Er schenkte ihr ein verschmitztes Lächeln. »Wie sehe ich dich denn an?«

Hannah hatte sich Paul und Basti zugewandt, weshalb sie nichts von dem kleinen Geplänkel zwischen Mark und Charlotte mitbekam.

»Vor zwei Sekunden jedenfalls noch ganz anders als jetzt.« Charlotte grinste und hielt Marks Blick stand.

»Sollen wir noch auf euch warten, oder können wir schon losgehen?« Hannah kam auf die beiden zu.

Die Zweideutigkeit ihrer Worte ließ Mark erschrocken zurückweichen. »Nein, geht ruhig los. Wir treffen uns dann nachher am Parkplatz.« Er vermied einen weiteren Blick zu Charlotte und ging mit großen Schritten zur restlichen Gruppe.

***

Basti und Paul spazierten bereits voraus, als Charlotte und Hannah sich umdrehten und den anderen noch zum Abschied winkten. Schon wenige Augenblicke später waren sie außer Sicht- und Hörweite.

Hannah hakte sich bei Charlotte ein und führte sie zu einem Pfad. »Mein Bruder steht total auf dich.«

Charlotte hätte über die Feststellung von Hannah entrüstet sein müssen. Doch sie lächelte nur. »Ich weiß.«

»Hattet ihr eigentlich einen schönen Nachmittag in Salzburg?«, erkundigte sich Hannah.

»Du weißt davon?« Charlotte war ehrlich überrascht. Marks Verhalten nach zu schließen, war es ihm äußerst wichtig gewesen, dass niemand von ihrem Ausflug, geschweige denn von ihrer gemeinsamen Nacht erfuhr.

»Natürlich. Mark hat es mir erzählt.«

»Okay. Und was genau hat er dir erzählt?« Charlottes Stimme klang unsicher, als sie bei Hannah nachhakte.

»Nur, dass ihr ein paar Besorgungen zu erledigen hattet.«

Charlotte war erleichtert. Hannah schien doch nicht allzu viel vom ihrer gemeinsamen Zeit mit Mark zu wissen.

»Meine Garderobe hat sich als wenig wandertauglich erwiesen. Deshalb hat sich dein Bruder meiner erbarmt und ist mit mir einkaufen gefahren.«

»Den Tag müssen wir auf alle Fälle rot im Kalender anstreichen. Ich wüsste nicht, wann Mark je freiwillig zum Shoppen in die Stadt gefahren ist.« Hannah grinste. »Weißt du, das hätte er nicht für jeden getan.«

Charlotte bemerkte, wie Hannah versuchte sie aus der Reserve zu locken, doch sie wollte es ihr nicht zu einfach machen. Daher konterte sie: »Er hat aber auch einiges wiedergutzumachen.«

»Ach ja?«

»Glaub mir, wenn du meine ramponierten Füße sehen würdest, könntest du mich verstehen.«

Hannah schnitt eine mitleidige Grimasse und zog lautstark die Luft ein. »Uh. Das hört sich nicht gut an. Sind noch ein paar Blasen dazugekommen?«

»Allerdings. Am schlimmsten waren jedoch diese Muskelkrämpfe. Ich schwöre dir, ich wollte sterben.« Als ihr bewusstwurde, was sie gesagt hatte, wäre Charlotte am liebsten vor Scham im Boden versunken. Sie hatte lediglich mit ein paar Blasen und einem gewaltigen Muskelkater gekämpft, doch Hannah hatte mit dem Tod ihre ganz eigenen Erfahrungen gesammelt. Auch wenn Charlotte früher oder später dieses Thema beiläufig aufgegriffen hätte, so wäre sie doch gerne subtiler vorgegangen.

»Entschuldige bitte, das war unüberlegt von mir. Ich wollte dir nicht zu nahetreten. Mein Vergleich hinkt schwer.«

»Mark hat dir von Martin erzählt?«

Hannah schien überrascht von der Offenheit ihres Bruders.

»Ich …« Charlotte sah Hannah hilflos an. Ihr fehlten die Worte. Sie hatte Hannah nicht nur auf den tragischen Verlust ihres Mannes gestoßen, nein. Jetzt zog sie auch noch Mark mit hinein.

»Schon gut. Mach dir keinen Kopf. Es ist ja kein Geheimnis.« Hannah lächelte tapfer und ging unbeirrt weiter.

Charlotte blieb stehen und sah Hannah an.

»Hannah?«, fragte sie unsicher.

»Ja?«

»Es tut mir unendlich leid für euch.«

»Danke.« Sie deutete mit dem Kopf in Richtung ihrer beiden Söhne. »Lass uns weitergehen, bevor uns die beiden noch abhängen.«

Eine Weile gingen die Frauen schweigend nebeneinander her und beschränkten sich darauf, Paul und Basti, die voller Elan den stetig ansteigenden Weg hinaufrannten, zu beobachten. Beide waren mit ihren Gedanken jedoch ganz woanders.

Charlotte hätte nicht gedacht, dass sich nach all den Jahren der Skandalberichterstattung plötzlich ihr Gewissen zurückmelden würde. Auf ihrem Weg zum Erfolg hatte sie viel lernen müssen – meistens war sie allerdings erst durch Schaden klug geworden. Abgestumpft gegenüber den vermeintlichen Empfindungen anderer, hatte sie immer skrupellos ihre Wege und Ziele verfolgt. Zu gerne hätte sie auch jetzt die ganze Geschichte hinter Hannah, Lorenz, Mark, dem Unfall und alles, was damit verbunden war, erfahren – aber nicht um jeden Preis. Mark war stark und eisern, er würde nicht weich werden oder in die Knie gehen. Ebenso wenig Lorenz.

Doch Hannah war zerbrechlich, und Charlotte bezweifelte, dass sie einer Konfrontation mit Fakten und Umständen der Tragödie standhalten würde. Sie musste Hannah auf behutsame Art und Weise an das Thema heranführen und sie dazu bringen, ihr die Geschichte von sich aus zu erzählen. »Darf ich dich etwas fragen?«

»Natürlich«, antwortete Hannah ein wenig unsicher.

»War Mark als Kind auch schon so ein sturer Dickkopf?«

Erleichtert und zugleich erstaunt lachte Hannah laut auf.

»Wie kommst du denn darauf, dass Mark ein Dickkopf ist?«

»Hm, nennen wir es mal persönliche Erfahrungswerte.«

Marks Schwester schüttelte den Kopf. »Ach ja? Ich kann jetzt weder sagen, dass er stur, noch dass er dickköpfig wäre.«

»Nein?« Charlotte war sich nicht sicher, ob Hannah ihren Bruder lediglich in Schutz nehmen wollte, oder ob Mark diese Charakterzüge nur ihr gegenüber auslebte.

»Nein, wirklich nicht. Mark ist vieles, aber kein sturer Dickkopf.« Ihr Blick wurde milde, als sie über ihren Bruder sprach. »Er ist vielmehr zielstrebig. Wenn er sich etwas in den Kopf setzt, zieht er es auch durch. Doch dann hat er es sich auch gut überlegt und ist sowohl gut informiert, als auch organisiert. Außerdem lag Mark das Wohl anderer schon immer mehr am Herzen als sein eigenes.«

»Ich könnte jetzt nicht sagen, dass ich bisher den Eindruck hatte, ihm läge so viel an meinem Wohl.« Charlotte deutete auf ihre Wanderschuhe. »Ich sage nur: Füße.«

»Lass dich nicht von ein paar Blasen täuschen. Mark hätte nie etwas Unmögliches von dir verlangt. Sei mal ehrlich – hättest du zu Beginn der Woche gedacht, dass du diese Wege und Berge bezwingen könntest und vermutlich noch dabei Spaß hast und dich sowohl entspannen, als auch erholen wirst?«

Charlotte schüttelte den Kopf.

»Siehst du. Doch ich gebe dir recht, was seine gewisse ausdauernde Beharrlichkeit anbelangt.«

»Oh ja, die hat er wirklich. Du kennst deinen Bruder gut. Ihr steht euch wohl sehr nahe?«

»Wir haben uns schon als Kinder sehr gut verstanden. Und die letzten Jahre haben uns noch mehr zusammengeschweißt. Er hat mich sehr unterstützt und war immer für mich da. Ich konnte mich stets auf ihn verlassen. Und das, wo er selbst mit der Unternehmensgründung so viel um die Ohren hatte. Ohne seine Hilfe hätte ich es nicht geschafft.« Hannah musterte Charlottes Profil und kniff prüfend die Augen zusammen. »Kann es sein, dass Mark dich gebeten hat, mir keine Fragen zu Martin und dem Unfall zu stellen?«

Charlottes Blick ging geradeaus, und sie beobachtete weiterhin die beiden Brüder, die Steine wegkickten. Nach dem, was Hannah von sich und ihrer engen Bindung zu ihrem Bruder erzählt hatte, war sie nicht verwundert, dass sie die Situation so schnell durchschaut hatte. »Du kennst deinen Bruder in der Tat sehr gut.«

»Das tue ich wirklich.« Sie seufzte. »Ich bin mir sogar sicher, dass er zu dir gesagt hat, das Thema könnte alte Wunden wieder aufreißen.«

Charlotte nickte. »Wir können gerne das Thema wechseln, wenn du nicht darüber reden möchtest.«

»Ist schon gut.«

»Wirklich?«

»Charlotte, glaub mir, ich bin nicht so zerbrechlich, wie Mark mich vermutlich beschrieben hat.«

»Würdest du mir dann etwas von dem Unfall erzählen und wie sich dein Leben seitdem verändert hat?«

»Der Unfall ereignete sich vor drei Jahren. Martin war wie Mark und Lorenz ein begeisterter Bergsteiger. Ihn zog es zwar nie in die Ferne wie die beiden, doch dafür war er als Bergsteiger schon immer risikofreudiger als sie. Während Mark und Lorenz stets bedacht und mit kühlem Kopf an die Sache herangingen, war Martin ein regelrechter Hitzkopf und suchte den Nervenkitzel.«

»Du wusstest das?«

»Ja. Ich hatte nur gehofft, dass es sich legen würde, wenn

erst einmal Kinder da sind. Und zu Beginn war es auch so.«

»Doch es hat sich geändert?«

Hannah nickte. »Ja. Seine Touren wurden immer länger, und eines Tages habe ich zufällig mitbekommen, dass er mit einer Gruppe Freeclimber unterwegs war. Daraufhin hatten wir einen riesigen Streit, und er versprach mir, sein Leben nicht mehr so leichtsinnig aufs Spiel zu setzen.«

»Hat er sich daran gehalten?«

Hannah nickte. »Ja, das hat er.«

»Was macht dich so sicher?«

»Mit der Zeit wurde Martin immer unausgeglichener. So glücklich wir vier zusammen waren, so traurig waren seine Augen, wenn er zu den Bergen blickte.«

»Ging er denn überhaupt nicht mehr Bergsteigen?«

»Doch. Aber er hielt sich an unsere Vereinbarung. Und von da an war es nicht mehr dasselbe für ihn.« Hannahs Blick folgte ihren beiden Söhnen, die hinter der nächsten Kurve verschwunden waren. Sie rief ihnen kurz hinterher. Sobald sie die beiden wieder fest im Blick hatte, erzählte sie weiter.

»Als Lorenz damals von einer seiner Bergtouren zurückkam und uns anschaulich davon berichtete, konnte ich Martins Sehnsucht förmlich spüren. Wenige Tage später überredete er Lorenz, mit ihm in die Berge zu gehen. Mir fiel leider erst viel zu spät auf, wie gelöst er gewirkt hatte, als er sich von mir verabschiedete. Mich beschlich ein ungutes Gefühl. Während ich noch darüber nachdachte, ihn anzurufen, sah ich die Nummer der Bergwacht auf dem Telefondisplay, und ich wusste, dass es zu spät war.«

»Wie schrecklich.« Charlotte, die weder sentimental noch gefühlsbetont war, spürte eine Träne im Augenwinkel. Rasch zwinkerte sie den Wassertropfen weg.

Hannah blickte durch die Felsenkluft zum Himmel.

»Jedes einzelne Wort des Einsatzleiters der Bergwacht ist mir in Erinnerung geblieben. Ich höre heute noch, wie Pius mir mit trauriger Stimme sagte, dass Martin und Lorenz einen Unfall hatten. Dass sie Lorenz schwer verletzt bergen konnten, dass von Martin jede Spur fehlte und dass ich vom Schlimmsten ausgehen müsste.« Sie schluckte. »Die Ungewissheit war furchtbar. Doch im Nachhinein muss ich sagen, dass ich schon die ganze Zeit über gespürt habe, dass er nicht mehr lebte.«

In Charlottes Kopf schwirrten unzählige Gedanken und Fragen, die darauf warteten, gestellt zu werden. Doch zunächst wollte sie jede Information, die Hannah bereit war mit ihr zu teilen, in sich aufsaugen.

»Die darauffolgenden Tage habe ich wie in Trance erlebt. Auch, dass Mark seine Kanada-Tour abgebrochen hatte, wurde mir erst viel später bewusst. Meine Familie hat mir sehr geholfen. Wären meine Eltern und Mark nicht gewesen, ich hätte nicht gewusst, wie es weitergehen soll. Sie haben mir einen neuen Alltag geschaffen und gaben mir die Zeit zu trauern. Sie waren immer an meiner Seite. Die Normalität konnte ich daher sehr schnell wieder in mein Leben lassen. Und wann immer ich Zeit für mich brauche, kann ich auf meine Familie zählen.«

»Du hast eine sehr starke Familie.« Vor Charlottes innerem Auge erschien die nette, kleine Verkäuferin mit den dunkelbraunen Locken. Der sympathische und großgewachsene Franz Leitner, der seine Frau locker um einen Kopf überragte. Ihr Blick folgte Basti und Paul, die beschwingt den schmalen Weg der Klamm entlang schlenderten. Und zu guter Letzt Mark. Der attraktive Berg- und Verführer. Allein der Gedanke an ihn ließ ihr Herz aufgeregt gegen die Brust hämmern.

»Ja, das habe ich. Sie sind wirklich großartig.«

Charlottes Neugier war gepackt. »Wie gehen deine Kinder damit um, keinen Vater mehr zu haben?«

»Paul war noch zu klein. Er hat das alles nicht wirklich mitbekommen. Basti hingegen war zunächst irritiert. Doch Mark hat sich so großartig um die beiden gekümmert, dass sie in ihm ihre männliche Bezugsperson sehen. Ansonsten gehe ich ganz normal mit dem Thema um. Sie wissen, dass ihr Vater bei einem Unfall gestorben ist. Auch wenn er nicht mehr lebt, so ist er doch ein fester Bestandteil in unserem Leben. Wir sprechen oft über ihn, und ich muss ihnen dann immer Geschichten erzählen. Sie fragen aber auch häufig Mark und Lorenz nach ihrem Vater aus.« Hannah schmunzelte. »Und die beiden kennen natürlich ganz andere Geschichten als ich.«

»Das kann ich mir vorstellen.« Auch Charlotte musste grinsen. Sie kannte Mark und Lorenz inzwischen ein wenig. Wenn Martin den beiden auch nur annähernd ähnlich war, konnte sie sich vorstellen, dass die drei viel Spaß hatten. Weshalb das Verhältnis zwischen Hannah und Lorenz jedoch so unterkühlt war, blieb Charlotte nach wie vor verborgen. Auch Hannahs Verhalten ließ nicht darauf schließen, dass sie ihm Vorwürfe machte. Was also lief da ab?

»Gibst du Lorenz die Schuld an dem Unfall?«

Hannah blieb abrupt stehen und schoss entrüstet herum.

»Nein. Das habe ich nie getan. Wirklich nicht. Das musst du mir glauben.«

Beruhigend legte Charlotte ihre Hand auf Hannahs Arm.

»Hey, natürlich glaube ich dir das. Ich wollte dir nicht zu nahetreten. Doch irgendetwas stimmt zwischen euch beiden doch nicht. Willst du mir nicht davon erzählen?«

Hannah sah nachdenklich zu Boden.

»Ich möchte dich weder drängen, noch mit dem Thema belästigen, es ist nur … Wenn ich euch sehe, dann …« Charlotte war sich selbst nicht mehr sicher, ob es so gut war, das Thema anzuschneiden. »Was genau ist da zwischen euch?«

»Lorenz geht mir seit Martins Tod aus dem Weg. Ich dachte immer, es läge daran, dass er sich die Schuld an dem Unfall gab. Unzählige Male versuchte ich mit ihm zu sprechen und ihm zu sagen, dass ich weiß, dass er nicht die Schuld trägt. Doch er wollte es nicht hören. Es war, als würde ich gegen eine Wand sprechen. Jedes Mal, wenn er mich sah, wich er mir aus. Als ob ihn mein Anblick an das Unglück erinnern würde.«

Charlotte hatte aufmerksam zugehört, daher entgingen ihr Hannahs einleitende Worte nicht. Sie sprach in der Vergangenheit und darüber, dass sich ihre Mutmaßung nicht bewahrheitete. Dies zeigte ganz deutlich, dass sich ihr Wissen über den Zustand geändert haben musste. »Doch das ist jetzt anders, nicht wahr? Was ist gestern passiert?«

»Woher weißt du das?«, fragte Hannah argwöhnisch.

»Ich habe einfach nur aufmerksam zugehört.«

»Oh, du bist gut. Richtig gut.«

Charlotte war ein klein wenig stolz auf sich selbst und hoffte, Hannah würde mit ihren Erzählungen fortfahren.

»Ich habe gestern mit ihm gesprochen. Dabei wurde mir klar, dass er die ganze Zeit über wusste, dass er keine Schuld an dem Unfall trug.«

»Weshalb geht er dir dann immer aus dem Weg?«

Hannah atmete schwer ein. »Weil er nicht ertragen kann, dass er Martin nicht retten konnte.«

»Sagtest du nicht, er sei selbst schwer verletzt gewesen?«

»Ja. Und dass er überlebt hat, grenzt an ein Wunder.«

»Gab es denn überhaupt eine Chance, Martin zu retten?«

»Nein.« Hannah schüttelte traurig den Kopf. »Der Unfall musste von der Polizei rekonstruiert werden. Der Bericht bestätigt, dass Martin leichtfertig sein Leben und das von Lorenz aufs Spiel gesetzt hat.«

»Dann verstehe ich Lorenz nicht. Weshalb hat er sich so in diese Vorstellung verrannt?« Charlotte, die Lorenz als sympathischen, offenen und zugänglichen Menschen kennenlernte, war überrascht von seinem Verhalten. »Das ergibt doch keinen Sinn, oder?«

Ein kurzer Blick in Hannahs Augen verriet Charlotte schließlich das Geheimnis. Erstaunt und zugleich überrascht hörte sie sich selbst sagen: »Oh mein Gott – er liebt dich.«

***

Charlotte und Hannah saßen im saftigen Gras der Wiese und beobachteten Paul und Basti, wie sie mit Begeisterung ein paar Kühe fütterten.

Hannah hatte ihren Bruder zuerst entdeckt und winkte ihm, während Charlotte Marks argwöhnischer Gesichtsausdruck nicht entging.

Noch ehe er in ihrer Hörweite war, beugte sich Hannah zu ihr. »Vielen Dank, Charlotte. Es war schön, einmal so frei mit jemandem sprechen zu können.«

Die Offenheit und Ehrlichkeit mit der Hannah sich ihr anvertraute, hatte Spuren bei ihr hinterlassen. Charlotte, die sich seit Jahren in einer oberflächlichen, arroganten und egoistischen Welt bewegte, wurde auf eindrucksvolle Art und Weise gezeigt, dass es auf dieser Welt tatsächlich noch Menschen mit echten Problemen gab. Das Erschreckendste an der ganzen Sache war: Sie hatte es beinahe schon vergessen.

Wie konnte sie es nur soweit kommen lassen?

Während Hannah bereits aufgestanden war und den anderen entgegenschlenderte, hing Charlotte ihren Gedanken hinterher. Erst Marks Räuspern ließ sie wieder in die Realität zurückkehren.

»Hannah scheint ja gut drauf zu sein. Wüsste ich es nicht besser, würde ich sagen, du bist meinem Wunsch nachgekommen.« Mark sah Charlotte skeptisch an.

Ihrem Versprechen ihm gegenüber war sie sich sehr bewusst. Es wäre ein Leichtes gewesen, ihm zu sagen, dass nicht sie, sondern Hannah ihr Gespräch auf das Thema gelenkt hatte. Doch sie hatte keine Lust, sich mit ihm anzulegen. Ihr stand der Sinn eher danach, ihn ein wenig zu ärgern. Kampfbereit verzog sie ihren Mund zu einem anzüglichen Grinsen und zog die Augenbrauen nach oben. »Ich dachte eigentlich schon, dass ich das wäre.«

»Du … Ich …« Er hielt kurz inne.

Als er nichts weiter erwiderte, sondern selbst anzüglich zu grinsen begann und sie einfach stehen ließ, sah sie ihm verwundert hinterher. Dass er dann auch noch laut zu lachen begann, brachte das Fass zum Überlaufen.

»Warum lachst du so?«

Als er ihr weder antwortete, geschweige denn sich noch einmal zu ihr umdrehte, folgte sie ihm stehenden Fußes.

»Hey, ich habe dich was gefragt.« Mit einem verkrampften Ziehen in ihren Beinen humpelte sie hinter ihm her. »Mark? Mark! Jetzt bleib doch mal stehen.«

Doch Mark spazierte fröhlich weiter. Er ging eine kleine Böschung hinab, wo die anderen in kleinen Grüppchen warteten. Mit der Gewissheit, nun definitiv nicht mehr zu erfahren, weshalb er so lautstark losgelacht hatte, verlangsamte Charlotte ihren Schritt, bis auch sie nur wenige Augenblicke später die anderen erreicht hatte. Für seine Unverfrorenheit erntete er einen grimmigen Blick von ihr, was ihn neuerlich dazu veranlasste, laut loszulachen. Ganz zur Verwunderung der anderen, die um ihn herumstanden und von denen er irritierte Blicke erntete.

Sie war sich sicher, dass er das nur tat, um sie zu ärgern.

Nachdem Paul und Basti an Charlotte vorbeigestürmt waren und sich in das Gewühl stürzten, setzte sich der Tross langsam wieder in Bewegung. Unbefriedigt, vom offenen Ausgang des mehr oder weniger nicht stattgefundenen Gesprächs mit Mark, ließ sich Charlotte von den anderen mitreißen. Während der nächsten Stunde drehten sich alle Gespräche ausschließlich um die Kletteraktion in der Klamm. Auch wenn Charlotte nicht dabei gewesen war, so bekam sie doch ein anschauliches Bild vor Augen gehalten, wie aufregend die restliche Gruppe diese kleine Exkursion empfunden hatte.

Der letzte Abschnitt ihres Aufstiegs war beschwerlich. Der steinige Weg führte steil bergauf. Auf der Aussichtsplattform angekommen, wurden sie für die Anstrengungen jedoch mit einem herrlichen Rundumblick in die umherliegende Berge und Täler belohnt. Auch wenn sich ihr eigentlicher Rastplatz nur wenige Gehminuten entfernt befand, legten sich viele auf die grüne Wiese, um das Panorama noch ein wenig länger zu genießen. So auch Charlotte, die noch vor wenigen Tagen mit ländlichem Idyll überhaupt nichts hatte anfangen können.

»Kommst du mit?« Ulla war neben ihr aufgestanden und deutete zur Schutzhütte.

»Nein, geht ruhig schon vor.« Charlotte bedachte Ulla mit einem vielsagenden Grinsen, ehe diese sich von ihrem ungeduldigen Verehrer zum Aufbruch drängen ließ.

Nach und nach leerte sich der Platz um sie herum.

Entspannt bettete sie sich auf dem Gras, schloss ihre Augen und genoss die Ruhe. Erst als ein großer Schatten über ihr auftauchte und ihr die wärmenden Strahlen der Sonne raubte, sah sie sich zu einer Reaktion genötigt. »Geh weg.«

Dass der Schatten tatsächlich verschwand, damit hätte sie nicht gerechnet. Insgeheim hatte sie sich schon auf eine Gelegenheit gefreut, sich mit Mark zu streiten. Zumal sie es ihm noch nicht verzeihen wollte, dass er sie zuvor hatte stehen lassen.

Als sie hörte, wie er sich neben sie auf die Wiese setzte, grinste sie daher – was ihr leider erst viel zu spät bewusst wurde.

»Deinem Gesichtsausdruck nach zu urteilen, hast du das nicht allzu ernst gemeint. Gib ruhig zu, dass du mich vermisst hast.«

Sie öffnete die Augen und drehte sich zu ihm um. Ihre Wangen hatten sich gerötet, und Mark, der neben ihr lag, beobachtete ihre Reaktion ganz genau.

»Gar nicht wahr.« Ihr weicher Tonfall und ihr ertapptes Lächeln straften sie Lüge.

»So überhaupt gar nicht vermisst?«

Sie schüttelte den Kopf.

»Hm … nicht mal ein klitzekleines bisschen?« Sein Daumen strich zärtlich über ihren Handrücken, und sein vielsagender Blick ließ die klare Bergluft um sie herum gewaltig knistern.

Jetzt musste sie doch kichern.

»Dachte ich es mir doch.«

In Anbetracht der eher unschuldigen Berührung war sie überrascht, wie rau seine Stimme geworden war.

Er räusperte sich. »Hast du heute Abend schon etwas vor?«

»Ich habe mich mit Hannah in der Hotelbar verabredet, aber danach hätte ich Zeit.« Charlotte versuchte die Information ganz beiläufig zu erwähnen, doch Marks Blick verfinsterte sich umgehend.

»Ich dachte, wir wären mit dem Thema endlich durch.« Genervt richtete er sich auf.

»Ist dir schon mal in den Sinn gekommen, dass Hannah den Vorschlag gemacht haben könnte und nicht ich?« Charlotte war von Marks Reaktion enttäuscht.

»Ach, wirklich?« Seine Stimme klang plötzlich zynisch.

»Weißt du was? Glaub doch, was du willst.«

Aufgebracht erhob sich Charlotte und stapfte davon. Auch wenn sie ihm durchaus zugestand, der Situation skeptisch gegenüber zu stehen, seine kalten Worte und seine Unterstellung hatten sie getroffen.

ACHT

»Oh mein Gott.« Ungläubig starrte Charlotte über die Hotel-terrasse hinweg zu einem kleinen Tisch auf der anderen Seite. »Pascal?«

»Na, wenn das mal nicht unsere wie vom Erdboden ver-schwundene Skandalreporterin ist.« Pascal lehnte sich zurück und blickte sie über den Rand seiner altmodischen Brille hin-weg an. »Hallo Charlotte.«

»Was zur Hölle treibt dich hierher?« Charlotte hatte immer noch mit der angespannten Situation zwischen Mark und ihr zu kämpfen. Seit dem unglücklichen Ausgang ihres Gesprä-ches waren sie sich aus dem Weg gegangen. Daher stand ihr weder der Sinn nach einer weiteren Konfrontation, noch da-nach, sich mit den Vorwürfen ihres Chefredakteurs auseinan-dersetzen zu müssen. Sie war erschöpft.

»Was mich hierhertreibt? Charlotte, mir ist nicht nach Wit-zen zumute. Seit Tagen versuche ich dich zu erreichen.« Sein Tonfall ließ keinen Spielraum für Zweifel. Er war wütend.

Das Letzte, was Charlotte gebrauchen konnte, war ein

verärgerter Chefredakteur, der ihr in aller Öffentlichkeit eine Szene machte. »Können wir woanders darüber reden?«

Pascal nickte nur und folgte ihr ins Hotel.

»Ist unser Engel auch da?« Sie mühte sich um eine normale und ruhige Konversation, ehe das Unausweichliche über sie hereinbrechen würde.

Kaum dass die Sprache auf seine Assistentin kam, legte sich die Verärgerung in seiner Stimme. »Natürlich. Sie wollte nur rasch ein paar Anrufe erledigen.«

»Ich hoffe, ihr hattet eine angenehme Anreise.«

»Danke. Hatten wir.«

Sie schwiegen während des restlichen gemeinsamen Weges. Als sie Charlottes Hotelzimmer erreichten, bat sie ihn einzutreten, und sein Blick fiel sofort auf den großen Notizstapel auf dem Tisch.

»Wie ich sehe, hast du ja doch gearbeitet.« Er drehte sich zu ihr um, und die Wut schien verdampft. »Warum hast du nicht auf meine Anrufe reagiert oder mir wenigstens einen Vorabentwurf geschickt?«

Pascals offenkundige Enttäuschung traf Charlotte mehr, als sie sich eingestehen wollte. »Das war dumm von mir, aber ich war so wütend.«

»Der Einzige, der Grund hatte, wütend zu sein, war ich.« Er ließ sich auf einen Stuhl fallen und blickte sie eindringlich an.

»Charlotte, so geht das nicht weiter. Ich bewundere dein Gespür für eine gute Story, und mir ist durchaus bewusst, dass dir keiner deiner Kollegen in dieser Hinsicht das Wasser reichen kann. Aber du hast Grenzen überschritten, ohne auch nur eine Sekunde an uns und an die Konsequenzen zu denken. Du hattest nicht einmal Skrupel, mich anzulügen. So funktioniert das nicht in einem Team.«

Er raufte sich die Haare. »Was mach' ich nur mit dir?«

Als Pascal ihr die knallharten Fakten präsentierte, kam sich Charlotte schäbig vor. Er hatte in allem recht. Sie war egoistisch, voreilig und skrupellos. »Es tut mir leid.«

Argwöhnisch zog Pascal seine Augenbrauen nach oben. »Habe ich mich verhört, oder kam da tatsächlich eine Entschuldigung aus dem Mund von Charlotte Schönberg.«

Peinlich berührt setzte sie sich auf die Bettkante und nickte verlegen. »Es tut mir leid, dass du wegen mir so viel Stress hattest. Und dass ich dich angelogen habe.« Im Nachhinein war sie entsetzt, wie leicht es ihr gefallen war, ihn anzulügen. Sie hatte ihm vorgegaukelt, dass eine beglaubigte Bestätigung ihrer vermeintlichen Informantin vorlag und hatte auf diese Aussagen ihren Skandalbericht gestützt. »Meinst du, es würde etwas bringen, wenn ich noch einmal mit ihr rede?«

»Gott bewahre, nein.« Pascal schmunzelte.

»Weshalb lächelst du plötzlich so selbstgefällig?« Charlotte runzelte die Stirn.

»Weil in den letzten Tagen viel passiert ist. Wärst du auch nur einmal an dein Telefon gegangen, wüsstest du, weshalb.«

»Was ist passiert?« Ihr Puls beschleunigte sich, und sie riss erwartungsvoll die Augen auf.

»Es ist ein netter, junger Herr auf der Bildfläche erschienen, der noch viel schmutzigere Details aus dem Liebesleben unseres Herrn Ministers zu berichten wusste.«

»Und?«, hakte sie ungeduldig nach.

»Es kam zu einer Einigung, und der Rechtsstreit ist vom Tisch.« Zufrieden und auch ein klein wenig stolz auf sich selbst nickte Pascal.

»Wirklich? Aber das ist ja großartig.« Ihr fiel ein Stein vom Herzen. Zusehends wurde ihr bewusst, was Pascal alles für sie getan hatte. Sie konnte es ihm daher nicht verdenken, dass sie wegen der ganzen Aufregung, die sie verursacht hatte, in der Provinz schmoren musste. Es war seine Art von Rache, und sie konnte es ihm nicht verübeln. Lediglich sein Arrangement mit Mark stieß ihr noch auf. »Vielen Dank, Pascal. Ich weiß wirklich zu schätzen, was du für mich getan hast. Und ich gelobe Besserung in jeglicher Hinsicht.«

»Das freut mich zu hören.«

»Allerdings hat mich deine Abmachung mit Mark Leitner sehr getroffen. Versprich mir bitte, dass du an meiner Arbeit nicht mehr zweifeln wirst. Ja?«

Die Falten an Pascals Stirn zogen sich nachdenklich zusammen. »Ich weiß nicht, was du meinst. Ich hatte an deiner Arbeit noch nie Zweifel, lediglich an deinen Methoden.«

»Mark meinte, er hätte dein Einverständnis, meinen Artikel zu redigieren.«

»Was?« Pascal lachte auf. »Nie im Leben hätte ich einem derartigen Arrangement zugestimmt. So gut solltest du mich kennen. Wo kämen wir denn da hin?«

»Es gibt keine Vereinbarung?« Charlottes Magen zog sich schmerzlich zusammen. Ihr wurde schlecht.

»Nein. Natürlich nicht. Zugegeben, ich habe ihn ein wenig unter Druck gesetzt. Aber nur dahingehend, dass er sich um dich kümmern sollte. Schließlich wollte ich meine Rache.« Noch immer umspielte ein siegreiches Lächeln seinen Mund. »Dabei ging es aber nie um den Artikel, sondern nur um die Veröffentlichung selbst.«

Mark hatte sie angelogen. Ihre anfängliche Übelkeit wich nun Wut.

»Entschuldige mich bitte einen Augenblick.«

Ihr Gesicht hatte bereits die Farbe eines Feuermelders

angenommen, als sie die Zimmertür aufriss und sich auf die Suche nach Mark begab.

Aufgebracht rannte Charlotte die Treppen hinunter. Sie durchquerte das Foyer und fand Mark schließlich vor dem Hotel, wo er sich angeregt mit Bernd und Chris unterhielt. Ihre Übellaunigkeit musste bereits von weitem zu erkennen gewesen sein, denn kaum, dass die Männer sie erblickt hatten, nahmen zwei von ihnen sogleich Reißaus.

Einzig Mark zeigte sich unbeeindruckt von Charlottes schlechter Laune – sah er sich doch schon den ganzen Tag damit konfrontiert.

»Was ist denn nun schon wieder?« Er hatte die Arme vor seiner Brust verschränkt und wartete auf sie.

»Du … Du …« Charlottes Zeigefinger winkte aufgeregt, während sie auf ihn zuschoss. »Du …« Erst als sie ihn erreicht hatte und dicht vor ihm stehenblieb, schlug sie ihm mit aller Kraft gegen die Brust. Die Szenerie wirkte geradezu grotesk, da Mark sich nicht einen Zentimeter bewegte.

»Wo liegt eigentlich dein Problem, Charlotte?«

»Mein Problem? Du bist mein Problem. Du mieser, hinterhältiger Lügner. Ich hatte gerade ein sehr aufschlussreiches Gespräch mit Pascal. Und rate mal, was er mir erzählt hat?«

Mark schluckte und ließ schuldbewusst den Kopf sinken.

»Vermutlich, dass er keinerlei Absprachen mit mir getroffen hat, was den Artikel betrifft.«

»Wie konntest du mir nur so etwas antun? Argh …«

Aufgebracht stampfte sie mit ihren Füßen auf, und auch die zunehmende Lautstärke ihrer Worte ließ keinen Zweifel an ihrem Ärger.

»Wenn ich nur daran denke, was du mich hast alles durchmachen lassen. Gequält hast du mich, und das absichtlich.

Noch dazu musste ich ständig diese hässlichen Schuhe tragen. Und …«

»Jetzt mach aber mal halblang, Charlotte. Du hast uns von vornherein absolut keine Chance gegeben, dir zu zeigen, um was es hier geht. Was hätte ich denn deiner Meinung nach tun sollen? Ich habe vielleicht nicht ganz fair gekämpft, doch für uns hängt von dieser Sache hier schließlich auch ziemlich viel ab.«

Charlottes Augen hatten sich zu gefährlichen Schlitzen verengt. »Das rechtfertigt noch lange keine Lüge, die meine berufliche Integrität in Frage stellt.«

»Aber geschadet hat es dir auch nicht, dich einmal wieder auf die eigentlichen Werte im Leben zurückzubesinnen.«

»Was weißt du schon von mir und meinen Wertvorstellungen. Absolut nichts.« Noch verächtlicher hätte sie ihm ihre Worte nicht entgegenschleudern können. »Es wird höchste Zeit, dass ich endlich wieder in ein normales Leben zurückkehre.«

Ihr ganzer Zorn hatte aus ihr gesprochen. Wütend machte sie auf dem Absatz kehrt und ließ ihn stehen. Sie spürte zwar seine Blicke in ihrem Rücken, als sie die Stufen zum Hotel hinaufging, doch er war klug genug, ihr nicht nachzugehen.

Im Umgang mit Gefühlen zeigte sich Charlotte als absoluter Frischling. Wo sie sonst vor keiner Konfrontation zurückschreckte, um ihre überschüssigen Energien loszuwerden, hatte der kurze Streit mit Mark sie völlig ausgelaugt.

Zielstrebig steuerte sie die kleine Bar an, die sich unmittelbar an das rustikale Hotelrestaurant anschloss. Sie beabsichtigte, sich und ihren blank liegenden Nerven etwas Gutes zu tun, nur leider hatte sie nicht mit Lorenz' Anwesenheit gerechnet, der sich mit der Rezeptionistin in Unterlagen vertieft hatte. Sie wollte bereits die Flucht ergreifen, als sie dummerweise von den beiden entdeckt wurde.

»Frau Schönberg, kann ich Ihnen irgendwie behilflich sein?« Eva schenkte Charlotte ihr schönstes Rezeptionisten-Lächeln und trat ihr aufmerksam entgegen.

Unsicher wanderte Charlottes Blick zwischen Eva, Lorenz und den aufgereihten Flaschen im Bar-Regal hin und her. Einerseits hatte sie keine Lust, dasselbe nervenaufreibende Gespräch noch einmal mit Lorenz wiederholen zu müssen. Andererseits wäre hier genügend Alkohol, um die Situation für sie erträglich zu machen. »Wären Sie so nett, mir ein Glas Cognac einzuschenken?«

»Natürlich, sehr gern.« Ohne ein weiteres Wort verschwand Eva hinter der Bar.

»Ist alles in Ordnung, Charlotte?« Lorenz musterte sie besorgt.

»Nichts ist in Ordnung. Überhaupt nichts ist in Ordnung.«

»Was ist denn passiert?«

»Was passiert ist? Ihr seid passiert. Du und dieser …, dieser … Ach, für ihn gibt es gar keine Worte. Aber von dir bin ich enttäuscht. Wie konntet ihr mich nur so hinters Licht führen?« Charlotte griff nach dem Cognacglas, das ihr Eva entgegenhielt und nahm einen kräftigen Schluck.

»Ich verstehe zwar nicht, wovon du gerade sprichst, aber sollte ich irgendetwas gesagt oder getan haben, das dich verletzt hat, so tut es mir ehrlich leid.« Lorenz ließ den Stift in seiner Hand sinken und trat auf Charlotte zu, während Eva sich bei ihnen entschuldigte und sich klammheimlich wegzustehlen versuchte.

»Willst du mir nicht sagen, was geschehen ist? Vielleicht ist alles nur ein Missverständnis.«

»Es ist ganz sicher kein Missverständnis. Ich wurde von euch angelogen.« Sie prostete mehr oder weniger sich selbst zu und leerte ihr Glas mit einem weiteren kräftigen Schluck.

Lorenz nahm ihr das Glas ab und dirigierte sie vorsichtig zu einem Barhocker, was Charlotte erstaunlicherweise zuließ, ohne auch nur einen Laut von sich zu geben.

»Da ich mir nach wie vor keiner Schuld bewusst bin, möchtest du mir nicht erzählen, was passiert ist? Was hat Mark gesagt oder getan, das dich so aufregt?«

Der Blick aus Lorenz' bekümmerten Augen verriet ihr dessen Ahnungslosigkeit. »Hast du dich je gefragt, weshalb ich plötzlich doch mit auf die Wanderungen gekommen bin?«

»Ich habe mich sogar häufiger gefragt, wie Mark es wohl geschafft hat, dich zu überreden, aber …« Nun endlich dämmerte es Lorenz, worum es ging, und seinen Lippen entwich ein erkennendes »Oh, oh«.

Charlotte nahm ihm betrübt das Glas aus der Hand und stellte es ab. »Das kannst du laut sagen.«

Eva hatte die Cognacflasche zuvor auf dem Tresen stehen lassen, was sich nun als ganz praktisch erwies. Sie goss einen großen Schluck ein und reichte Lorenz das braune Gebräu. Dankbar griff er danach.

»Was genau hat Mark angestellt?«, fragte er sie vorsichtig.

»Er ließ mich in dem Glauben, er habe die Zustimmung meines Chefredakteurs, den Artikel vor der Veröffentlichung redigieren zu dürfen.«

»Und das hast du ihm geglaubt?« Lorenz' Miene spiegelte Verwirrung wider. »Nicht einmal ich würde ihm das abkaufen, und ich habe von dem ganzen Journalismus-Kram überhaupt keine Ahnung.« Er leerte das Glas in einem Zug und stellte es zurück auf den Tresen.

»Ich …« Charlotte wandte den Kopf zur Seite, ihr Blick glitt ins Leere. Sie kniff ihre Augen zusammen und versuchte sich an die Situation zurückzuerinnern, als Mark sie mit dem vermeintlichen Abkommen konfrontiert hatte. Erst durch Lorenz' Worte wurde ihr klar, wie absurd ein solches Arrangement gewesen wäre. An jenem Morgen war sie komplett von Mark überrumpelt worden. Er hatte es geschafft, sie so wütend zu machen, dass sie über das, was er behauptete, bis zu diesem Augenblick gar nicht weiter nachgedacht hatte. Wie naiv war sie eigentlich?

»Ich kann nicht fassen, dass ich so blöd war. Wie konnte ich das nur eine Sekunde lang glauben?«

»Du wirst sicher deine Gründe gehabt haben.« Er streifte ihr in einer freundschaftlichen Geste über den Arm.

Charlotte sah ihn nachdenklich an. Es war erstaunlich, welches Gespür Lorenz in Bezug auf seine Mitmenschen hatte. Mit welchem Feingefühl er Situationen durchschaute, und wie er Angelegenheiten auf den Punkt bringen konnte, ohne den eigentlichen Punkt zu benennen. Er hatte eine Gabe wie nur wenige Menschen: Er war durch und durch eine ehrliche Haut, auf die man sich in allen Lebenslagen verlassen konnte. Kein Wunder also, dass sie sich kameradschaftlich mit ihm verbunden fühlte. Ihm würde sie bedenkenlos und ohne zu zögern ihre größten Geheimnisse anvertrauen, ohne darum fürchten zu müssen. Nie würde er jemanden mutwillig verletzen oder enttäuschen. Und plötzlich kam ihr wieder Hannah in den Sinn.

»Vermutlich.«

Sie begriff, dass sich ihr nie wieder eine solche Gelegenheit bieten würde, ungestört mit Lorenz zu sprechen. Daher zögerte sie nicht lange und packte den Stier bei den Hörnern.

»Hast du heute eigentlich schon was vor? Ich bräuchte noch ein paar Infos für meinen Artikel, und ich glaube, es wäre durchaus interessant, wenn ich mich zur Abwechslung mal mit dir anstatt mit diesem störrischen Hornochsen unterhalten würde.«

»Ich muss noch ein paar Erledigungen machen. Aber ich könnte gegen neunzehn Uhr wieder hier sein, wenn es für dich in Ordnung ist«, antwortete ihr Lorenz überrascht.

Charlotte rechnete zur Sicherheit noch einmal nach. Mit Hannah hatte sie sich erst gegen halb neun verabredet. Es blieb ihr also genügend Zeit, mit ihm zu sprechen und ihn aus der Reserve zu locken.

»Das würde mir sogar sehr gut passen.« Sie rutschte vom Barhocker und verabschiedete sich mit einer innigen und herzlichen Umarmung von ihm.

»Alles wieder gut?«, fragte er fürsorglich nach.

Sie freute sich, dass sein Tonfall freundschaftlich besorgt und nicht geschäftlich interessiert klang.

»Zwischen uns ist alles in Ordnung. Und deinen Kollegen knöpfe ich mir ein anderes Mal vor.«

***

Lorenz

Lorenz' Blick folgte Charlotte, die durch die Eingangstür im Hotel verschwand. Ohne zu zögern, nutzte er die günstige Gelegenheit und überflog die kaum leserlichen Stichpunkte, die sie sich während ihres bisherigen Gesprächs notiert hatte. Nachdenklich strich er sich durch sein blondes Haar.

War es tatsächlich möglich, sein gesamtes Leben in nur wenigen Worten zusammenzufassen?

Augenblicklich überkam ihn Einsamkeit, die er auf das Glas Rotwein schob, dessen letzten Schluck er nun seine Kehle hinabrinnen ließ. Er trank selten Wein, nicht nur weil er ihn schlecht vertrug – ihn schienen dabei auch regelmäßig wehmütige Gefühle zu übermannen. Dass er den ganzen Tag über mit Hannahs Gegenwart zurechtkommen musste, noch dazu nach ihrer Konfrontation am Vortag, bei der er ihr seine Liebe gestanden hatte, trug ebenfalls unausweichlich zu seiner melancholischen Stimmung bei.

Er schob das Notizbuch wieder zurück zu Charlottes Platz, streckte die Beine unter dem hölzernen Tisch aus und lehnte sich gegen die Rückenlehne der Bank. Während der letzten vierundzwanzig Stunden hatte er sich ständig gefragt, ob seine Entscheidung richtig war. Hätte er Hannah besser weiterhin seine Gefühle verschweigen sollen?

Seit Martins Unfall war nichts mehr so, wie es einmal war. Nein, eigentlich seit Hannah in Martin die Liebe ihres Lebens gefunden hatte, war für ihn nichts mehr so, wie es war.

»Ich habe Nachschub mitgebracht.« Charlotte kam mit zwei gefüllten Weingläsern zurück in den Garten.

Da die sommerliche Abendsonne noch genügend Wärme spendete, hatten sich die beiden dafür entschieden, ihr Treffen ins Freie zu verlegen. Die kleine Grünfläche hinter dem Hotel mit den rustikalen Holzmöbeln bot sich ihnen daher perfekt an.

»Charlotte, Charlotte. Wüsste ich es nicht besser, läge die Vermutung nahe, dass du mich heute noch unbedingt betrunken sehen möchtest.«

»Da kannst du dir sogar sicher sein. Schließlich ist das meine Rache für das Bier, das ich trinken musste.«

»Mit dieser Art von Rache lässt es sich durchaus leben.«

Lorenz lächelte entspannt, während Charlotte die Gläser auf dem Tisch abstellte und sich wieder gegenüber von ihm auf die Bank setzte.

»Lorenz?«

»Ja.«

»Ist es für dich in Ordnung, wenn ich kurz auf den Unfall von Hannahs Mann zu sprechen komme?«

Ihn überkam ein ungutes Gefühl. Weshalb wollte Charlotte plötzlich über den Unfall sprechen?

»Nicht aus purer Sensationslust, sondern weil Mark mir erzählt hat, dass dies wohl ein ausschlaggebender Punkt für euch war, um eure Geschäftsidee in die Tat umzusetzen.«

»Okay.« Im Grunde war ihm nicht wohl bei dem Gedanken, über die damaligen Ereignisse zu sprechen. »Was genau möchtest du denn wissen?«

»Erzähl mir einfach von damals.«

»In Ordnung.« Während er noch überlegte, wo er am besten mit seinen Erzählungen beginnen sollte, verfing sich sein Blick in einem der Fenster.

»Von Mark weißt du sicherlich schon, dass wir damals viel gereist sind. Die zahlreichen Eindrücke, die wir sammelten, inspirierten uns zu einer Vielzahl von Spinnereien rund um ein paar bahnbrechende Geschäftsideen. Unsere Hirngespinste nahmen jedoch Form an, als Mark sich nach Martins Unfall entschied, hierzubleiben und für Hannah und die Jungs zu sorgen.«

»Bedeutet das also, dass du in deiner Entscheidung von Mark beeinflusst worden bist?«

Lorenz überlegte kurz und genehmigte sich erneut einen Schluck Rotwein. »Ja und nein. Es war nicht nur Marks Entschluss, der mich zum Bleiben bewegte.«

Innerlich raufte sich Lorenz wieder die Haare. Er hätte es einfach auf sich beruhen lassen können, doch der Wein löste seine Zunge.

»Indem ich Mark unterstützte und die Geschäftspläne vorantrieb, erhoffte ich mir, ihn so weit zu entlasten, dass ihm genügend Zeit blieb, sich um Hannah und ihre Kinder zu kümmern.« Er schwieg einen kurzen Moment. »Wenigstens das war ich ihr schuldig.«

Charlotte sah den tiefen Schmerz in seinem Blick.

»Du hast noch nie mit jemandem darüber gesprochen, nicht wahr?« Sie schloss ihr Notizbuch. »Was mache ich nur mit euch beiden?«

»Mit Mark und mir?« Natürlich meinte Charlotte nicht Mark und ihn. Sie meinte die Frau, die er aus vollem Herzen liebte und deren Spiegelbild er zuvor in der Fensterscheibe entdeckt hatte.

»Nein. Mit Hannah und dir.«

Er hätte böse auf Charlotte sein müssen, und doch war er sich ihrer guten Absicht bewusst. Er hätte sich über sich selbst ärgern müssen, denn ihren Plan, ihn mit Wein redseliger zu machen, hätte jeder von vornherein durchschauen können. Und er hätte böse auf Hannah sein müssen, weil sie versucht hatte sich anzuschleichen. Nein, auf Hannah könnte er nie böse sein. Sie hatte ein Recht zu erfahren, weshalb er sich so verhielt. Tags zuvor hatte er ihr bereits sein bestgehütetes Geheimnis verraten, nun war es an ihm, ihr die ganze Geschichte zu erzählen.

»Zunächst solltest du sie bitten, Platz zu nehmen, schließlich steht sie hier schon ein Weilchen.«

»Du wusstest, dass ich hier bin?« Unsicher folgte Hannah dem Gartenpfad zur Tischgruppe.

Lorenz nickte. »Wenn dich nicht dein Spiegelbild im Fenster verraten hätte, dann mit Sicherheit dein Parfum. Es ist immer noch dasselbe wie damals.«

Zögernd setzte sich Hannah neben ihn auf die Bank.

»Es tut mir leid. Ich wollte dir nicht nachspionieren. Ich war ebenfalls mit Charlotte verabredet und bin wohl ein paar Minuten zu früh hier gewesen.«

Lorenz hatte es noch immer nicht übers Herz gebracht, Hannah anzusehen, dafür richtete sich sein Augenmerk nun direkt auf Charlotte, die sich zu Recht ertappt fühlte und schnellstmöglich nach einem Ausweg suchte.

»Was ist denn hier los? Hab' ich was verpasst?« Mark blieb abrupt unter der Tür stehen und beäugte skeptisch die Szenerie. Seine plötzliche Anwesenheit bot Charlotte den passenden Ausweg aus der Situation. Sogleich griff sie nach ihrem Notizbuch und wandte sich zum Gehen.

»Du und ich. Jetzt.« Ihr bestimmender und strenger Ton schien seine Wirkung nicht zu verfehlen. Ohne Widerworte, jedoch mit einem weiteren argwöhnischen Blick auf Hannah und Lorenz folgte Mark ihr ins Hotel.

Lorenz saß noch immer reglos am Tisch und brachte es nicht über sich, Hannah anzuschauen. Sein Entschluss, sich ihr endlich anzuvertrauen, war hingegen unumstößlich.

Während er nach Worten suchte, machte sich eine bedrückende Stille breit.

***

Als Charlotte und Mark das Treppenhaus erreichten, hielt sie abrupt inne und drehte sich hastig zu ihm um. Er kam nur knapp vor ihr zum Stehen und blickte verwirrt drein.

»Wage es ja nicht, heute Abend auch nur noch einmal einen Fuß dort raus zu setzen«, blaffte sie ihn an.

Sie hatte noch immer nicht entschieden, ob sie noch sauer auf Mark war oder ihm nachsichtig verzeihen wollte. Doch seine miese Laune ließ sie zu Ersterem tendieren. Wenngleich sie nicht abstreiten konnte, wie sehr sie sich in diesem Moment zu ihm hingezogen fühlte.

»Was in drei Teufels Namen geht da vor sich?« Mark versuchte erst gar nicht, seinen Argwohn zu verbergen. »Du bist mir eine Erklärung schuldig, Charlotte.«

»Weshalb regst du dich eigentlich so auf? Lorenz und Hannah sprechen endlich einmal miteinander, und ich kann dich beruhigen, ich bin nicht dabei. Ich stehe nämlich hier und muss mich mit deinem Misstrauen auseinandersetzen. Es besteht also keine Gefahr, dass ich – die Skandalreporterin – je irgendwo irgendetwas über die beiden berichten könnte.«

»Er redet tatsächlich mit ihr?«

Marks eben noch lautstarkes Gezeter war in ein ungläubiges Flüstern übergegangen. Was auch Charlotte milder stimmte.

»Das hoffe ich jedenfalls.«

Erschöpft ließ sie sich auf die Treppen sinken. Mark setzte sich neben sie. Er griff nach ihrer Hand, umschloss sie fest und hauchte einen Kuss auf ihre Fingerknöchel.

»Wenn das so ist, stehe ich tief in deiner Schuld.«

Sie hörten Schritte auf der Treppe und Mark gab Charlottes Hand hastig wieder frei. Keinen Moment zu früh. Auf der obersten Stufe erschien bereits Pascal hielt auf die beiden zu.

»Schön, dass ich Sie noch antreffe, Herr Leitner. Ich hätte da noch eine Frage oder vielmehr eine Bitte an Sie. Charlotte, würdest du uns einen Augenblick entschuldigen?«

Sie war zu erschöpft, um zu hinterfragen, weshalb Pascal mit Mark reden wollte. »Natürlich.« Sie erhob sich und wandte sich zum Gehen. Jedoch nicht ohne zuvor an Mark gewandt klarzustellen: »Ich bin immer noch sauer.«

»Das habe ich befürchtet.«

***

Hannah

Hannah saß wie ein Häufchen Elend neben Lorenz auf der Bank. Die Stille zwischen ihnen verunsicherte sie zusehends. Nur zu gerne hätte sie sich einmal mit ihm ausgesprochen, aber nicht um jeden Preis. Sie wollte ihn nicht mit den Erinnerungen quälen, die ihn noch zu beschäftigen schienen. Daher startete sie geknickt den Rückzug.

»Ich hatte immer auf eine Aussprache zwischen uns gehofft. Doch ich sehe, wie schlecht es dir in meiner Gegenwart geht. Du bist ein wundervoller Mensch, Lorenz, und du hast es nicht verdient, ständig durch mich an den Unfall erinnert zu werden. Ich werde daher deine Entscheidung respektieren und dir zukünftig aus dem Weg gehen.«

Tief traurig über ihren eigenen Entschluss und ihre Worte erhob sie sich. Unbedacht wollte sie zum Abschied seine Hand berühren, die auf der Tischplatte lag. Sie verharrte jedoch in ihrer Bewegung und sprach leise weiter.

»Trotzdem sollst du noch wissen, dass ich dir zu keinem Zeitpunkt eine Schuld am Unfall und an Martins Tod gegeben habe. Ich würde dir nie vorwerfen, dass du ihn nicht retten konntest. Im Gegenteil. Martin hat durch seine leichtfertige Aktion nicht nur sein Leben verloren, sondern deines unnötig mit aufs Spiel gesetzt. Und auch wenn ich meinen Mann verloren habe und meine Kinder ihren Vater – wärst du …«, sie schluchzte. »Wir könnten nie wieder glücklich sein.«

Ihre Stimme brach, als sie ihm eingestand, »ich könnte nie wieder glücklich sein.«

Ihre letzten Worte ließen Lorenz aufhorchen. Er drehte den Kopf in ihre Richtung, sah sie aber noch immer nicht an.

»Um eines würde ich dich dennoch bitten: Sei für Basti und Paul da. Sie brauchen dich.« Hannah hatte nichts mehr zu verlieren. Wenigstens einmal wollte sie ihn noch berühren und so streiften ihre Finger zärtlich seine Wange. Zu fühlen, wie sich seine warme Hand augenblicklich um ihre Finger schloss und er seinen Kopf in der Berührung barg, deutete Hannah als seine Art des Abschiedes. Unendlich traurig zog sie ihre Hand zurück. Sie musste schnellstmöglich weg von ihm, ansonsten würde sie heulend neben ihm zusammenbrechen. Mit gebrochener Stimme kam ein kaum hörbares »Lebwohl« über ihre Lippen, ehe sie, so schnell ihre Füße sie tragen konnten, davonrannte.

Innerhalb weniger Sekunden war ihr Blick von Tränen verschleiert, doch das störte sie nicht weiter. Den Weg zur Mühle kannte sie blind. Hier hatte sie sich schon als Kind immer verkrochen, wenn es ihr schlecht ging. Auch wenn sie nun erwachsen war, an ihren Gewohnheiten aus Kindheitstagen hielt sie nach wie vor fest.

Das Rauschen des Bachs, das Geklapper des Mühlrades, der Blick in die Berge – all das legte sich dort wie Balsam um ihre Seele und ihr Herz. Doch etwas war in ihr zerbrochen. Sie schluchzte laut und wusste, dass sie wieder einen geliebten Menschen verloren hatte. Traurig kletterte sie unter die alte, hölzerne Laderampe und kauerte sich zusammen. Ihr Tränenstrom wollte einfach nicht versiegen.

Es dauerte nicht lange, bis sie Lorenz warme Hände auf ihrer Haut spürte, der sie zögernd an seine Brust zog. Er war hier. Vielleicht war sie doch nicht ganz allein.

Laut schluchzend legte sie ihre Arme um ihn und barg ihr Gesicht nahe seinem Herzen. Er streichelte zärtlich ihre Wange, bis sie sich beruhigte, und begann dann leise zu sprechen.

»Meine erste große Bergtour werde ich wohl nie vergessen: die wunderschönen Rocky Mountains. Sechs Monate habe ich die Berge erkundet, die Menschen dort kennengelernt und viele Abenteuer erlebt. Ich war das erste Mal richtig lange weg von zu Hause und kostete jeden Moment aus, aber ich verspürte irgendwann Heimweh. Heimweh nach meiner Familie, nach meinen Freunden und nach dir, Hannah.

Du hast mir in einer Art und Weise gefehlt, wie ich es zuvor nie für möglich gehalten habe. Je länger ich weg war, umso größer wurde meine Sehnsucht nach dir, und ich begriff, dass sich die kleine Schwester meines besten Freundes in mein Herz geschlichen hatte. Unzählige Fragen stellten sich mir. Was würde geschehen, wenn ich wieder zu Hause wäre? Würdest du überhaupt meine Gefühle erwidern? Würde Mark es akzeptieren? So sehr ich meine große Reise genossen hatte, so sehr zog es mich am Ende in die Heimat zurück.«

Seine Hand glitt von ihrer Wange und verharrte auf seinem angezogenen Knie, während sein Blick ins Leere glitt.

»Ich sah dich schon von Weitem am Rathausbrunnen stehen. Deine langen Haare flatterten im Wind, und du hast einfach hinreißend ausgesehen. Doch dann erkannte ich, dass du nicht auf mich gewartet hast.«

»Ich dachte immer, die vielen Reisen hätten dich so verändert. Weshalb hast du nie etwas gesagt?«

Als Lorenz ihr nicht antwortete, sah sie ihn fragend an. Zum ersten Mal war sie sich bewusst, wie nahe sie sich waren, und urplötzlich starteten ihr Puls und ihr Herz ein Wettrennen.

Lorenz schluckte hart.

»Weil Martin mich darum gebeten hat.«

»Was?« Hannah richtete sich abrupt auf und strich die letzten Tränen aus ihren Augenwinkeln. »Martin hat dich darum gebeten? Hat er dich auch darum gebeten, mir aus dem Weg zu gehen?«

»Nein.« Seine Miene wurde weicher. »Glaub mir, das hätte er nie verlangt. Martin hatte Angst davor, dich zu verlieren – so sehr hat er dich geliebt. Als sein Freund war ich es ihm schuldig. Doch mir fiel es zusehends schwerer, mit der Situation umzugehen, deshalb ging ich dir, soweit es möglich war, aus dem Weg.«

»Immerhin hast du da gelegentlich noch mit mir gesprochen. Seit dem Unfall kannst du mich nicht einmal mehr ansehen.« Sanft aber bestimmt drehte sie mit ihrer Hand seinen Kopf zu sich und zwang ihn, sie endlich anzusehen. Dabei waren sie sich so nah, dass sich ihre Nasenspitzen beinahe berührten. Ebenso wie ihre Lippen.

»Ich …«, ungelenk versuchte Lorenz sich aus der Situation zu befreien, dabei sah er sich allerdings mit der durchsetzungsstarken Hannah konfrontiert, die ihm mehr als deutlich signalisierte, was sie von seinem neuerlichen Fluchtversuch hielt.

Sie nahm ihre freie Hand zur Hilfe und umfasste sein Gesicht. »Hatten wir das nicht eben erst? Renn nicht schon wieder vor mir davon, sondern rede mit mir!«

Doch er entkam ihr auch dieses Mal.

Er stand auf, ging aufgeregt ein paar Schritte, fuhr sich

durch die Haare und sprach dann einfach drauflos.

»Martin hat mich schon damals immer mit meiner Schwäche für dich aufgezogen. Er sagte stets, dass ich dich erst bekomme, wenn er nicht mehr lebt.« Lorenz hielt inne und fixierte Hannah. »Als wir in den Bergen unterwegs waren, habe ich ihn davor gewarnt, den alten Pfad zu gehen, aber er hat nur gelacht. Dann sagte er zu mir, dass, falls ihm etwas zustoßen würde, ich seinen Segen und freie Bahn bei dir hätte. Und ausgerechnet ich konnte deinen Mann nicht retten. Verstehst du mich jetzt?«

Ohne ein Wort stand Hannah auf, trat auf Lorenz zu, schlang ihre Arme um ihn und drückte ihn, so fest sie konnte, an sich. »Ich verstehe dich, doch ich bitte dich inständig, nicht mehr Bedeutung in Martins Worte zu legen, als die unüberlegten Sticheleien, die sie nun einmal waren. Bitte, versprich es mir!«

Lorenz blickte hilflos auf Hannah herab. »Hannah, ich …«

»Versprich es mir!«, fehlte sie ihn an.

Zögernd nickte er.

»Und, Lorenz?«

»Ja?«

»Versprich mir auch, dass du mir ab jetzt nicht mehr aus dem Weg gehst. Ich will dich nicht noch einmal verlieren.«

»Versprochen.«

Es war schon spät in der Nacht, als Hannah und Lorenz schweigend nebeneinander her ins Dorf zurückgingen. So tragisch und traurig die Erzählungen von Lorenz waren, so sehr hatten sie es genossen, wieder unbeschwert miteinander umzugehen.

Hannah sah sich plötzlich um die vielen Jahre in eine Zeit zurückversetzt, als solche gesprächsreichen Abende mit ihm keine Seltenheit waren. Sie genoss jeden Augenblick seiner Gegenwart. Die Erleichterung, die diese Aussprache mit sich brachte, wirkte erlösend.

Über zahlreiche Umwege erreichten sie schließlich ihr Haus. Als es soweit war, sich voneinander zu verabschieden, nahm Hannah ihren ganzen Mut zusammen und schloss ihn beherzt in ihre Arme. Sie ließ ihm Zeit, seine Unsicherheit zu überwinden. Als er sich schließlich entspannte und ihre Umarmung erwiderte, machte ihn das nur noch liebenswürdiger. Sie spürte den festen Druck seiner Hände, die sie noch enger an ihn pressten, und verlor sich in seinen Armen.

Wie lange sie so vor ihrer Haustür standen, hätte keiner von beiden beantworten können. Erst als Lorenz spürte, dass sein T-Shirt durchnässt war, schob er Hannah ein Stück von sich und blickte auf sie herab. Sie weinte.

Ehe sich der erschrockene Lorenz von ihr lösen oder zurückweichen konnte, fasste sich Hannah ein Herz. »Ich weine nur, weil ich so glücklich bin«, sagte sie.

Liebevoll hob er ihr Kinn und zwang sie, ihn anzusehen. »Dann lächle. Es bricht mir nämlich das Herz, dich weinen zu sehen.«

Hannah kam seiner Aufforderung gerne nach, denn Lorenz machte es ihr leicht zu lächeln.

»Siehst du. Viel besser. Doch ich sollte jetzt besser gehen. Es ist schon spät.« Er küsste Hannahs Stirn und ging rückwärts den Weg zurück. »Gute Nacht, Hannah.«

»Gute Nacht.«

Hannah sah ihm so lange nach, bis er hinter der Hausecke verschwunden war. Einige Augenblicke starrte sie in die dunkle Leere, bis sie begriff, dass sie ihn nicht so gehen lassen wollte. Sie rannte los und rief nach ihm.

Lorenz hielt sofort inne. Er sah Hannah, wie sie um die Hausecke bog und auf ihn zustürmte. Wenige Schritte vor ihm blieb sie abrupt stehen und sah ihn verwirrt an.

Lorenz war ihre Aufregung nicht entgangen. »Ist alles in Ordnung?«, fragte er sie besorgt.

»Nein, nichts ist in Ordnung.«

Nun war es an ihm, verwirrt dreinzuschauen. Es war nicht zu übersehen, wie unwohl er sich bei ihren Worten fühlte, doch Hannah klärte die Angelegenheit ohne Umschweife auf.

»Als Mädchen habe ich immer auf den passenden Moment gehofft, um dich einmal zu küssen, doch ich habe mich nie getraut. Du warst nicht nur ein Freund für mich, Lorenz – du warst auch meine erste große Liebe. Und jetzt habe ich den passenden Augenblick einfach verstreichen lassen und mich wieder nicht getraut.« Geknickt blickte sie zu Boden, und einen Augenblick lang herrschte beklemmendes Schweigen zwischen ihnen.

»Ist das wahr?« Er trat einen Schritt auf sie zu.

Sie brachte es immer noch nicht übers Herz, ihn anzuschauen. »Ja.«

»Du hast nie etwas gesagt.« Er griff ihre Hand. »Weshalb hast du dich nie getraut?«

»Ich war ein junges Mädchen und zum ersten Mal verliebt. Ich hatte Angst, unsere Freundschaft dadurch zu zerstören. Und dann bist du weggegangen.«

Lorenz streichelte ihre Wange. Seine Stimme klang rau. »Jetzt bin ich hier.«

Hannah barg ihr Gesicht in seiner Hand und schaute zu ihm auf. Sie lächelte. »Ja. Du bist hier.« Ihr Herz begann aufgeregt in ihrer Brust zu hämmern, als sie endlich das tat, was sie sich schon als Mädchen erträumt hatte.

N E U N

»Charlotte?«

Mark beugte sich über Charlotte und schüttelte sie sanft an der Schulter. Nachdem sie ihre Tür nach mehrfachem Klopfen nicht öffnete, war Mark eingetreten. »Charlottchen, aufwachen!« Ein wenig erfreutes Grunzen war die einzige Antwort, die er auf seine Provokation hin erhielt.

Langsam öffnete sie die Augen.

»Nenn mich nie wieder Charlottchen. Ich … Au, verdammter Mist.« In ihrem Versuch, sich aufzurichten, wurde Charlotte bewusst, dass sie die Nacht nicht im Bett verbracht hatte. Ihr Kopf lag direkt neben der Tastatur ihres Laptops. Ihr Nacken war komplett verkrampft und schmerzte bei jeder Bewegung.

»Hast du die ganze Nacht hier an deinem Notebook verbracht, Lotte.«

Ihr Gesicht war schmerzverzerrt. »Hör auf, so dämlich zu grinsen, und hilf mir lieber.«

»In Ordnung. Wie kann ich dir helfen?«

Sein schadenfreudiger Gesichtsausdruck war einer mitleidigen Miene gewichen. »Versuch mal, dich aufzurichten.«

Langsam und laut stöhnend kam Charlotte in eine aufrechte Sitzhaltung. In dem Versuch, ihren Kopf zu heben, stöhnte sie neuerlich auf.

»Warte. Entspann dich und kipp deinen Kopf erst nach vorne.« Mark unterstrich seine Erklärungen, indem seine Hand Charlottes Kopf in eine kreisende Bewegung führte. Erst, als der Bewegungsablauf flüssig war, zog er seine Hand wieder zurück. »Geht es wieder?«

»Ja, danke. Aber ich überlege ernsthaft, ob ich nicht doch eine Schmerzensgeldklage gegen euch anstrebe. Ich kann mich nicht erinnern, jemals in meinem Leben so viele körperliche Blessuren innerhalb so kurzer Zeit davongetragen zu haben.«

Mark schüttelte den Kopf. »Hättest du die Nacht in meinem Bett verbracht, so wie ich es ursprünglich einmal geplant hatte, hätte ich auf dich aufgepasst und dir wäre nichts passiert.«

Augenblicklich färbte sich Charlottes Gesicht in ein dunkles Rot. »Mark.«

»Was?« Er schob den Laptop zur Seite und setzte sich auf die Kante des Tisches. Mit verschränkten Armen musterte er sie aufmerksam. Die kleine, zierliche Kratzbürste hatte es innerhalb weniger Tage geschafft, ihn komplett aus der Bahn zu werfen. Morgen würde Charlotte wieder abreisen, und mit ihrem Abschied würde auch die Normalität wieder in sein Leben zurückkehren. Doch die wenigen Stunden, die ihnen noch blieben, wollte er der attraktiven Ablenkung gerne nachgeben und jeden Augenblick mit ihr genießen. »Du hast mir gefehlt.«

»Ich …,« verunsichert schaute sie ihn an. »Ich bin immer noch sauer.«

»Nein. Bist du nicht.« Er beugte sich nach vorne, und seine

Lippen streiften sanft die ihren.

Sie seufzte. »Was machst du nur mit mir?«

»Alles, was du willst, Liebes.« Sein Blick war sehnsüchtig und verlangend. »Alles, was du willst.«

Ehe sich ihre Lippen neuerlich treffen konnten, wurden sie von lauten Klopfgeräuschen an der Tür in die Realität zurückgeholt.

Es war Lorenz' Stimme, die lautstark verkündete: »Abfahrt in fünf Minuten.«

Mark wich zurück und stand auf. Er wusste, er würde nicht aufhören, sie zu küssen, wenn er erst einmal damit angefangen hatte. »Ich muss nach unten.«

Er war schon beinahe an der Tür, als er sie leise sagen hörte: »Du hast mir auch gefehlt.«

***

»Jetzt beobachte ich dich schon seit einer ganzen Weile: Weshalb grinst du so selbstgefällig?« Lorenz wartete am Wegesrand, bis Charlotte und das letzte Drittel der Wandergruppe zu ihm aufgeschlossen hatten.

»Weißt du«, Charlotte signalisierte Lorenz, sich zu ihr zu beugen, damit sie ihm ins Ohr flüstern konnte, »Pascal hat keine Ahnung, was da heute noch auf ihn und seinen Engel zukommt.« Sie zwinkerte Lorenz verschmitzt zu. Es dauert einen Augenblick, ehe er begriff, was Charlotte damit meinte.

»Ach, du meinst, wir werden heute noch zu einem ›Magnesium-Krampf-Notfall‹ gerufen?« Lorenz warf einen prüfenden Blick zurück auf Pascal und dessen Assistentin. Während Lea Engel beinahe mühelos den ansteigenden Weg bewanderte, versuchte der Redakteur seine fehlende Kondition hinter einem stetigen Lächeln zu verbergen. »Sie scheint weniger Probleme zu haben, aber er … Ich glaube, ich muss dir recht geben.«

Sie lächelten beide, und Charlotte wollte die Gelegenheit gleich beim Schopfe packen und ihn auf den gestrigen Abend ansprechen. »Ich wollte mich übrigens noch bei dir bedanken. Deine Infos haben mich ein großes Stück weitergebracht.«

»Ja, genau, gestern Abend. Darüber wollte ich auch noch mit dir sprechen. Ich …«

Charlotte fiel ihm ins Wort.

»Tut mir leid, wenn ich übers Ziel hinausgeschossen bin. Ich hoffe, du und Hannah könnt mir verzeihen.« Sie hatte den Blick leicht gesenkt.

»Es gibt nichts zu verzeihen. Es war ganz gut, dass Hannah und ich einmal miteinander gesprochen haben. Auch wenn es mehr Hannahs Beharrlichkeit als meinem Dazutun zu verdanken ist.«

Charlotte blieb nicht verborgen, welche Unbekümmertheit Lorenz ausstrahlte. »Dann ist alles in Ordnung?«

Er nickte.

»Das freut mich.«

»Hey, ihr zwei, nicht tratschen – laufen!« Mark kam herbeigeeilt und deutete zum Himmel. »Ich glaube nicht, dass wir noch trockenen Fußes zur Mittelstation kommen. Meinst du, wir sollten stattdessen nicht eher zur Alm von Gustl gehen? Dort könnten wir wenigstens unterstehen.« Mark blickte noch einmal zum Himmel, und die dunklen Wolken unterstrichen die Dringlichkeit seines Vorschlags.

Das Grollen des herannahenden Gewitters war schon deutlich zu vernehmen, daher stimmte Lorenz ihm zu. Gemeinsam trieben sie die Gruppe an, querfeldein zu marschieren.

Von einem Unterstand war weit und breit noch nichts zu sehen, als schon die ersten Regentropfen auf sie herabfielen. Binnen weniger Augenblicke mussten sie sich durch den strömenden Regen kämpfen. Völlig durchnässt erreichten sie schließlich eine kleine Hütte.

Noch ehe Mark an die hölzerne Tür klopfen konnte, wurde sie bereits von einem alten Mann geöffnet.

»Schnell, schnell. Kommt's rein.« Der Mann winkte alle in seine Hütte und schloss dann rasch die Tür. Seine Statur war groß, wenngleich hager, und seine markante Nase erinnerte Charlotte an den Ehemann von Lorenz' Schwester.

»Grüß dich, Gustl.« Mark streckte dem gastfreundlichen Fremden die Hand entgegen, ebenso wie Lorenz.

»Griaß eich, Buabn.« Dann blickte er in die Menge triefend nasser Wanderer. »Griaß eich Gott mitanand. Setzt eich no hin.«

Alle erwiderten den Gruß, ehe der Tumult ausbrach und sich jeder eine passende Sitzgelegenheit suchte. Während ein Großteil der Gruppe ihren Platz an der großen Eckbank am Esstisch fand, teilte sich der Rest auf die Ofenbank und den Fußboden auf.

»Meagst a Gstamperl?« Erwartungsvoll blickte der Mann in die verdutzt dreinblickende Runde.

Lorenz übersetzte: »Gustl würde uns gern auf einen Schnaps einladen.«

Sofort war aus allen Ecken freudige Zustimmung zu hören.

»Des hon i ma denkt.« Grinsend trottete Gustl an einen alten Schrank, dessen Türen beim Öffnen laut knarrten. Sorgsam hob er zwei Flaschen auf die Anrichte und griff nach einem Stapel Schnapsgläser.

Lorenz trat neben Gustl.

»Lass nur, Gustl, ich mach' das schon.« Weiter oben im Schrank fand er weitere Gläser.

»Die Kathi wor gestern auf Bsuach bei mir. I bin scho gspannt, bis wann dr Bua aufd Welt kimmt.« Gustl grinste.

»Du meinst wohl das Mädchen.«

»Schmarrn. A Bua wird's, des hob i em Gfühl.« Er nickte siegessicher und ging zum Tisch zurück. Da die letzten Generationen seiner Familie ausschließlich Jungen zur Welt gebracht hatten, lag die Vermutung natürlich nahe, die Tradition würde nicht brechen. Gustl freute sich allerdings so sehr über sein erstes Urenkelkind, dass ihm das Geschlecht letztlich egal war.

Er wandte sich seinen Gästen zu und erklärte ihnen in einer Seelenruhe, um welch edle Tropfen es sich bei den selbstgebrannten Schnäpsen handelte und wie aufwendig deren Herstellungsprozess war.

Während die Frauen meist zum Himbeergeist tendierten, bevorzugten die Männer den Kräuterschnaps. Mark und Lorenz gingen Gustl beim Ausschank helfend zur Hand und verteilten die kleinen Gläser.

Charlotte saß im Schneidersitz auf dem Holzfußboden und nahm Lorenz das Glas ab, das er ihr reichte. Interessiert führte sie das Glas zur Nase und roch daran.

»Geh, Madel. Du sollst trinka, net riecha.« Gustl nickte Charlotte zu und hob dann sein Glas zur Runde. »Zum Wohl mitanand.«

Alle prosteten ihm zu. Kaum einer verzog das Gesicht, so herrlich aromatisch brannte der glasklare Schnaps in den Kehlen.

»Der war aber lecker.« Bianca und Natalie waren sich einig, woraufhin auch Brigitte zustimmend nickte.

»Der war sogar noch besser als der, den wir bei Robert verkostet haben.« Bernd hob sein Glas noch einmal an, damit auch noch der letzte Tropfen in seinem Mund verschwinden konnte.

Gustl schmunzelte. »Ja, ja. Der Robert mocht des scho guat. Es dauert nimma lang, und er ist mei größter Konkurrent. Meagst noch a Gstamperl?«

»Ja, gerne.« Patrick hielt Gustl sein Glas bereits entgegen, und wieder einmal wurde Charlotte bewusst, wie sehr sich der schüchterne Informatiker in den letzten Tagen verändert hatte. Von den beiden Zwillingsschwestern umgeben, fühlte er sich sichtlich wohl in der Runde.

»Da schließen wir uns gerne an.« Pascal schob sein Glas und das von Lea über den Tisch. Lea hatte bereits rote Wangen, wenngleich nicht zu sagen war, ob es am Himbeer-Geist oder an der unmittelbaren Nähe zu Pascal lag.

Während Lorenz und Gustl die Meute am Tisch versorgten, widmete sich Mark der Gesellschaft auf der Ofenbank und wandte sich schließlich Charlotte zu. »Darf ich dich zu einem weiteren Gstamperl verführen?«

Der Blick, den er ihr schenkte, trieb ihr erneut verlegene Röte ins Gesicht. Wie schaffte der Mann das nur? Ausgerechnet sie, die niemandem eine Antwort schuldig blieb und sich schon gar nicht von einem Mann unterkriegen ließ. Ausgerechnet sie kam sich vor wie ein verliebter Teenager, der nicht mehr bis drei zählen konnte. Bei dem Gedanken entglitten ihr die Gesichtszüge. Verliebt?

Mark reichte ihr das gefüllte Glas, doch sie verharrte in ihrer Bewegung. »Ist alles okay?«

Charlotte, die ihren Blick bereits von ihm abgewandt hatte und versonnen durch das Sprossenfenster in die regnerische

Landschaft blickte, fiel plötzlich ein blinkendes Licht auf.

»Da draußen blinkt etwas?« Sie deutete mit dem Finger in die Richtung des Lichtes.

Marks Blick folgte der Richtung, in die ihr Finger deutete.

»Lorenz.« Er winkte ihn zu sich. »Schau doch mal zur Steilwand. Siehst du dort auch ein Licht?«

»Himmelherrschaftszeitennomal.« Gustl kam fluchend zu den beiden. »Vorhin worn zwei Wanderer da, die wollten zur Steilwand. I hob aber 's Wetter scho kimma sehn und ihnen gsagt, dass des zu gfährlich is.«

»Gustl, wo sind deine Seile?« Lorenz folgte bereits seiner Vermutung und steuerte eine Tür an, die in einen weiteren Raum der Hütte führte.

»Hinten in der Kammer. In der Truh'.« Gustl bat Mark unterdessen, ihm zu folgen. Sie gingen an einen Schrank und zogen einen großen Rucksack mit allerlei Haken und Karabinern hervor.

Die heitere Stimmung in der Hütte hatte sich schlagartig ins Gegenteil gekehrt. Angespannt beobachteten die Anwesenden das Treiben der Männer.

Lorenz und Mark hängten sich jeweils zwei Seile um und schienen bereits in Aufbruchsstimmung.

»Können wir euch irgendwie helfen?« Horst und Walter waren aufgestanden und traten zu ihnen. Auch die restlichen Männer schienen einsatzbereit.

Dankbar klopfte Lorenz ihnen auf die Schulter, verneinte aber. »Gustl, du rufst den Pius an und sagst ihm, was passiert ist.«

Mark wandte sich zur Gruppe. »Und ihr passt schön auf unseren Gustl auf. Wir sind gleich wieder zurück.« Er griff eine Taschenlampe aus dem Rucksack und öffnete die Tür.

Der Regen peitschte ihnen entgegen, als die beiden die Hütte verließen, und Gustl schloss die Tür unmittelbar hinter ihnen.

Charlotte war aufgestanden und hing, wie der Rest der Gruppe, an den Sprossenfenstern, um die Rettungsaktion zu verfolgen. Ihre Blicke konnten Mark und Lorenz bis zu einer Baumgruppe folgen, dann verloren sie die Sicht. Zu erkennen war nur noch ein blinkendes Licht im dunklen Nirgendwo des Gewitters.

Sie beobachtete Gustl, wie er aufgeregt ins Telefon sprach, verstand jedoch kein Wort von dem, was er sagte. Doch es blieb ihr nicht verborgen, dass auch er sich zu sorgen schien.

»So, die Bergwacht is jetzt a alarmiert.« Er ließ sich auf der Ofenbank nieder und beobachtete, wie sich alle um die Fenster drückten, um mitzubekommen, was draußen vor sich ging.

Charlotte war völlig durch den Wind. Sie konnte weder erkennen, wo sich Mark und Lorenz befanden, noch einschätzen, wie gefährlich die Situation tatsächlich war. Als sie sich fragend nach Gustl umsah, lächelte er ihr aufmunternd zu. Er deutete auf den Platz neben sich. »Wird scho wieder, Madl«, meinte er.

In sich gekehrt saß Charlotte neben ihm. Irgendwann hielt sie es nicht mehr aus. »Ist es sehr gefährlich?«, fragte sie ihn kaum hörbar.

Er nickte nur, tätschelte dabei aber fürsorglich ihre Hand.

»Die beiden sind aber erfahrene Bergführer. Mach dir also keine Sorgen.«

Charlotte war überrascht von dem akzentfreien Hochdeutsch, das er mit ihr sprach. Irritiert musterte sie ihn.

»Um deiner Frage zuvorzukommen: Meine Frau war eine waschechte Berlinerin. Da schnappt man schon das ein oder andere auf. Sie hat immer darauf bestanden, dass ich ›normal‹ mit ihr spreche, obwohl sie über die Jahre hinweg unseren Dialekt besser verstand als manch Einheimischer.«

Verschwörerisch neigte er sich zu ihr und flüsterte: »Das verraten wir den anderen aber nicht. Sonst wäre das schöne Bild des alten Mannes in seiner einsamen Berghütte ruiniert.«

Zustimmend nickte Charlotte. Sie lächelte ihn an, obgleich ihr Herz vor Angst hätte zerspringen können.

Die Minuten zogen sich schier endlos dahin, bis schließlich jemand verkündete, dass weit entfernt ein Blaulicht zu sehen sei. Das Gewitter hatte zwar merklich nachgelassen, doch der Blick zur Steilwand war weiterhin getrübt. Nach mehr als einer Stunde des bangen Wartens hatte es aufgehört zu regnen, und ein Wagen hielt auf die Hütte zu. Die Tür öffnete sich, und Lorenz trat ein.

»Habt ihr mich schon vermisst?«

Unter lautem Trubel wurde er willkommen geheißen, doch übertönte es nicht Charlottes Frage.

»Wo ist Mark?«

»Mark ist im Krankenhaus.«

»Was?«, hallte es aus allen Ecken der Hütte. »Ist ihm etwas passiert? Wie geht es ihm?«

Charlotte verlor von einem Augenblick zum nächsten jegliche Gesichtsfarbe und befürchtete, dass ihre Knie nachgeben wollten.

»Er hat eine kleine Platzwunde, die genäht werden muss. Ansonsten geht es ihm gut. Wir treffen ihn nachher unten im Dorf wieder.«

Erleichterung machte sich breit, und Lorenz nutzte die Gelegenheit, sich zu Charlotte vorzukämpfen.

»Mach dir keine Sorgen. Es geht ihm wirklich gut.«

Sie nickte hastig, doch Lorenz bemerkte die Tränen in ihrem Augenwinkel. Schützend stellte er sich vor sie und animierte den Rest der Truppe zum Aufbruch. Im beginnenden Tumult bemerkte daher niemand etwas von Charlottes Gefühlsausbruch.

Nach einer fröhlichen Verabschiedung von Gustl marschierte die Gruppe gutgelaunt die matschigen Pfade entlang, die zur Seilbahnstation führten. Lorenz bat alle, an der Talstation auf ihn zu warten, und fuhr mit Charlotte in der letzten Gondel.

Ungeachtet ihrer Höhenangst betrat sie tapfer die Kabine. Außer Lorenz und ihr befand sich niemand im Inneren. Lorenz musste nichts sagen. Ein Blick in sein bekümmertes Gesicht reichte aus, und Charlotte schossen Tränen aus den Augen. Tröstend zog er sie in seine Arme und streichelte ihr sanft über den Rücken.

In ihren Tränen lagen all die Emotionen, die sie sich während der letzten Jahre über verwehrt hatte. Es waren Tränen, die ihre provokante und glatte Oberfläche zu reinigen begannen und ihr zeigten, wie zerbrechlich sie doch war. Letztlich lag in diesen Tränen die schwerwiegende Erkenntnis, einem Menschen komplett verfallen zu sein und ihm freiwillig das eigene Herz auf dem Silbertablett zu präsentieren.

Lorenz sagte kein Wort, worüber Charlotte mehr als dankbar war. Er hielt sie in seinen Armen, bis kurz vor dem Ende ihrer Fahrt.

»Hier.« Aus seiner Jackentasche zog er ein aufgequollenes Papiertaschentuch hervor und reichte es ihr.

Dankbar, überhaupt etwas in den Händen zu halten, um sich die Spuren ihres Gefühlsausbruchs aus dem Gesicht zu wischen, nahm sie es entgegen. »Danke.«

Kleinlaut verließ sie die Gondel und trottete Lorenz hinterher, der den Rest der Gruppe vor dem Gebäude versammelt vorfand.

Da die Tagestour nun nicht wie geplant durchgeführt werden konnte, gingen sie wieder zurück ins Dorf. Als Entschädigung kündigte Lorenz das Dorffest an, das an diesem Wochenende stattfinden würde. Sie vereinbarten eine Uhrzeit, und jeder ging in sein Hotelzimmer, um sich der teilweise noch nassen Klamotten zu entledigen. So auch Charlotte.

Sie ließ die Tür hinter sich ins Schloss fallen und zog ihre Kleidung aus. Dann stellte sie sich unter die Dusche und ließ heißes Wasser über sich hinabbrausen. Immer wieder sah sie das bekümmerte Gesicht von Lorenz vor sich, dass ihr verriet, dass nicht alles so verlaufen war, wie er es geschildert hatte. Allein der Gedanke, Mark hätte etwas Schlimmes passieren können, ließ sie erschaudern. Noch immer fröstelnd schlang sie sich ein großes Badetuch um den Körper und wickelte sich in eine Decke ein.

Morgen würde sie abreisen, aber würde sie die letzten Tage einfach vergessen können? Wollte sie die letzten Tage überhaupt vergessen? Wollte sie ihn vergessen?

Kraftlos sank sie auf den alten Sessel in der Ecke ihres Zimmers.

Bis vor wenigen Tagen schien sie hoffnungslos Jan Wellbrock verfallen. Und jetzt? Anstatt Smoking trug ihr Auserwählter Wanderschuhe. Statt einer Limousine fuhr er Motorrad. Und anstatt in der glitzernden Großstadt, lebte er im öden Hinterland. Er hatte kein Verständnis für ihren Lebensstil und ihre Lebensart. Ihm mochte das alles gespielt und oberflächlich erscheinen, doch wem konnte man heutzutage noch Vertrauen schenken? Dieser Schutzmechanismus bewahrte sie regelmäßig vor Enttäuschungen. Und Enttäuschungen hatte sie nun wahrlich schon genügend in ihrem Leben erleben müssen. Egal ob in der Liebe, im Berufsleben oder bei Freundschaften.

Mark verdiente es, sein Glück zu finden. Doch Charlotte war sich sicher, mit ihr würde es nichts zu tun haben. So schmerzlich es war, und so überraschend ihre Gefühle für ihn über sie hereingebrochen waren – sie musste gehen, sonst würde es noch viel mehr wehtun.

Es klopfte an ihrer Zimmertür, und sie ahnte bereits, wer davorstand. Unter keinen Umständen wollte sie ihn wissen lassen, wie elendig ihr zumute war.

Sie zwang sich zu einem Lächeln und posaunte ein fröhlich gelauntes »Komm rein« in Richtung Tür.

Mit einem lautstarken »Überraschung« trat jedoch Meike in das Hotelzimmer. Ihr folgte kein geringerer als Jan Wellbrock.

***

»Bist du dir sicher, dass du nicht nach Hause willst, um dich ein wenig auszuruhen?« Franz Leitner ließ das Fenster des Wagens nach unten gleiten und warf Mark einen bekümmerten Blick zu. Ein dunkelbraunes Pflaster prangte auf der linken Schläfe seines Sohnes und verdeckte die Platzwunde, die hatte genäht werden müssen. Zudem machten ihm zwei gebrochene Rippen zu schaffen, die ihn zu abgehackten Bewegungen zwangen. Der rechte Ärmel seiner Jacke war bis zum Ellbogen aufgeschnitten. Darunter war ein Verband zu erkennen, der die Abschürfungen seines Unterarmes schützte. Alles in allem bot er einen kläglichen Anblick, wenngleich Franz unsagbar dankbar war, dass seinem Sohn nicht mehr zugestoßen war.

»Mir geht es gut. Ich muss nur noch ein paar Dinge erledigen. Wir sehen uns später beim Fest.« Mark wollte bereits die Hand zum Abschied heben, entschied sich dann aber für ein kurzes Nicken und lief über den Parkplatz zum Hotel.

Mit Ausnahme eines ihm fremden Mannes nahm der Großteil der Wandergruppe die Hotelterrasse ein. Es war daher nicht weiter verwunderlich, dass er sofort von allen Seiten belagert wurde, nachdem sie ihn entdeckt hatten.

»Wie geht es dir?«

»Was ist passiert?«

»Hast du Schmerzen?«

Mark kam mit seinen Erzählungen gar nicht nach. Interessiert hingen alle an seinen Lippen, während er die Rettungsaktion ausführlich schilderte.

»Dann hat Lorenz dir ja das Leben gerettet?« Es war keine Frage, die Ulla an Mark richtete, vielmehr eine Feststellung.

»Ja, das hat er.« Und dafür war er seinem Freund mehr als dankbar.

***

»Ich habe es mir anders überlegt.« Charlotte starrte durch die Fenster der Eingangshalle zur Terrasse.

Da stand Mark. Sein Anblick traf sie wie ein Schlag. Zu wissen, dass er sich verletzt hatte, war das eine. Doch in diesem Augenblick sah sie sich mit ihm und seinen unübersehbaren Blessuren direkt konfrontiert. Ein dicker Kloß bildete sich in ihrem Hals. Jede Faser ihres Körpers sehnte sich danach, ihn in ihre Arme zu schließen und ihn über den Schmerz hinwegzutrösten. »Wir reisen heute noch ab.«

»Mir soll es recht sein«, kam prompt Meikes Antwort.

Ihre Freundin inspizierte erneut das Foyer des Hotels und rümpfte die Nase.

»Wie konntest du es hier überhaupt aushalten?«

Charlotte ging auf die Rezeption zu und empfand die Umgebung plötzlich nicht mehr so abschreckend wie noch vor wenigen Tagen. Wenngleich sie fühlte, dass sie in ihrem floralen, figurbetonten Overall, der weit oberhalb ihrer Knie endete, ihren silbernen Peep-Toes und dem viel zu gewagten Ausschnitt, nicht mehr hierher passte. Doch als sie Jan auf die Hotelterrasse verbannt hatte, um sich umzuziehen, waren Meike beim Anblick von Charlottes Shorts beinahe die Augen übergelaufen. Entsetzt wurde ihr das Kleidungsstück entrissen. Das Outfit, das sie nun zur Schau trug, war alleinig Meike zu verdanken.

»Jetzt verstehe ich, was dich hier bei Laune gehalten hat.« Meike stieß einen leichten Pfiff aus und bedeutete Charlotte, zur Hotelterrasse zu blicken. »Wen haben wir denn da?«

»Das ist Mark Leitner. Einer der Veranstalter.« Charlotte wollte auf das seichte Geplänkel ihrer Freundin nicht eingehen. Zum einen stand ihr der Sinn nicht danach, zum anderen: Es handelte sich um Mark.

»Aber hallo. Der ist ja ein richtiges Sahnestück, trotz Pflaster und Verband.«

»Schön, wenn er dir gefällt. Kann ich jetzt trotzdem auschecken und endlich von hier verschwinden?« Charlotte drückte die Klingel am Empfangstresen und wartete auf Eva.

»Was hast du bloß? Erst überredest du uns, bis morgen hierzubleiben, und jetzt kannst du plötzlich nicht schnell genug von hier wegkommen.«

»Ich habe es mir eben anders überlegt. Für meinen Artikel habe ich alle Informationen, daher gibt es auch keinen Grund mehr für mich, weiterhin hier zu versauern. Ich habe alle Bedingungen von Pascal erfüllt.« Charlotte drehte dem Eingangsbereich absichtlich den Rücken zu, um ihre übereilte Entscheidung nicht durch Marks Anblick neuerlich in Zweifel zu ziehen.

»Würdest du Jan über unsere Abreise informieren?«

»Sie reisen heute schon ab?«

Charlotte war überrascht, dass Eva Birkmeyer enttäuscht aussah.

»Ja«, gab sie kleinlaut zur Antwort.

»Ich werde mal deinen schnuckeligen, herzallerliebsten Multimillionärsschatz suchen und ihn über deine Pläne informieren.« Meike musterte die Rezeptionistin im Dirndl abfällig und stöckelte dann in ihren High-Heels davon.

Charlottes Wangen färbten sich rot. Was sollte Eva nur von so einer Aussage halten. Auch Meikes abfälliger Blick war weder ihr, noch Eva selbst entgangen.

»Tut mir leid. Die Landluft scheint meiner Freundin nicht gut zu tun. Normalerweise ist sie gar nicht so.« Charlotte wusste, dass sie log. »Sie ist sonst viel schlimmer.«

Eva nickte mitfühlend. »Das kann ich mir vorstellen.« Sie fächerte ein paar Blätter auf dem Tresen auf, blickte jedoch überrascht drein, als Charlotte ihr die Hand auf den Arm legte.

»Es war sehr schön bei Ihnen, und wider Erwarten habe ich mich hier sehr wohl gefühlt. Ich wünsche Mark und Lorenz sehr, dass sie ihre Pläne realisieren können und gemeinsam mit Ihnen aus diesem Hotel das zaubern, was es verdient.«

»Danke, Frau Schönberg. Es war mir eine Freude, Sie kennenzulernen. Und es war eine ganz besondere Freude zu sehen, wie Sie hier bei uns angekommen sind – wo doch alles so holprig begonnen hat.«

Charlotte erinnerte sich an den Tag zurück, als sie als schriller Stadtvogel, barfuß und wild keifend, das Hotel betreten hatte. Sie schmunzelte. Es war schon verrückt, was sie in den letzten Tagen alles erlebt hatte.

Sie griff nach den Belegen und verabschiedete sich von Eva.

***

Über den Weg, der vom Garten herführte, betrat Pascal in Begleitung von Lea die Hotelterrasse. »Herr Leitner.« Er wirkte freudig überrascht über das schnelle Wiedersehen. »Wie geht's Ihnen?«

Mark wandte sich Pascal zu und erkannte sofort die gequälten Gesichtszüge des Redakteurs. Die kleine Wanderung schien bereits erste Spuren bei ihm hinterlassen zu haben. Stadtmensch, dachte Mark.

»Mir geht es gut, vielen Dank.« Er wollte ihn vor seiner Assistentin nicht in Verlegenheit bringen, zumal er sie schon seit seiner Ankunft anhimmelte. Deshalb ersparte sich Mark jeglichen Kommentar, der auf die körperliche Verfassung von Pascal anspielte.

»Huhu, Pascal!« Eine grelle Stimme schrillte über die Terrasse. Augenblicklich drehten sich sämtliche Anwesenden um.

Unwillkürlich entfuhr Pascal ein »Um Gottes willen«. Er sammelte sich schnell wieder und tönte lautstark: »Meike. Was für eine Überraschung, dich hier zu sehen.«

Kaum hatte er ausgesprochen, als Meike ihm um den Hals fiel und ihn auf die Wangen küsste. »Ich hatte ja keine Ahnung, dass du auch da bist.«

Pascal wich einen Schritt zurück. »Es bot sich an, die morgige Gala in München mit einem überraschenden Kontrollbesuch bei unserer Skandalreporterin zu verbinden.«

»Dann hatten wir ja alle dieselbe Idee.«

Mark sah den Mann skeptisch an, der von seinem Platz aufstand und auf sie zukam. Der Kerl nickte ihm freundlich zu und reichte Lea höflich die Hand, ehe er Pascal begrüßte.

»Hallo, Herr Hartmann.«

Es schien fast so, als ob die ganze Großstadt losgezogen wäre, um – wie Charlotte es immer so schön beschrieb – das ›öde Hinterland‹ zu erkunden.

»Herr Wellbrock, welch angenehme Überraschung. Was führt Sie hierher?«

»Frau Grünbach kam auf die wunderbare Idee, Charlotte hier zu überraschen, um sie zur Gala morgen zu entführen. Es spricht doch sicher nichts dagegen.«

Dieser Wellbrock ließ keine Zweifel daran, dass es sich hierbei nicht um eine Frage handelte, was Pascal sofort zu verstehen schien.

»In Anbetracht der Tatsache, dass sie die letzten Tage tatsächlich durchgehalten hat, spricht von meiner Seite aus nichts dagegen. Wenigstens liegt sie mir dann nicht mehr dauernd damit in den Ohren.«

Wer um alles in der Welt war der Mann, der Charlotte hier überraschte? Mark sah ihn sich genauer an.

Das Auftreten von Wellbrock konnte man als sympathisch, freundlich und präsent bezeichnen. Er trug eine Anzughose und feine italienische Schuhe. Sein weißes Hemd hatte er bis zum Ellbogen hochgekrempelt. Eine Designer-Sonnenbrille steckte in seinen akkurat frisierten, braunen Haaren. Mark und er waren ungefähr gleich groß, doch im Vergleich zu Wellbrock, der durchaus sportlich wirkte, hatte er breitere Schultern und eine kräftigere Statur.

Mark spürte die musternden Blicke von Meike auf sich ruhen, reagierte jedoch nicht. Anscheinend gefiel ihr das nicht, denn sie streifte über Marks Arm.

»Sie sind ja verletzt«, stellte sie fest.

Unbeteiligt antwortete er ihr mit einem wenig freundlichen »Jupp«.

»Wie ist denn das passiert?«

Meike ließ nicht locker.

»Jo mei, do is mer mei Olda mit em Wargelholz nora.« Mark war sich sicher, dass ihn mit Ausnahme von Brigitte, Natalie und Bianca niemand verstanden hatte. Aber das einsetzende Kichern und Lachen überzeugt ihn, dass seine Gruppe in den letzten Tagen viel gelernt hatte.

Meike hatte zwar kein Wort verstanden, doch dass er sich über sie lustig machte, das war auch ihr klar. Eingeschnappt wandte sie sich wieder Pascal zu. »Fährst du heute auch wieder in die Zivilisation zurück, oder versauerst du hier noch eine Weile?«

Mark hätte fassungslos darüber sein müssen, wie achtlos diese Frau seiner Heimat jegliche Zivilisation absprach, aber ihm wurde schlagartig bewusst, was sie da eigentlich gesagt hatte. Sie würden heute wieder abreisen – und sie würden Charlotte mitnehmen.

»Wir«, Pascal betonte das Wort extra, »bleiben noch bis morgen früh.«

»Ausflug auf Firmenkosten? Du bist ja richtig durchtrieben, mein Lieber.«

Verständnislos kniff Pascal die Augen zusammen. »Wenn du das so siehst.«

»Oh, Bedienung.« Meike entdeckte eine Servicekraft und orderte sie in herrischem Tonfall zu sich. »Meint ihr nicht, es wäre angebracht, auf unser unerwartetes Wiedersehen anzustoßen?« Sie wartete nicht auf eine Antwort, sondern wies die bereits in die Jahre gekommene Frau mit der altmodischen Schürze um den Bauch an, ihnen eine Flasche Champagner zu bringen.

»Mark?« Eva stand unter der Eingangstür und winkte Mark zu sich. Er nickte in die Runde und verschwand kurz darauf mit Eva im Hotel.

»Entschuldige, ich wollte dich nicht stören.« Sie sah ihn besorgt an. »Dich hat es aber ganz schön erwischt. Wie geht's dir?«

»Erstens: Du störst mich nicht. Du störst mich nie. Zweitens: Vielen Dank, dass du mich da weggeholt hast. Ich hätte es dort nämlich nicht viel länger ausgehalten. Und drittens: Mir geht es gut. Mach dir keine Sorgen.«

Eva atmete erleichtert auf.

»Was genau wolltest du denn jetzt von mir?«

»Ich dachte, es würde dich interessieren, dass Charlotte Schönberg vor wenigen Minuten ausgecheckt hat.«

»Das habe ich schon geahnt. Da wird sie ganz schön erleichtert sein, dass sie es endlich überstanden hat.« Marks Fingerknöchel standen weiß hervor, als seine Hände sich in den Tresen krallten. Seine Vermutung hatte sich also bewahrheitet. Charlotte würde nicht bis morgen bleiben. Aber was waren das für Leute, die hier aufgetaucht waren? »Hast du eine Ahnung, wer das ist?« Er deutete nur kurz zur Terrasse.

»Also zunächst einmal, ich hatte nicht den Eindruck, dass sie so erleichtert ist.« Sie deutete ebenfalls zur Terrasse. »Dieses unmögliche Frauenzimmer ist wohl ihre Freundin.«

»Und der Mann?« Ungeduldig schaute er Eva an.

»Also, der Mann …« Sie druckste herum.

»Wer ist er?« Mark machte sich auf das Schlimmste gefasst.

»Ich bin mir nicht sicher.«

»Und was weißt du?«

»Sie«, Eva deutete auf Meike, »hat ihn als Charlottes schnuckeligen, herzallerliebsten Multimillionärsschatz betitelt.« Besänftigend legte sie ihre Hand auf Marks unverletzten Arm. »Es tut mir leid.«

»Es braucht dir nicht leidtun.« Mark schüttelte den Kopf. Weshalb hatte Charlotte ihm ihre Beziehung verheimlicht? Unter diesen Umständen hätte er es doch nie so weit kommen lassen, wie es gekommen war.

»Falls du dich noch von ihr verabschieden möchtest, sie ist oben und packt gerade.« Sie lächelte ihm aufmunternd zu und ging in ihr Büro zurück.

Zerrissen und unglücklich stand er da. Was sollte er tun? Was wollte er tun? Und was war letztlich das Beste für alle Beteiligten? Innerlich mit sich kämpfend, entschied er sich für den Rückzug.

***

Charlotte stand an der obersten Stufe des letzten Treppenabsatzes und beobachtete Mark dabei, wie er das Hotel verließ. In ihren Augen hatte sich verdächtig viel Flüssigkeit gesammelt. Traurig setzte sie sich auf die oberste Stufe und starrte zur Tür, durch die er verschwunden war. Sie wusste, sie würde ihn nie wiedersehen.

Bereute sie nun, ihm absichtlich aus dem Weg gegangen zu sein? Bereute sie, auf eine frühere Abreise bestanden zu haben? Bereute sie, eine Aussprache mit ihm versäumt zu haben? Bereute sie die letzten Tage? Sie bereute alles und nichts.

Noch nie in ihrem Leben hatte sie sich in einem derartigen Gefühlschaos befunden. Aber sie war sich sicher, dass all diese unsinnigen Gedanken, die ihr im Moment noch durch den Kopf schossen, sich alsbald verabschieden würden. Jan hatte endlich einen wichtigen Schritt unternommen. Er war gekommen, um sie abzuholen. Wenn sich alles so entwickelte, wie sie es sich vor einer Woche noch erträumt hatte, würde sie diese Tage in den Bergen schnell vergessen.

»Du wirkst wehmütig, Charlotte.« Jan kam auf sie zu geschlendert.

Sie deutete neben sich. Er nahm die stumme Einladung gerne an und setzte sich zu ihr.

»Habe ich recht?« Er stieß sie mit der Schulter an. »So ein klein wenig?«

»Wehe, du verrätst es jemandem«, flüsterte sie.

»Ich schweige wie ein Grab.« Verschwörerisch hob er zwei Finger in die Höhe.

»Ich kann noch immer nicht fassen, dass du hierhergekommen bist.«

»Es gibt nicht viele, für die ich das getan hätte.« Er griff nach ihrer Hand und hauchte einen Kuss darauf.

Charlotte empfand seine zurückhaltende Annäherung als angenehm, doch auf das Kribbeln, das sich bisher immer bei seinen Berührungen eingestellt hatte, wartete sie dieses Mal vergeblich. »Umso erfreuter bin ich.«

»Wir sollten langsam aufbrechen. Ist dein Gepäck noch oben?« Er wartete Charlottes Nicken ab und nahm ihr den Schlüssel aus der Hand. »Ich hole es schnell.«

»Danke.«

Während Jan die Treppen in den zweiten Stock hochging, machte sich Charlotte erneut zur Rezeption auf. Kurz nach dem ersten Klingeln erschien bereits Eva, die sich überrascht umschaute.

»Frau Schönberg, kann ich noch etwas für Sie tun?«

»Hätten Sie bitte drei Umschläge für mich.«

»Selbstverständlich.« Eva öffnete eine Schublade und reichte Charlotte drei Briefumschläge.

Derweilen kramte Charlotte in ihrer Handtasche und zog ihren Notizblock hervor. Sie kritzelte ein paar Worte und riss die erste Seite ab, steckte sie in einen Umschlag und notierte den Namen *Hannah* darauf. Sie wiederholte den Vorgang mit der zweiten Seite und notierte *Lorenz* auf dem Umschlag. Bei der dritten Seite verlangsamte sie ihr Tempo. Auf dem letzten Umschlag stand schließlich *Mark*.

»Leider kann ich mich nicht mehr von allen persönlich verabschieden. Wären Sie so nett, Eva?«

Eva streckte bereits die Hand nach den Umschlägen aus.

»Natürlich. Sehr gerne.«

Im letzten Augenblick überlegte es sich Charlotte jedoch noch anders und nahm den Brief an Mark wieder an sich. »Nur die beiden, bitte.«

Jan kam vollbepackt die Treppen wieder herab. »Bist du soweit?«, erkundigte er sich.

Sie nickte und verabschiedete sich mit einem »Alles Gute« bei Eva. Dann zog sie ihre Sonnenbrille aus der Handtasche, setzte sie auf die Nase und warf ihr offenes Haar nach hinten. Jan nickte Eva noch freundlich zu, ehe sie gemeinsam das Gebäude verließen.

Nun stand Charlotte der nächste Abschied bevor. Kaum hatte sie die Terrasse betreten, kamen nach und nach all ihre neugewonnen Freunde auf sie zu, um sie zu verabschieden. Selbst Patrick nahm sie ganz selbstverständlich in den Arm.

»Darf ich dich um einen Gefallen bitten, Harald?«

Harald hatte sie in seine Arme geschlossen und ahnte bereits, um was es ging. »Ich werde dir die Bilder schicken.«

»Danke.« Sie reichte ihm eine Visitenkarte und küsste ihn zum Abschied auf die Wange. Dabei flüsterte sie ihm verschwörerisch zu: »Lass dir Ulla nicht durch die Lappen gehen.«

»Auf keinen Fall.«

Charlotte fand es herrlich zu sehen, wie verliebt er war.

»Guter Mann.«

Der Abschied zog sich in die Länge. Während Jan das Szenario entspannt beobachtete, wurde Meike allmählich ungeduldig und gab gelangweilte und deplatzierte Kommentare von sich, die Charlotte nicht überhören konnte.

»Wir sehen uns morgen«, sagte sie zu Pascal und deutete auf ihr nerviges Anhängsel. »Meike wird langsam ungeduldig. Ich sollte besser gehen, bevor sie hier noch einen Aufstand probt.« Sie wandte sich an die Assistentin und verabschiedete sich auch von ihr. »Tschüss, Lea.«

»Tschüss, Charlotte.«

Wenige Minuten später hatten sie in Jans luxuriöser Limousine Platz genommen, die sein Chauffeur ruhig über die kurvigen Landstraßen führte. Meike, die auf dem Beifahrersitz saß, war ebenso mit ihrem Smartphone beschäftigt wie Jan. Obgleich Jan geschäftlich agierte und ihre Freundin sich lediglich in den sozialen Netzwerken vergnügte.

Charlotte blickte aus dem Fenster. Nach dem Gewitter vom Vormittag, hätte sie nicht gedacht, dass es noch so schön werde würde. Die Sonne strahlte und erleuchtete die beschauliche Gegend. Im Nachhinein kam sie nicht umhin, sich einzugestehen, dass dieses Idyll doch etwas Beruhigendes hatte.

Sie fiel in einen unruhigen und traumlosen Schlaf. Erst, als Jan sie an ihrer Schulter berührte, fuhr sie erschrocken auf.

»Charlotte, wir sind da.«

Benommen sah sie sich um. Eben noch war sie umgeben von Wiesen und Bergen, und nun befand sie sich mitten in München. Die Limousine parkte vor einem mehrstöckigen, sandfarbigen Gebäude, über dessen Eingang in großen Buchstaben *Hotel Vier Jahreszeiten* zu lesen war.

»Habe ich die ganze Zeit geschlafen?«

Jan nickte. »Ja. Beinahe zwei Stunden.«

Meike war bereits ausgestiegen, und auch Jan wurde die Tür von einem jungen Hotelpagen geöffnet.

»Willkommen im *Vier Jahreszeiten*, Herr Wellbrock. Schön, dass Sie uns wieder einmal beehren.«

»Dankeschön, Lukas. Würden Sie sich bitte um unser Gepäck kümmern.« Jan war ausgestiegen und reichte ihm die Hand – nicht ohne ihm eine Wertschätzung des freundlichen Empfangs und des von ihm erwarteten Service zuzustecken.

Währenddessen öffnete Jans Chauffeur Charlotte die Tür und war ihr beim Aussteigen behilflich. Gemeinsam mit Meike und Jan betrat sie die imposante Lobby des Hotels, die optisch natürlich in keinem Vergleich zum *Bergblick* stand.

Entgegen den anderen Gästen, die im Hotel eincheckten, genoss Jan einige Privilegien. So mussten sie weder eine Wartezeit in Kauf nehmen, noch sich mit sonstigen Formalitäten quälen. Der Concierge begrüßte sie direkt beim Eintreten mit einem Glas Champagner und hielt die Zimmerkarten für sie bereit.

Als Charlotte wenige Minuten später die kleine Suite im fünften Stock des Gebäudes betrat, stand ihr Gepäck bereits neben dem Kleiderschrank. Sie ließ sich auf das imposante Bett fallen und genoss die Ruhe, die sie umgab. Am liebsten hätte sie sich umgedreht und die Augen geschlossen, doch Meike hatte bereits ihren restlichen Tagesablauf verplant. So standen noch eine Shopping-Tour, ein Besuch im Spa Bereich, sowie ein kurzer Abstecher an die Hotelbar auf dem Plan, ehe Jan sie zum Abendessen ausführen würde.

Widerwillig stand Charlotte auf und öffnete den Koffer. Der dunkelgraue Kleidersack, der ihr Galakleid beherbergte, lag oben auf. Sie öffnete ihn und legte das Kleid auf ihr Bett. Die Wanderungen der letzten Tage schienen ihren Teil dazu beigetragen zu haben, denn ohne Zweifel würde sie nun in das hautenge, schwarze Designerkleid passen. Monatelang hatte sie schon von diesem Augenblick geträumt. Sie würde an der Seite von Jan über den roten Teppich schreiten und einfach atemberaubend aussehen. Perfekt.

ZEHN

Hannah

Hannah hatte neben Mark Platz genommen und begann Sepp liebevoll hinter den Ohren zu kraulen. Sie hatte sich vorgenommen, den Abend mit ihrem Bruder zu verbringen, denn sie sorgte sich ehrlich um ihn.

Als sie ihn am Nachmittag nach Charlottes übereilter Abreise ausgefragt hatte, erhielt sie keine zufriedenstellende Antwort von ihm, und sie hatte ihm schon aus weiter Entfernung angesehen, dass nicht nur der Unfall an seiner elenden Verfassung schuld war.

Wieder ein Unfall! Hannah wäre beinahe das Herz stehengeblieben, als sie erfuhr, dass Mark in den Bergen abgestürzt war. Umso beruhigter war sie, als Lorenz ihr durch eine kurze Nachricht mitteilte, dass es ihrem Bruder, bis auf ein paar wenige Schrammen, gut ging.

Mit einem erleichterten Gefühl war sie am Abend zum Straßenfest aufgebrochen. Ihre Eltern saßen bei Bekannten, und ihre beiden Söhne vergnügten sich mit den anderen Kindern auf dem Spielplatz. Einzig Mark stand der Sinn nicht nach feiern. Bevor er sich wegen höllischer Kopfschmerzen von seinen Gästen verabschiedete, stellte er Hannah noch Charlottes Chefredakteur Pascal und seiner Assistentin Lea vor.

Fortan übernahm Pascal den Großteil des Gespräches. Während Lea interessiert an seinen Lippen hing, war Hannah von ihrer Suche nach Lorenz abgelenkt. Sie konnte ihn nirgendwo entdecken. Erst als Pascal sich entschuldigte, um sich ein weiteres Weißbier zu holen – ein Tipp von Lorenz zur Vorbeugung von Wadenkrämpfen – sah sie ihn an einem der Stehtische, wo er in eine Unterhaltung vertieft war.

Irrsinnigerweise wurde sie nervös, jetzt, da sie wusste, dass er da war. Weshalb sie sich von einem Gespräch mit Lea ablenken ließ. Hin und wieder ertappte sie sich selbst dabei, wie sie immer wieder verstohlen zu ihm sah. Auch ihre Gesprächspartnerin sah auffällig oft in diese Richtung. Anfänglich war Hannah durchaus argwöhnisch, aber es blieb ihr nicht verborgen, wem Leas verliebte Blicke galten und wer ihr, in unbeobachteten Momenten, ebenso sehnsuchtsvolle Blicke zuwarf.

»Lea, ich lehne mich jetzt vielleicht ein bisschen weit aus dem Fenster, aber ich muss es dich einfach fragen: Bist du in deinen Chef verliebt?« Der Blick in Leas tiefrot verfärbtes Gesicht bestätigte ihr, dass sie ins Schwarze getroffen hatte.

»I-ich …? Wie …? Nein.« Beschämt neigte sie den Kopf. »Ist es so offensichtlich?«

Hannah nickte grinsend.

»Ist mir das peinlich.«

»Das braucht dir doch nicht peinlich zu sein. Zumal er dich ebenso schmachtend anschaut.«

»Was? Nein, du musst dich irren. Er ist nur freundlich.« Lea schüttelte vehement den Kopf.

»Ich habe doch Augen im Kopf. Einen verliebten Gockel erkenne ich sofort.« Hannah neckte sie absichtlich, doch war sie auf Leas Konter nicht vorbereitet.

»Ach ja? Dann erkennst du sicherlich auch den Gockel, der daneben steht.«

»Mutig müsste man sein.« Hannah prostete Lea zu. Sie tranken einen Schluck Rotwein und stellten die Gläser wieder ab.

»Ich bin nicht mutig. Und du? Traust du dich was?« Wieder schweifte Leas Blick sehnsüchtig zu Pascal.

»Hm, ich glaube nicht.« Verdrossen strich sich Hannah über ihre Lippen und erinnerte sich an den Kuss vom Vorabend. Da war sie mutig gewesen, aber nur weil Lorenz ihr bei ihrem Entschluss geholfen hatte. Allein die Erinnerung beschleunigte ihren Puls. Alles in ihr sehnte sich nach einer Wiederholung.

»Oder vielleicht doch? Lass uns einfach mal rübergehen.«

***

Lorenz

»Ich fasse es immer noch nicht, dass Charlotte abgereist ist, ohne sich von mir zu verabschieden.« Lorenz stand neben Pascal an einem Stehtisch und lehnte sich dagegen.

»Vielleicht musste Wellbrock auch dringend weg. Das kann bei so einem gefragten Geschäftsmann wie ihm durchaus vorkommen.« Pascal nahm einen kräftigen Schluck seines Weißbiers. »Wobei er mir einen sehr entspannten Eindruck gemacht hat.«

»Wer ist denn dieser Wellbrock eigentlich?« Lorenz machte aus seiner Neugier keinen Hehl. Als ihm erzählt wurde, dass Charlotte von einem Mann abgeholt worden war, hatte ihn das stutzig gemacht. Zumal er glaubte, Charlotte wäre gerne noch eine weitere Nacht geblieben, um ihre Fähigkeiten als Krankenschwester unter Beweis zu stellen.

»Sagt dir der Name Wellbrock nichts? Wellbrock-Werke?« Pascal und Lorenz waren zum Du übergegangen. Als Lorenz nur den Kopf schüttelte, setzte Pascal seine Ausführungen fort. »Jan Wellbrock ist einer von Deutschlands angesehensten, erfolgreichsten und wohlhabendsten Unternehmern.«

»Und was hat Charlotte mit ihm zu tun?«

»Sie kennen sich schon eine ganze Weile. Charlotte hatte ein Auge auf ihn geworfen und war, wie mir scheint, auch erfolgreich.« Pascal warf verstohlen einen Blick auf Lea.

»Dann war sie ja erfolgreicher als du.« Lorenz waren die Blicke von Pascal nicht entgangen. Doch sein eigener Blick verfing sich in dem von Hannah.

Pascal drehte sich ertappt um. »Aber auch erfolgreicher als du selbst«, konstatierte er.

Sie nickten einander zu und akzeptierten die Erkenntnis, ohne weiter darüber zu sprechen.

Hannah und Lea erhoben sich von ihren Plätzen; wahrscheinlich würden sie gemeinsam die Toiletten aufsuchen.

»Weshalb hast du nie die Initiative ergriffen?« Lorenz blickte fragend zu Pascal.

»Sie ist meine Assistentin. Da kann ich doch nicht einfach …« Pascal schob seine Brille ein Stück hoch. »Was, wenn sie mich gar nicht möchte? Dann habe ich mich blamiert, meine Assistentin verloren und muss mich womöglich noch mit Vorwürfen sexueller Belästigung am Arbeitsplatz auseinandersetzen.«

»Ich müsste mich schon schwer täuschen, aber sie hat bisher nicht den Eindruck gemacht, als ob sie abgeneigt wäre. Sie ist nur ein wenig schüchtern. Gib dir einen Ruck und …«

Lorenz unterbrach sich selbst, als er bemerkte, dass die beiden Frauen zielstrebig auf sie zusteuerten. Hannahs Lächeln ließ seine Knie weich werden.

»Hi«, begrüßte sie ihn schüchtern.

»Hallo.« Auch Lea war an den Stehtisch getreten.

Pascal schien sich an Lorenz wohlgemeinten Rat zu erinnern, denn er begann plötzlich aufgeregt drauflos zu stammeln.

»Lea, ich … Also … Wir … Ich meine …« Er trat entschlossen auf Lea zu und küsste sie. Seine Brust hob und senkte sich aufgeregt, als er kurz darauf zurückwich und in ihr irritiertes Gesicht blickte. »Entschuldigung, aber das musste mal gesagt werden.«

»Ich glaube, ich habe Sie nicht richtig verstanden«, antwortete ihm Lea und sah ihn erwartungsvoll an.

Sichtlich erleichtert, legte Pascal seinen Arm um sie und küsste sie erneut.

Lorenz sah verstohlen zu Hannah und wünschte sich, er wäre in diesem Augenblick ebenso mutig wie Pascal. Er zollte ihm den größten Respekt, dass er sich getraut hatte und bei Lea so überraschend schnell die Initiative ergriff.

Seit Hannah und er sich geküsst hatten, konnte er an kaum etwas anderes mehr denken. Er wollte sie, und nur ihr gehörte sein Herz. So war es immer, und so würde es auch immer bleiben.

Er umschloss Hannahs Hand und zog sie mit sich. Sie folgte ihm ohne Einwände zur Tanzfläche, wo er seine Arme um sie legte und sie sich schwungvoll zum Takt der Musik bewegten.

**

Hannah seufzte glücklich. Den ganzen Abend hatte sie sich schon nach Lorenz' Gegenwart gesehnt. Jetzt, wo er endlich bei ihr war, war sie beinahe erschrocken darüber, wie glücklich und frei sie sich in seinen starken Armen fühlte.

Sie hätte ewig weitertanzen können, wäre Lorenz nicht plötzlich stehen geblieben. Sein Gesicht wirkte angespannt und sein Blick war starr zur Straße gerichtet. Sie folgte seinem Blick, konnte durch die Menschenmenge jedoch nicht erkennen, was dort vor sich ging. Wieder zog er sie wortlos mit sich. Erst als sie den Tanzboden hinter sich ließen, erkannte Hannah das Malheur.

Basti saß tränenüberströmt auf dem geschotterten Weg, der zum Spielplatz führte. Er hatte sich beide Knie aufgeschlagen und blutete. Paul stand neben ihm und tätschelte ihm tröstend die Schulter.

»Was ist passiert?« Hannah hatte beim Anblick ihres weinenden Sohnes Lorenz kurzerhand überholt und stürmte nun zu den beiden Jungen.

»Basti ist gestolpert und hat sich verletzt.« Paul war anzusehen, wie sehr er mit seinem Bruder litt.

Während Hannah Basti besänftigend in ihre Arme zog und ihm die Tränen trocknete, kamen auch schon seine Großeltern herbeigeeilt. Paul flüchtete sich sofort in die Arme seiner Oma.

»Wir haben gesehen, wie er stürzte.« Franz Leitner kniete sich zu seinem Enkel. »Du hattest es wohl eilig?« Besänftigend strich er ihm über den Kopf.

»Wir bringen dich am besten zu Pius. Der hat sicherlich ein Pflaster für dich.« Lorenz beugte sich nach vorn und hob den Jungen auf seine Arme. Basti schmiegte sich schluchzend an seine Brust. »Du hast es gleich geschafft.«

Pius Seefelder stand hinter der Bühne und öffnete sofort seinen Sanitätskoffer, als er sie herannahen sah. »Ja, Basti, was hast du denn angestellt?«

Lorenz setzte Basti auf dem Tisch ab, blieb aber dicht bei ihm stehen und nahm dem schluchzenden Jungen die Antwort ab. »Ein unsanfter Sturz.«

Der Einsatzleiter der Bergwacht beugte sich verschwörerisch zu Basti. »Du sollst deinem Onkel Mark doch nicht alles nachmachen.«

Zum ersten Mal huschte ein kleines Lächeln über das Gesicht des Jungen.

Sechs Augenpaare verfolgten aufmerksam Pius' Arbeit. Fachmännisch reinigte er die Wunden und legte einen Verband an. Die Hose des Jungen war total hinüber, weshalb er sie kurzerhand abschnitt. »Siehst du, jetzt hast du gleich noch eine Sommerhose von mir bekommen.«

»Dankeschön.« Basti, dessen Tränen längst versiegt waren, inspizierte seine verbundenen Knie. »Kriege ich jetzt ein Eis?«

Hannah lachte laut auf. Wie hätte sie ihm etwas abschlagen können, wo er doch so tapfer gewesen war. »Natürlich bekommst du ein Eis.«

»Ich mach' das schon.« Franz hob seinen Enkel auf den Arm. »Dank' dir Pius. Für das, was du für Mark und unseren kleinen Rabauken hier gemacht hast.«

»Passt schon.« Pius winkte ab und machte sich auf dem Weg zum nächsten Zwischenfall, zu dem er gerufen wurde.

Franz wandte sich zu Lorenz und klopfte ihm auf die Schulter. »Und dir wollte ich auch noch danken, Lorenz.«

Lorenz nickte nur.

»Und jetzt gibt es Eiscreme für alle.«

Franz schob seine Frau und Paul vor sich her und erweckte

den Eindruck, sie könnten gar nicht schnell genug zum Eisstand kommen.

»Wir kommen gleich nach.« Hannah winkte ihnen nach, wandte sich aber Lorenz zu, der auf der Tischkante saß und zum Festplatz blickte.

Sie wartete noch einen Augenblick, um sicher zu sein, dass ihre Eltern und die Kinder außer Sicht waren. Dann stellte sie sich vor ihn und umschloss seine Hände mit ihren. Sie spürte den sanften Druck, mit dem er ihre Berührung erwiderte.

»Ich wollte mich auch noch bei dir für deinen Einsatz bedanken.«

»Du hast ganz kalte Hände.« Er zog ihre Hände an seinen Mund und küsste sie.

Obwohl Hannah schon jetzt keinen klaren Gedanken mehr fassen konnte, war ihr bewusst, dass Lorenz nicht über die Geschehnisse des Tages sprechen oder nachdenken wollte.

Seine Daumen strichen sanft über ihre Handrücken. »Bist du dir sicher, dass du ein Eis haben möchtest?«

Hannah erschauderte. Seine Stimme hatte noch nie so begehrlich geklungen, und sein Blick war noch nie so verlangend.

»Ich möchte etwas ganz anderes.« Beinahe hätte ihre Stimme versagt.

»Ach ja? Und was genau möchtest du?«

»Ich möchte, dass du mir eine Frage beantwortest.«

Er war zwar skeptisch, nickte jedoch zustimmend.

»In Ordnung.«

»Du hast Mark doch gern?«

»Er ist mein bester Freund.«

»Und du hast doch auch Basti und Paul gern?«

»Die beiden Jungs sind echt klasse.«

Er schien langsam zu ahnen, worauf Hannah hinauswollte und kräuselte die Stirn.

»Und …«, plötzlich war sie unsicher, ob sie ihm ihre Frage wirklich stellen sollte. Sie fasste ihren ganz Mut zusammen und sah ihn an. »Und mich? Hast du mich auch gern?« Ihr Herz hämmerte laut gegen ihre Brust.

Lorenz stand augenblicklich auf und gab ihre Hände frei.

»Nein.«

Hannahs Beine schienen nachzugeben, doch Lorenz nahm ihr Gesicht in seine Hände und zwang sie ihn anzusehen. Sein Blick war ernst, als er sagte: »Ich habe dich nicht einfach nur gern.« Dann kam er ihr näher und verharrte, kurz bevor sich ihre Lippen berühren konnten. »Ich liebe dich.«

»Du liebst mich?«

Er antwortete ihr nicht. Er küsste sie.

Als sich ihre Lippen voneinander trennten und sie ihm in die Augen sah, stellte sie ihn ruhigem Ton fest: »Ja, du liebst mich.«

***

Mark lag auf seinem Sofa und starrte zur Decke. Der Tag hatte merklich Spuren bei ihm hinterlassen. Spuren, auf die er gerne hätte verzichten können. In seinem Kopf hämmerte es pausenlos. Sein Arm brannte höllisch, und nicht nur seine Rippen waren gebrochen.

Erst die kläglichen Laute von Sepp bewegten ihn dazu, seine Aufmerksamkeit wieder seinem Umfeld zu widmen.

»Na, Kleiner.«

Sepp stand mit den Vorderpfoten auf der Kante des Sofas und blickte Mark erwartungsvoll an.

Laut aufstöhnend richtete er sich auf und kraulte dem Welpen den Kopf. »Musst du raus?«

Seit sie das Fest verlassen hatten, war schon eine ganze Weile verstrichen.

Bellend stieß sich Sepp ab und watschelte zur Haustür, zu der Mark ihm folgte. Während der Hund in der angrenzenden Wiese sein Geschäft erledigte, stand Mark vor dem Haus und blickte hinauf zu den Bergen. Zum ersten Mal in seinem Leben verspürte er nicht den Drang, sofort seine Schuhe anzuziehen und loszulaufen. Zum ersten Mal in seinem Leben, wollte er sich einfach nur die Decke über den Kopf ziehen und alles vergessen. Vor allem eine gewisse Person, und das so schnell wie möglich.

***

Es war schon weit nach Mitternacht, als Charlotte in ihr Hotelzimmer zurückkehrte. Sie warf ihre teure Louis-Vuitton-Handtasche achtlos auf den Sekretär und setzte sich auf das große Kingsize-Bett.

Ihr stach sofort der üppige Blumenstrauß ins Auge, der auf dem Wohnzimmertisch stand. Eine Karte lag dabei. Sie musste sie nicht lesen, um zu wissen, dass Jan sich wegen einer kurzfristig anberaumten Telefonkonferenz für die Absage ihres gemeinsamen Abendessens mit Blumen bei ihr entschuldigte.

Charlotte hatte den Abend allein mit Meike verbringen müssen. Wobei sie nicht allein waren. Ihre Freundin hatte sämtliche ihrer Bekannten aus München eingeladen, sich ihnen anzuschließen. Unter anderem auch einen ihrer Ex-Lover, der, wie Charlotte vermutete, wieder aktuell zu werden schien. Nach zwei Stunden hielt Charlotte die Prahlereien von

Meikes vermeintlichen Freunden nicht mehr aus und entschuldigte sich mit Kopfschmerzen.

Sie verließ das Restaurant am Marienplatz und streifte ziellos durch die Straßen der Münchner Innenstadt. Vorbei an der hell beleuchteten Frauenkirche führte sie ihr Weg über den noch sehr belebten Stachus und den Viktualienmarkt wieder zurück zum Hotel.

Seufzend ließ sie sich zurückfallen. Sie hätte glücklich sein müssen: Endlich hatte Jan einen weiteren Schritt gewagt. Er rettete sie aus der Einöde, und er hatte sie gebeten, ihn zur Charity-Gala zu begleiten. Weshalb war ihr dann bloß zum Heulen zumute?

Der Grund hatte vier Buchstaben. War ungefähr ein Meter neunzig groß. Dunkles Haar. Sturer Dickkopf. Eine blutrünstige Bestie als Haustier. Wundervoll leuchtende, grüne Augen. Und das verführerischste Lächeln nördlich der Antarktis.

Charlotte richtete sich wieder auf.

Wütend über sich selbst, streifte sie ihre High-Heels ab und pfefferte sie schwungvoll in die Zimmerecke.

»Ich bin so dämlich«, gestand sie sich immer wieder selbst ein. Sich mit Mark zu amüsieren, war das eine gewesen. Schließlich führte sie noch keine Beziehung mit Jan und war ihm keine Rechenschaft schuldig.

Weshalb musste sie blöde Kuh sich auch ausgerechnet in einen Hinterwäldler verlieben?

Sie unterdrückte die aufkommenden Tränen, solange es ihr möglich war. Doch schon nach kurzer Zeit ließen sie sich nicht mehr aufhalten. Weinend warf sie sich auf das Bett und vergrub ihren Kopf im makellos reinweißen Kissen.

***

Mein lieber Lorenz,

bitte entschuldige, dass ich mich mit ein paar wenigen Zeilen von Dir verabschiede, doch die momentane Situation zwingt mich leider dazu.

Zunächst muss ich Euch beglückwünschen: Mit Eurer Idee haben Du und Mark mich restlos überzeugt. Ich hoffe sehr, dass ich Euch mit meinem Bericht gerecht werden kann und Ihr den Lohn für Eure Mühen erhaltet.

Letztlich möchte ich Dir noch danken. Danken, für alles, was Du für mich getan hast. Für Dein stets offenes Ohr. Für Deine Geduld mit mir. Für Dein Verständnis gegenüber einer überreizten Reporterin und die bedingungslose, nicht hinterfragende Freundschaft, die Du mir hast zuteilwerden lassen. Worte vermögen gar nicht ausdrücken, wie glücklich es mich macht, Dich kennengelernt zu haben.

Verfolge Deine Ziele und Träume auch weiterhin mit so viel Hingabe und Leidenschaft. Lass Dich nicht beirren. Greif nach dem Glück und halte es fest. Und wenn Dein Glück den Namen ›Hannah‹ trägt, dann nimm es an.

Alles Gute!

Charlotte

Lorenz steckte den Brief wieder zurück in den Umschlag.

»Sonst hat sie nichts gesagt?« Erwartungsvoll blickte er Eva an, die den Kopf schüttelte. Er nahm das zweite Kuvert vom Empfangstresen und steckte beide in seine Gesäßtasche. »Ich werde Hannah den Umschlag nachher vorbeibringen.«

»Wie geht es Mark?«

»Soweit ganz gut. Er muss sich aber noch ein paar Tage schonen.«

»Und die Touren für die nächste Woche?«

Eva reichte ihm die Liste mit den Anmeldungen.

»Robert wird für ihn in die Bresche springen. Es sei denn, es ist etwas mit der Kleinen.«

»Du meinst wohl dem Kleinen.« Eva lächelte siegessicher.

»Fang du jetzt nicht auch noch an. Es wird ein süßes, kleines Mädchen, basta.« Er neigte sich über den Tresen und küsste Eva auf die Wange. »Bis später.«

Lorenz fuhr zurück zu Hannah, von wo aus er erst wenige Minuten zuvor aufgebrochen war. Sie hatten die ganze Nacht durch geredet und sich geküsst, bis sie am frühen Morgen eng aneinandergekuschelt auf der Couch eingeschlafen waren.

Eigentlich wäre Lorenz gerne direkt zu Mark gefahren, doch der Umschlag für Hannah ließ ihn gerne diesen unfreiwilligen Umweg zu der Frau seines Herzens unternehmen.

Beinahe gleichzeitig bogen Mark und er in Hannahs Hofeinfahrt ein. Besorgt ging Lorenz zu Mark und verharrte an der geöffneten Fahrertür. Sein Freund sah elendig aus. Dunkle Ringe hatten sich unter seinen blutunterlaufenen Augen gebildet.

»Du siehst schrecklich aus.«

»Ist doch prima. Dann passt die Optik wenigstens zu meiner Laune.« Stöhnend quälte sich Mark aus dem Wagen und ging zum Kofferraum.

»Lass nur, ich mach' das.« Lorenz trat zu ihm und öffnete den Kofferraumdeckel. Neugierig bewegte sich Sepp bis zur Kante und begann zu winseln. »Ist ja gut. Ich habe es verstanden.« Er hob den Welpen hoch und stellte ihn auf dem Boden ab. Sofort bellte Sepp hocherfreut und sprang an Lorenz' Hosenbein hinauf.

»Se-e-e-pp.« Kaum hatte der Hund ein paar Laute von sich gegeben, standen auch schon Basti und Paul an der Gartentür und riefen nach ihm. Begeistert trotte der Bernhardiner-Welpe zu den beiden Jungen, die ihn sofort in ihre Arme schlossen.

»Was ist denn mit Basti passiert?«

Mark ging zur Beifahrerseite und forderte Lorenz auf, die Tüte voller frischgebackener Semmeln herauszuholen.

»Schwerer Sturz. Aber kein Schmerz, der nicht mit Eiscreme hätte behoben werden können.«

»Dann bin ich aber beruhigt.« Mark machte sich an die Stufen, die zur Gartentür führten, hielt jedoch inne und wandte sich an seinen Freund. »Was treibt dich denn eigentlich in aller Frühe schon hierher?«

»Ich … Ähm …« Lorenz zögerte, denn er wusste nicht, wie sein bester Freund auf die Nachricht reagieren würde, dass er und Hannah nun gewissermaßen ein Paar waren. »Charlotte hat einen Brief für Hannah hinterlassen. Den wollte ich ihr vorbeibringen.«

Unbemerkt von allen, war Hannah über die Eingangstür in den Hof gekommen. Zielstrebig steuerte sie Lorenz an. »Du wolltest mir also nur diesen Brief vorbeibringen?«

»Ich …« Lorenz bot sich nicht einmal die Chance einer Ausrede, denn Hannah umarmte ihn bereits, stellte sich auf ihre Zehen und küsste zärtlich seine Lippen.

Mark lächelte und wandte sich an seine Neffen. »Seit wann geht das schon so mit den beiden?«

»Seit gestern Abend. Aber sie denken, wir hätten nichts mitbekommen.« Basti zog Sepp ein Stück zur Seite, damit Mark in den Garten eintreten konnte.

Hannah schmiegte sich in Lorenz' Arm. Sie lächelte zufrieden und glücklich. »Ist es denn für alle Anwesenden in Ordnung, wenn Lorenz jetzt öfter hier vorbeikommt?«

»Das ist doch klasse.« Paul sprang aufgeregt auf und ab und

wurde prompt von Sepp umgestoßen.

Da alle in Pauls Lachen mit einfielen, gab es keinerlei Einwände. Überglücklich zog Hannah Lorenz die Stufen zum Garten hoch und umarmte ihre beiden Söhne.

»Und was sagst du dazu?« Lorenz traute sich kaum, Mark in die Augen zu sehen, doch der boxte ihn nur kameradschaftlich gegen den Oberarm.

»Wurde auch langsam mal Zeit.«

Gemeinsam frühstückten sie auf der Terrasse und unterhielten sich angeregt. Dann fiel Hannah der erwähnte Brief wieder ein.

***

Hannah

Liebe Hannah,

leider konnte ich mich nicht mehr persönlich von Dir verabschieden, daher wende ich mich mit ein paar Zeilen an Dich.

Ich möchte Dir sagen, wie sehr ich die Zeit und die Gespräche mit Dir genossen habe. Innerhalb weniger Tage wurdest Du mir vertrauerter als mancher Mensch, den ich schon mein Leben lang kenne.

Du bist eine wundervolle Mutter und eine tapfere und mutige Frau, vor der ich den allergrößten Respekt habe.

Ich hoffe, ich habe Lorenz' freudiges Strahlen richtig gedeutet, und ihr hattet die Gelegenheit, Euch endlich auszusprechen. Und vielleicht noch mehr…?!

Ich jedenfalls würde mich sehr darüber freuen.

Ich wünsche Dir von ganzem Herzen alles Glück dieser Welt und hoffe, Du wirst ebenso gerne auf diese paar Tage zurückblicken, wie ich es tue.

Alles Liebe, Charlotte

Hannah faltete das Papier zusammen und schob es zurück in den Umschlag. Sie ignorierte den fragenden Blick von Mark und räumte stattdessen den Frühstückstisch ab.

Sie hatte Charlotte in ihr Herz geschlossen. Es tat ihr leid, dass sie sich nicht persönlich voneinander verabschieden konnten und sie ihre neugewonnene Freundin so schnell wieder hatte ziehen lassen müssen.

Doch da war auch Mark. Er brauchte nichts zu sagen. Sie wusste, dass ihr Bruder Höllenqualen litt.

Er hatte elendig ausgesehen, als er sie tags zuvor aufsuchte. Zunächst dachte sie, es wäre wegen des Unfalls und der Schmerzen, bis ihr bewusstwurde, dass der größte Schmerz tief in seinem Herzen saß. Ihren Fragen wich er diplomatisch aus.

Erst durch Lorenz erfuhr sie, dass Charlottes überstürzte Abreise mit dem Auftauchen eines Mannes zu tun hatte. Trotz allem, Hannah hatte Mark und Charlotte zusammen gesehen, und so, wie es bei den beiden knisterte, konnte Charlottes Abreise unmöglich das Ende zwischen den zwei Dickschädeln bedeuten.

Lorenz trat zu ihr in die Küche und stellte das vollgeräumte Tablett neben ihr ab. Er schlang von hinten die Arme um sie und küsste ihr Haar.

»Sie hat sich nicht von ihm verabschiedet.«

»Das dachte ich mir schon.«

»Glaubst du, sie wird es irgendwann bereuen?«

Hannah lehnte sich gegen Lorenz Brust.

»Da bin ich mir sehr sicher.«

***

Charlotte überquerte nicht zum ersten Mal einen roten Teppich, doch noch nie hatte sie sich mit solch einem gewaltigen Andrang an Fotografen und Reportern konfrontiert gesehen. Von allen Seiten wurde Jans Name gerufen, der es an diesem Abend ausnahmsweise einmal nicht eilig hatte, das Foyer des Hotels zu betreten.

»Herr Wellbrock, hierher bitte.«

»Herr Wellbrock, sehen Sie kurz zu mir.«

»Würden Sie bitte den Arm um Ihre Begleiterin legen?«

Ihr Kleid war im Rücken tief ausgeschnitten, und seine warme Hand lag fest auf ihrer nackten Haut. Das Gefühl, das seine Berührung hervorrief, war nicht unangenehm, doch sie verspürte auch kein Kribbeln auf ihrer Haut. Achtsam folgte sie seinem bestimmenden Druck und schenkte den Fotografen ihr schönstes Lächeln.

»Wollen wir langsam reingehen? Ich bekomme schon Krämpfe vom vielen Lächeln.« Jan blickte flehentlich auf Charlotte herab, die ihm gerne zustimmte.

Nach nur wenigen Schritten erreichten sie den Empfangsbereich des Hotels, wo das Blitzlichtgewitter rapide endete. Nur noch einem ausgewählten Fernsehteam war der Zugang zu diesem Bereich gestattet. So kehrte, trotz der vielen Menschen, endlich etwas Ruhe ein.

Jan reichte ihr ein Glas Champagner. Doch ehe sie miteinander anstoßen konnten, wurde er bereits von allen Seiten belagert. Zum Zeitvertreib sah sich Charlotte in dem großen Foyer um. Namhafte Persönlichkeiten aus Politik, Sport, Wirtschaft und Unterhaltung tummelten sich hier.

Sie entdeckte Jo Dahlen, den aufstrebenden Schauspieler. Er war ein begehrter Junggeselle. Wenige Meter von ihm entfernt lehnte Stefan Behrens, Profi-Fußballer und ebenfalls begehrter

Junggeselle, neben einer kurvigen Blondine im roten Kleid. Unweit von den beiden entdeckte sie die erfolgreiche Moderatorin Esther Münch in einem atemberaubenden weißen Kleid. Egal wohin sie blickte, überall war sie von namhaften Persönlichkeiten umgeben.

Jan führte sie wenige Minuten später in den Festsaal. Ihre Plätze befanden sich an einem der besten Tische, direkt vor der Bühne.

»Tut mir leid, dass ich im Foyer so in Beschlag genommen wurde.« Jan griff Charlottes Hand und führte sie zum Kuss an seinen Mund.

»Das ist schon in Ordnung. Wirklich.« Charlotte blickte zu Jan, doch wieder bemerkte sie, dass seine Berührung nicht das geringste Kribbeln in ihr hervorrief.

»Dann gestatte mir wenigstens, noch einmal zu erwähnen, wie wunderschön du heute Abend aussiehst.«

Es bot sich für Charlotte keine Gelegenheit, sich für das Kompliment zu bedanken, denn die anderen Gäste hatten sich an dem Tisch eingefunden und begrüßten Jan auf das Herzlichste. Er stellte Charlotte höflich vor, doch weder Charlotte noch die Größen aus dem Wirtschaftssektor – nebst ihren Gattinnen – hatten Interesse aneinander.

Die Veranstaltung begann, indem ein symphonisches Orchester mit Musik einsetzte und nach einem kurzen Intro Jürgen Bendt, einer der bundesweit bekanntesten Moderatoren, die Bühne betrat. Unterhaltsam eröffnete er den Abend, woraufhin zahlreiche Laudatoren und Preisträger nach und nach die Bühne betraten.

Sämtliche Charity-Projekte wurden durch einen kurzen Filmbeitrag vorgestellt. Wo früher ihr Blick auf der Suche nach einer guten Story durch den Saal geschweift wäre, zeigte sich

Charlotte dieses Mal zutiefst betroffen von den Schicksalen, die über die Leinwand flimmerten.

Im Saal herrschte Totenstille, als der Bericht eines Waisenhauses gezeigt wurde. Jungen und Mädchen jeder Altersklasse wiesen darauf hin, wie wichtig ihnen ihr Zuhause – das Waisenhaus *Marienhort* – geworden ist und wie glücklich sie darüber waren, dort eine Zuflucht gefunden zu haben.

Ein kleiner Junge saß bei Esther Münch auf dem Schoß und dankte seiner Anna und Super-Stefan sowie den zahlreichen Helfern, dann brach der Einspieler ab. Zu hören waren plötzlich rhythmische Beatbox-Klänge, die den Saal in Aufruhr versetzten.

Auch Charlotte blickte überrascht auf, als sich die Monitorwände teilten und eine große Horde Kinder auf die Bühne stürmte. Ihnen folgten die Handwerker, die auch schon im Filmbeitrag zu erkennen gewesen waren. Mitgerissen von dem Rapzeilen, die einige der Jungen von sich gaben, klatschte das Publikum begeistert mit.

Nur wenige Augenblicke später betraten Esther Münch, Stefan Behrends und Anna Binder – die blonde Schönheit aus dem Foyer – die Bühne, die mit Standing Ovations für dieses erfolgreiche und einzigartige Projekt gefeiert wurden.

Nachdem Esther ihre Ansprache beendet hatte und alle wieder Platz genommen hatten, war die Bühne leer, und das Publikum wurde mit einem klassischen Musikstück unterhalten.

Jan beugte sich zu Charlotte.

»Nach allem, was man so in der Presse liest, hätte ich diesem Behrens so viel Einsatz gar nicht zugetraut.«

Erstaunt wandte sich Charlotte ihm zu und flüsterte: »Ich hätte es ihm auch nicht zugetraut, aber noch viel überraschter bin ich, dass du was auf den ganzen Klatsch und Tratsch gibst. Du scheinst gut informiert zu sein.«

Jan zog schmunzelnd die Schulter nach oben, ohne ihre Feststellung weiter zu kommentieren.

Unter dem Beifall für das Musikstück betrat Jürgen Bendt neuerlich die Bühne und hielt eine weitere Auszeichnung in den Händen. Charlotte überflog kurz das Programm, doch darauf war keine weitere Verleihung notiert. Mit einem großen Finale hätte die Veranstaltung nun enden sollen.

Gespannt folgte sie daher den Ausführungen des Moderators, der von einer zusätzlichen Auszeichnung aus gegebenem Anlass sprach. Charlotte konnte ihm nicht folgen. Von welchen zwei Sturköpfen sprach der Moderator bloß? Wer hatte im deutschen Fernsehen beispiellos für so viele herzliche Lacher gesorgt? Und wer war für die Unterhaltung schlechthin verantwortlich?

Bendt rief die Architektin und Stefan Behrens auf und Charlotte wurde bewusst, dass ausgerechnet ihr als Society Reporterin eine Sensation entgangen zu sein schien.

In der Tat war es durchaus amüsant, die beiden bei ihrer Ansprache zu der unerwarteten Preisverleihung zuzuhören. Doch noch viel mehr überraschte Behrens das gesamte Publikum, als er Anna unverhohlen und allem Anschein nach auch gegen ihren Willen vor den Zuschauern eine zauberhafte Liebeserklärung machte und die Frau in Rot damit komplett überrumpelte.

Eine Träne verirrte sich in Charlottes Augenwinkel, und ihr Herz zog sich schmerzhaft zusammen.

Unbemerkt tupfte sie die Flüssigkeit weg und zeigte sich ebenso begeistert wie der Rest des Publikums von dem unerwarteten Ende der Veranstaltung.

Bei der anschließenden After-Show-Party waren der Fußballprofi und die Architektin natürlich das Gesprächsthema schlechthin. Während Jan Charlotte sicher über das Tanzparkett führte, mühte sie sich, einen Blick auf das Paar zu werfen, das von allen Seiten umlagert wurde. Wie gerne hätte sie ihrem Begleiter einen ebenso verliebten Blick zugeworfen, wie es die beiden taten. Sie selbst konnte nicht verstehen, wo all die Gefühle, von denen sie bis vor kurzem noch glaubte, sie würde diese für den Großunternehmer haben, geblieben waren. Es stimmte, dass sie diesen Mann unglaublich gerne hatte, aber nicht in der Art, wie sie es sich wünschte.

Charlotte entdeckte Pascal und Lea in der Menge und winkte ihnen zu. Ihre Gesichtszüge erhellten sich, als sie die beiden Hand in Hand auf sich zuschlendern sah.

»Wie konnte denn das passieren?« Glücklich zog Charlotte zuerst Lea und dann Pascal in ihre Arme. Als ob das verliebte Paar keine weitere Sekunde mehr voneinander getrennt sein wollte, griff Pascal anschließend sofort wieder nach Leas Hand.

»Ich freu' mich für euch.« Charlotte lächelte.

»Danke.« Pascals verliebter Blick galt einzig und allein seiner liebreizenden Assistentin in ihrem kobaltblauen, enganliegenden Abendkleid.

»Du weißt hoffentlich, dass ich alle Einzelheiten noch genauestens erfahren möchte.« Um ihrer Aufforderung mehr Nachdruck zu verleihen, streckte Charlotte den Zeigefinger in die Höhe.

»Wir erzählen dir am besten alles, na ja, fast alles, am Montag im Büro. Heute sollten wir einfach nur den Abend genießen.« Überglücklich zog Pascal Leas Hand zu seinem Mund und küsste ihren Handrücken.

»Wollen wir tanzen?«, fragte er, zu seiner Liebsten gebeugt.

Lea nickte nur und folgte ihm, bis er sich noch einmal abrupt zu Charlotte umdrehte.

»Beinahe hätte ich es vergessen.« Pascal kramte in der Tasche seines Smokings. »Ich soll dir doch noch etwas geben.«

Aufgeregt begann Charlottes Herz gegen die Brust zu hämmern. Pascal sollte ihr etwas geben? War es womöglich eine Nachricht von Mark?

»Hier.« Er zog einen USB-Stick aus der Tasche. »Harald bat mich, dir die Bilder zukommen zu lassen.«

»Klar, die Bilder. Was sonst.« Sie konnte ihre Enttäuschung nicht verbergen. »Danke.«

»Wollen wir langsam aufbrechen?« Jan wirkte bekümmert, als er auf die nachdenkliche Charlotte herabblickte.

»Gerne. Ich bin gleich wieder hier.«

Charlotte zog sich in die abgelegenen Waschräume zurück, um für einen kurzen Augenblick ungestört zu sein. Wochenlang hatte sie sich ausgemalt, wie dieser Abend enden könnte. Weshalb sollten sie nun ein paar Tage in den Bergen und ein paar Bilder davon abhalten, Jan näherzukommen? Sie musste endlich aufhören, ihre Gedanken an Mark zu verschwenden. Mit ihm bot sich für sie keine Zukunft.

Nichts von dem, was sie sich für ihr Leben erträumt hatte, würde er ihr bieten können. Sie wollte ein Penthouse in der Stadt. Vielleicht ein Haus am Meer. Ein Jetset-Leben genießen. Reisen um die Welt. Shopping in New York, Monte Carlo, Tokyo …

Jan würde ihr dieses Leben bieten können. Und sie hatte ihn gern – so viel stand jedenfalls schon fest. Es wäre also gar nicht so abwegig, dass sie sich über kurz oder lang in ihn verlieben könnte und Mark damit endgültig vergessen war.

Charlotte zog ihren Lippenstift nach und strich über ihr Kleid. Sie sah sexy aus und genau das wollte sie auch. Schwungvoll öffnete sie die Tür und kehrte zur Tanzfläche zurück, wo sich Jan angeregt mit Jo Dahlen unterhielt.

Er machte Charlotte und den Schauspieler miteinander bekannt, verabschiedete sich jedoch auch gleichzeitig von ihm und versprach, ihn in den kommenden Tagen anzurufen.

»Ihr hättet gerne noch miteinander plaudern können. An der Bar hätte ich mit Sicherheit noch einen angenehmen Zeitvertreib gefunden.« Charlotte hatte sich bei Jan eingehakt und verließ gemeinsam mit ihm das Gebäude. Seine Limousine wartete bereits, und der Chauffeur hielt für sie die Tür auf.

»So, wie es sich angehört hat, benötigen wir ein wenig länger Zeit. Ihm geht es nicht allzu gut. Wer weiß, wann er mit seiner Geschichte am Ende gewesen wäre.«

»Ich wusste gar nicht, dass ihr so eng befreundet seid. Was hat er denn?« Charlotte bemerkte Jans argwöhnischen Blick. »Ich frage aus Höflichkeit, nicht aus beruflichem Interesse.«

Sie setzte sich auf die Rückbank und wartete eine weitere Reaktion von ihm ab. Doch anstatt einer Antwort setzte er sich neben sie und gab dem Chauffeur die Anweisung, zum Hotel zu fahren. Zunächst blieb es ruhig im Wagen, dann wandte sich Jan zu Charlotte.

»Er ist unglücklich verliebt.«

»Oh.«

»Charlotte, wir sollten …«

Das Einzige, was Charlotte dachte, war, dass sie dieses Thema nicht vertiefen sollten. Sie wusste, es würde sich kein passenderer Moment finden, sich ihrer gewählten Wunschzukunft zu stellen. Sie nahm all ihren Mut zusammen und küsste den überraschten Jan.

Zögernd wich er zurück und sah Charlotte ernst in die Augen. »Du brauchst dir nichts zu beweisen, Charlotte. Das mit uns wird nicht funktionieren.«

»Aber wieso nicht?« Sie hätte sich ihre Frage sparen können, denn sie wusste genau, dass Jan sie durchschaut hatte.

»Weil dein Herz einem anderen gehört.«

Kaum hatte er die Wahrheit ausgesprochen, schossen ihr Tränen in die Augen. Jan zog sie liebevoll an seine Brust, wo sie ihrer Trauer freien Lauf ließ.

***

Drei Tage waren seit ihrem Gefühlsausbruch vergangen. Charlotte hatte zwischenzeitlich die Heimreise angetreten und weinte sich schon zwei Nächte in den Schlaf.

Während sie sich tagsüber in der Redaktion mit dem großen Liebesglück von Pascal und Lea konfrontiert sah, verbrachte sie die Nächte traurig und einsam in ihrem Bett.

Charlotte griff nach dem USB-Stick auf ihrem Nachttisch und drehte ihn zwischen den Fingern. Während der letzten Tage hatte sie es nicht fertiggebracht, sich die Bilder anzuschauen. Doch die Zeit drängte. Der Redaktionsschluss rückte näher, und sie hatte noch einiges an Arbeit vor sich.

Müde und erschöpft quälte sie sich aus ihrem Bett und schleppte sich in das überschaubare Wohnzimmer ihrer Altbauwohnung. Sie griff ihr Notebook vom Wohnzimmertisch und setzte sich auf die breite, gepolsterte Fensterbank. Das vertraute Geräusch des startenden Gerätes drang an ihr Ohr. Mit dem letzten Piepsen steckte sie den Speicherstick in den vorgesehenen Port und wartete darauf, dass die Bilder geladen wurden. Anstatt der Bilder öffnete sich jedoch automatisch ein

Video. Zu sehen war die gesamte Wandergruppe, die ihr Grüße übermittelte und ihr mitteilte, wie gespannt sie auf den Artikel waren.

Wieder hatte sie Tränen in den Augen. Sie freute sich sehr über diese schöne Geste, war sich aber auch gleichzeitig des Druckes bewusst, der nun noch schwerer auf ihr lastete.

Ehe sie mit ihrer Arbeit begann, stapfte sie noch in die Küche und goss sich ein Glas Rotwein ein.

Wieder saß sie auf der Fensterbank. Langsam gingen ihr die Ausreden aus. Es half nichts, sie musste endlich mit dem Artikel beginnen. Sie öffnete die Datei mit den Bildern und klickte sich durch die Sammlung.

Sie fand unter anderem ein paar Fotos, die die Hotelbar zeigten. So hatten die anderen also ihre Abende verbracht? Im Nachhinein bereute Charlotte, dass sie sich nicht ab und an zu ihnen gesellt hatte. Den Bildern nach zu schließen, musste es sehr lustig zugegangen sein. Seit langer Zeit huschte wieder einmal ein Lächeln über ihr Gesicht.

Zwei Stunden später hatte sie noch immer keine Zeile geschrieben. Dafür kannte sie das komplette Bildmaterial in- und auswendig. Harald besaß ein ausgesprochenes Talent zum Fotografieren. Seine Bilder fingen die Landschaften wunderschön ein. Nur in natura konnten die Motive noch eindrucksvoller sein.

Beim Betrachten war Charlotte in den Sinn gekommen, wie kindisch sie sich die ganze Zeit über verhalten hatte. Aus purem Trotz und Egoismus hatte sie diese herrliche Naturkulisse ignoriert. Sie gab es zwar nur ungern zu, aber Lorenz und Mark hatten recht behalten. Auch sie war im Bann der Berge gefangen. *Ich und Berge! Ausgerechnet ich!*

Frustriert über ihre Einsicht nahm sie einen großen Schluck

Rotwein aus dem zweiten Glas, das sie sich mittlerweile eingegossen hatte, und beendete die Diashow. Sie durchstöberte die Dateien und ließ sich ein spezielles Bild auf dem Bildschirm anzeigen. Mark.

Wieder einmal fiel ihm eine Haarsträhne in sein verschmitzt grinsendes Gesicht. Die Sonne ließ seine Augen in dunklem Grün leuchten, während er sich mühte, das Mehl von seinen Wangen zu streichen. Es war der Tag, an dem sie Apfelstrudel gebacken hatten, und gleichzeitig auch der Tag, an dem sie Mark zum ersten Mal geküsst hatte. Augenblicklich begann in ihrem Bauch eine Horde Schmetterlinge wild zu tanzen, und ein sehnsüchtiges Seufzen entfuhr ihr. Trotz des Widerwillens, mit dem sie in die Berge gefahren war und der Umstände, die ihren Ausflug zeitweise erschwerten, war sie es Mark und Lorenz schuldig, das Beste aus sich herauszuholen und sie so gut sie nur konnte zu unterstützen. Objektiv und ehrlich. Mit diesem Gedanken schloss sie umgehend die Bilddatei und öffnete das Manuskript, mit dem sie begonnen hatte.

Einmal angefangen, war Charlotte nicht mehr zu stoppen. Es wurde Mitternacht, zwei Uhr, drei Uhr, vier Uhr, fünf Uhr. Immer mehr Gedankenblitze schossen ihr durch den Kopf. Die Sonne ging schon wieder auf, doch Charlotte achtete nicht auf die Zeit.

Um acht Uhr konnte sie ihre Augen kaum mehr offenhalten und brühte sich Kaffee auf. Nachdenklich ging sie im Wohnzimmer auf und ab, bis sie schließlich wieder zu ihrem Laptop griff und weiterschrieb.

Als gegen zehn Uhr ihr Smartphone klingelte, fuhr sie erschrocken hoch.

»Gut, dass du anrufst, Pascal. Ich muss unbedingt mit dir reden.« Charlotte nahm einen Schluck des kalten Kaffees und verzog angeekelt das Gesicht. *Scheußlich!*

»Ich wollte eigentlich nur fragen, wo du bleibst. In dreißig Minuten beginnt die Redaktionssitzung.«

»Mist. Ich bin gleich da. Warte auf mich.« Ohne eine Antwort abzuwarten, beendete Charlotte das Gespräch und warf ihr Smartphone achtlos neben ihren Laptop. In Windeseile streifte sie sich eine dunkelblaue Boyfriend Jeans und eine weiße Bluse über. Sie zögerte kurz, griff dann aber nach den Wanderschuhen und zog sie an. Dann stopfte sie Handy und Notebook in eine Tasche, prüfte, ob sich ihre Schmink-Utensilien darin befanden, und verließ die Wohnung.

Charlottes Wohnung war vielleicht klein, aber sie war günstig und lag in der Nähe eines Taxistandes, was ihr in diesem Augenblick wie eine Fügung des Schicksals vorkam.

Sie stürmte das erstbeste Taxi, ließ sich in den Sitz fallen und nannte dem Fahrer die Anschrift des Verlagsgebäudes. Die Fahrt dauerte ungefähr zwanzig Minuten und Charlotte nutzte die Zeit, um sich mit Hilfe ihres Schminktäschchens frisch zu machen.

Als sie vor dem großen, gläsernen Gebäude ankamen, drückte sie dem Fahrer rasch das Geld in die Hand, hechtete aus dem Wagen und rannte los. Wie erwartet, hatten sich schon alle zur Redaktionssitzung zusammengefunden. So entging niemandem, dass Charlotte sich verspätet hatte. Ungeduldig folgte sie Pascals Ausführungen und wartete darauf, endlich aufgerufen zu werden.

»Kommen wir zum letzten Punkt. Die Reiserubrik. Dieses Mal geht es um die Themen Berge und Wandern. Aber Charlotte kann uns sicherlich mehr dazu sagen. Charlotte, bitte.«

Pascal signalisierte ihr, mit ihrem Bericht zu beginnen.

»Pascal, ich habe eine Idee. Ich weiß gar nicht, wo ich am

besten anfangen soll. Fakt ist jedenfalls, aus dieser Story lässt sich noch viel mehr rausholen, als wir je gedacht hätten.«

Kaum hatte Charlotte zu reden begonnen, sprudelte es förmlich aus ihr heraus.

Ohne eine Unterbrechung führte sie einen halbstündigen Monolog. Ihre Begeisterung wirkte ansteckend und fesselte sowohl ihre Kollegen als auch Pascal. Nachdem sie jede ihrer Ideen ausführlich präsentiert hatte, warf sie eine kurze Zusammenfassung in den Raum.

»Kurzum, wir sollten den Reisebericht um zwei Seiten aufstocken. Mit einer neuen Rubrik für Singles können wir Tipps und Themen rund um das Thema ‚Wo kann ich überall Leute kennenlernen‘ platzieren.«

Charlotte stellte ihren Fuß provokativ auf den Tisch, so dass jeder der Anwesenden einen Blick auf ihre Wanderschuhe werfen konnte.

»Die zweite neue Rubrik umfasst das Thema ‚Gestylt in allen Lebenslagen‘. Wir fordern unsere Leser auf, sich aktiv zu beteiligen. Wir geben auf der Website ein Thema vor, und die Leser können hierzu Bilder hochladen. Erstes Motto ‚Stylischer Ausflug in die Berge – zeig uns, wie trendy Wanderschuhe sein können‘.« Mit einer kleinen Unterstützung ihrer Hände stellte Charlotte ihren Fuß wieder sicher zurück auf den Boden.

»Und zu guter Letzt noch ›Love-Story – die unglaublichsten Geschichten rund um das Suchen und Finden der großen Liebe‹. Wir geben diese Rubrik komplett in die Hände der Leser und lassen sie selbst darüber berichten, über welche Wege sie die große Liebe gefunden haben.« Sie blickte erwartungsvoll in die Runde. Ihr Blick blieb bei Pascal hängen. »Damit wir der jetzigen Ausgabe nicht in die Quere kommen, wäre eine Sonderbeilage durchaus sinnvoll, oder nicht?«

»Charlotte, ich bin ganz ehrlich.« Pascal atmete tief durch und stand von seinem Platz auf.

Charlotte befürchtete schon das Schlimmste. Natürlich war diese Idee auf die Schnelle entstanden, aber es steckte so viel Potential in den Themen, dass es sich lohnen würde, diese in der Kürze der Zeit zielführend auszuarbeiten.

»Ich finde es gut.« Er lächelte und zeigte ihr dadurch, wie stolz er auf sie war.

»Ehrlich? Du meinst, wir können das wirklich so durchziehen?«

»Moment.« Pascal hob die Hand, um ihre voreilige Euphorie zu stoppen. »Zunächst sollten wir uns mal erkundigen, ob es die anderen auch so sehen.« Er wandte sich an seine Journalisten, die durch einstimmigen Applaus und zustimmendes Nicken ihre Unterstützung zusicherten.

Charlotte fiel ein Stein vom Herzen. Mit solch einem gewaltigen Zuspruch hatte sie nicht gerechnet.

Pascal signalisierte ihnen, wieder zu verstummen. »Dennoch benötigen wir noch die Zustimmung des Herausgebers, zumal durch eine Sonderbeilage immense Kosten auf uns zukommen werden.«

Für einen Augenblick schien die Stimmung gedrückt. Auch Charlotte war die Komponente des Herausgebers in den Sinn gekommen. Da ausgerechnet sie diesen noch vor wenigen Tagen sehr enttäuscht hatte, könnte dies auch der Ausschlag für ein Scheitern ihres Vorhabens sein.

»Wir sollten auf Draht sein und bereits einen ersten Entwurf der Sonderbeilage bei diesem Gespräch vorzeigen. Schafft ihr das bis 18 Uhr?« Er sah sie an.

Charlotte verstand, dass der Hauptdruck nun auf ihr lasten würde. Ihre Idee – ihre Verantwortung.

Sie nickte eifrig, und die anderen schlossen sich ihr an.

»Was sitzen wir dann noch hier herum? An die Arbeit, meine Lieben!« Mit einem lauten Knall schloss Pascal seinen Aktenordner und beendete damit die Redaktionssitzung.

E L F

Eine Woche später hielt Charlotte stolz die aktuellste Ausgabe der *Daily Trends*, inklusive einer Sonderbeilage in den Händen. Neugierig blätterte sie durch das Magazin, das sie eigentlich schon auswendig kannte. Doch ihr Entwurfsskript konnte es mit den gedruckten Bildern von Harald nicht im Geringsten aufnehmen.

Eine eigenwillige Art von Sehnsucht überkam sie beim Anblick der Berge. Ihr Blick fiel auf ihre Wanderschuhe, die noch immer ihren Schreibtisch in der Redaktion zierten. Nur waren diese inzwischen nicht mehr braun, sie waren mattanthrazit gefärbt. Eine Lasche war über der Schnürung angebracht worden, die diese nun verdeckte und die ein glänzend schwarzes Tribal Tattoo zierte.

Nichts erinnerte mehr an die braunen, hässlichen Wanderschuhe von damals. Vielmehr sahen sie nun eher wie hippe, trendige Biker Boots aus. Es war unglaublich, was sich mit ein wenig Fantasie und einem guten Bastelshop alles zaubern ließ.

Letztlich war es jedoch die Rubrik *Love-Story*, die ihr

Innerstes nach außen kehrte. Sie berichtete von der ungewöhnlichen Liebe einer temperamentvollen Reporterin, die ihr Herz in den Bergen verloren hat. Charlotte umschrieb dabei geschickt die Begebenheiten, die sich auf ihrer Recherchereise zugetragen hatten, und ließ zum Ende hin offen, ob ihre *Love-Story* nun dem Wanderführer oder den Bergen galt.

Ihr Smartphone schrillte und kündigte eine eingegangene Mitteilung an.

Meike: Lasse den Schampus schon kaltstellen. Um acht im Bocuse. Küsschen.

Seit Charlotte in den Bergen auf Meike getroffen war, schien etwas mit ihrer Freundschaft passiert zu sein. Sie empfand ihre beste Freundin mittlerweile als zu laut, zu dominant und zu oberflächlich. Daher hatte sie Meike seit ihrer Rückkehr gemieden. Aus Meikes lässiger Art, sie für den Abend einzuladen, schlussfolgerte sie, dass ihre Freundin die *Love-Story* noch nicht gelesen hatte.

Charlotte: Sorry. Erste Anzeichen von Sommergrippe. Ein anderes Mal.

Kaum hatte Charlotte Meike abgesagt, schrillte ihr Handy erneut.

Jan: Herzlichen Glückwunsch.

Die Nachricht überraschte Charlotte. Prompt antwortete sie ihm.

Charlotte: Liest du etwa ein Klatsch- und Tratsch-Blättchen?

Jan: Wenn ich mich nicht täusche, haben die neuen Rubriken nichts mit Klatsch und Tratsch zu tun.

Charlotte lächelte und fühlte sich durch das Lob bestätigt.

Jan: Dein Bericht macht Lust auf mehr. Wir hätten doch eine Nacht länger bleiben sollen.

Charlotte freute sich, dass sie den ersten Leser schon überzeugt zu haben schien.

Jan: Lust zu feiern?

Charlotte blickte auf ihr Handy. Natürlich hatte sie Lust zu
feiern. Dass allerdings Jan sich noch mit ihr treffen wollte,
nachdem sie sein Hemd vollgeheult hatte, kam ihr spanisch
vor.

»Wie wäre es mit einem Gläschen Sekt?«

Es war schon ruhig auf dem Stockwerk, da die meisten Kollegen an diesem sonnigen Freitagnachmittag schon ins Wochenende verschwunden waren. Charlotte fuhr daher erschrocken herum, als sie eine Stimme hörte. Sie entdeckte Jan, der
gegen einen Pfeiler lehnte.

Er hielt in der der rechten Hand eine wunderschöne, lang-
stielige weiße Rose und in seiner linken Hand eine Flasche
Sekt.

»Du hast mich zu Tode erschreckt.«

»Für eine Tote siehst du aber hinreißend aus.«

»Lügner.« Charlotte wusste, dass sie den ganzen Tag durch-
gearbeitet hatte, ohne einmal die Zeit zu finden, in den Spiegel
zu schauen oder ihren Lippenstift nachzuziehen. Sie musste
fürchterlich aussehen.

»Du hast selten so schön und entspannt ausgesehen wie in
diesem Augenblick.«

Die Ernsthaftigkeit seiner Worte ließ Charlotte ihm Glauben
schenken. Und das, wo sie für gewöhnlich nie so leger in der
Öffentlichkeit anzutreffen war. Selbst zu Hause verbot sie sich,
derart unbekümmert mit ihrem Styling umzugehen.

Jan schlenderte auf sie zu und setzte sich auf ihre Schreibtischplatte. Er schaute sich suchend um und steckte die Rose
schließlich in den Stiftehalter auf dem Schreibtisch. Dann ließ

er den Korken der Sektflasche knallen und blickte sich erneut suchend um. »Habt ihr hier irgendwo Gläser?«

»Wer braucht schon Gläser.« Charlotte nahm ihm die Flasche ab, führte sie an ihre Lippen und trank einen kräftigen Schluck. Sofort kniff sie die Augen zusammen und hoffte darauf, dass das unerwartete Kribbeln in ihrem Mund nachließ.

Tonlos nahm ihr Jan die Flasche ab und setzte die Öffnung ebenfalls an seine Lippen. Ein großer Schluck verschwand in seiner Kehle.

»Nachdem das nun geklärt wäre und wir auf deinen Erfolg getrunken haben, können wir ja nun zum ruhigeren Part übergehen. Was hältst du von Essen, Wein und quatschen?«

»Ich bin momentan ein schlechter Gesellschafter.« Charlotte griff erneut nach der Flasche. Wenngleich sie dieses Mal beim Trinken vorsichtiger war.

»Dafür bin ich ein guter Zuhörer.«

»Jan, du hast so viel um die Ohren, da will ich dich nicht auch noch mit meinen Problemen belasten.«

»Aber vielleicht tut mir ein wenig Ablenkung gut. Vierundzwanzig Stunden am Tag an die Arbeit zu denken, ist auf Dauer nämlich auch ganz schön anstrengend.« Er beugte sich nach vorne. »Außerdem: Wofür sind Freunde da?«

Charlotte war gerührt. Jan wollte ihr ein Freund sein. Normalerweise hätte sie nicht viel darauf gegeben, wusste sie doch aus Erfahrung, wie viel eine Freundschaft in derlei Kreisen wert war. Doch Jan war anders. Das hatte sie schon gespürt, als sie ihm zum ersten Mal begegnet war. Er war eine ehrliche Haut und ein fairer Geschäftsmann. Wenn er jemandem seine Freundschaft anbot, dann sicherlich ohne Hintergedanken oder Forderung.

»In Ordnung. Dann folge mir unauffällig.«

Charlotte schlüpfte in ihre Schuhe, griff nach ihrem Handy und ihrer Handtasche und ging voraus. »Vergiss den Sekt nicht.«

Fünfzehn Minuten später hielten beide eine große Tüte Eis in der Hand und spazierten die Spree entlang zum Charlottenburger Schloss. Ihr Weg durch den Schlossgarten führte sie um den großen Karpfenteich. »Ich komm hier oft in der Mittagspause her, um den Kopf frei zu bekommen.«

»Schön hier.« Jan deutete zu einem Baum. »Wollen wir uns ein wenig in den Schatten setzen?«

Kaum hatten sie im kühlen Gras Platz gefunden, streifte Charlotte ihre Schuhe wieder ab und tauchte ihre nackten Füße in das kalte Wasser, das an ihnen vorbeiplätscherte. Jan tat es ihr gleich.

Beide genossen die entspannende Gegend und das beruhigende Gluckern des Wassers. Nachdem sie ihr Eis aufgegessen und sich mit einem Schluck Sekt gestärkt hatten, lehnten sie sich im Gras zurück. Als ihr Gespräch auf den Abend der Charity-Gala fiel, war es Charlotte ein besonderes Anliegen, Jan zu sagen, wie sehr sie bedauerte, was passiert war.

»Ich hatte mir wirklich gewünscht, dass das zwischen uns etwas werden könnte.«

»Und doch gehört dein Herz dem Bergführer.«

Charlotte seufzte, denn es war unschwer zu erraten, woher Jan es wusste. »Der Artikel hat mich verraten.«

»Gut möglich. Mir waren aber auch seine musternde Blicke auf mich nicht entgangen. Außerdem sah er beim Verlassen des Hotels ebenso todunglücklich aus wie du, als ich dich auf der Treppe vorfand.« Jan öffnete die Augen und sah zu Charlotte. »Verrate mir eins: Wenn du ihn so liebst, weshalb hast du auf die vorzeitige Abreise bestanden?«

»Was hätte ein Tag mehr oder weniger denn für einen Unterschied gemacht? Außerdem war ich zu diesem Zeitpunkt davon überzeugt, wir zwei hätten eine Chance.«

»Was wäre das für eine Chance, in der sich dein Herz nach einem anderen sehnt? Es wäre nur ein fauler Kompromiss, der uns beide unglücklich machen würde.«

»Aber Mark und ich leben in völlig verschiedenen Welten. Und das in jeder Beziehung. Mein Leben findet hier statt. In einer Stadt, die nicht zur Ruhe kommt. In der am nächsten Morgen nichts mehr so ist, wie es heute noch war. Ich brauche den Trubel, die Leute, den Lärm.«

»Und dennoch suchst du dir in deiner Mittagspause eines der ruhigsten Fleckchen der ganzen Stadt aus.«

»Was willst du mir damit sagen?«

»Dass du dir nichts vormachen sollst. Dir gefällt die Stadt – gut. Aber du selbst hast in der *Daily Trends* den Bergen eine Liebeserklärung gemacht. Was wäre, wenn es für dich doch nicht nur das Leben in der Stadt geben würde?«

»Das eine war ein wunderbarer Ausflug. Das andere ist mein Leben.«

Jan schüttelte verzweifelt den Kopf. »Du solltest dir mal zuhören. Weshalb macht ihr Frauen euch selbst eigentlich immer das Leben so schwer?«

Resigniert zog Charlotte die Schultern nach oben. »Gene. Blödheit. Such dir etwas aus.«

Jan lachte laut. »Wenigstens bist du ehrlich.«

Als sie nur milde lächelte, richtete sich Jan auf und strich ihr über den Arm.

»Am liebsten würde ich dich in einen Flieger setzen, oder noch viel besser, dich direkt bei ihm vor der Tür abliefern.«

»Er hatte die Gelegenheit, noch ein letztes Mal mit mir zu

sprechen. Doch er ist einfach gegangen. Das würde also auch nichts bringen.«

»Das wollen wir doch erst mal sehen.«

Jan bugsierte Charlotte voller Übermut und Tatendrang zu seinem Wagen. Zunächst glaubte sie, es wäre einfach nur ein Scherz von ihm. Doch als sie hörte, wie Jan seinem Fahrer das Ziel nannte, sah sie ihn nur ungläubig an. War es ihm tatsächlich ernst damit?

Zu allem Überfluss erreichte sie in diesem Augenblick auch noch eine E-Mail von Lorenz.

Liebe Charlotte,

ich habe heute deinen Reisebericht in der neuesten Ausgabe der Daily Trends gelesen, und es macht mich unendlich stolz und freut mich ungemein, dass es dir bei uns so sehr gefallen hat.

Heute hat schon ein wahrer Ansturm an Anfragen und Reservierungen auf uns begonnen. Worte können gar nicht ausdrücken, wie sehr du uns mit deiner unkonventionellen Art der Berichterstattung geholfen hast. Auch die Verhandlungen mit der Bank verliefen positiv – wir können das Hotel also übernehmen.

Dein Artikel hat unsere kühnsten Erwartungen noch übertroffen. Ich, nein, wir sind Dir unsagbar dankbar dafür. Wir werden dies alle heute Abend mit einer kleinen Gartenparty bei meiner Hannah ;-) feiern und dabei an Dich denken.

Melde Dich! Und nochmals vielen Dank.

Lorenz

PS: Er vermisst Dich.

Er vermisst mich? Er vermisst mich!

Seit Charlotte die E-Mail gelesen hatte, verlor sie sich an den Gedanken eines Wiedersehens mit Mark.

Würde er sich freuen? Dass er sie vermisste, hieß ja noch lange nicht, dass zwischen ihnen einfach alles wieder gut war. Dafür lag noch viel zu viel Unausgesprochenes zwischen ihnen.

Sie hatten schon mehr als die Hälfte der Strecke des Weges zurückgelegt, als Charlotte Jan unvermittelte fragte: »Weshalb tust du das alles?«

»Weil ich so ein toller Typ bin.« Jan zwinkerte ihr zu.

»Der bist du ohne Zweifel. Aber ganz ehrlich, Jan: Warum tust das alles für mich.« Charlotte umfasste seine Hand und drückte sie.

»Weil ich dich gerne habe. Und weil Freunde einander helfen.« Er führte ihre Hand zu seinem Mund und küsste sie. »Außerdem hatte ich mir den Nachmittag ohnehin für dich freigeschaufelt. Dass ich ihn allerdings mit dir auf der Autobahn verbringen würde, hätte ich nicht gedacht.«

»Egal wann und egal wo – wann immer du mich einmal brauchen solltest, werde ich für dich da sein.« Charlottes eindringlicher Blick ließ keinen Zweifel an der Ehrlichkeit ihrer Worte.

»Ich weiß.«

»Es stört mich übrigens nicht, wenn du zwischendurch deine E-Mails checkst.« Charlotte grinste. Jan hielt es durchaus eine Weile ohne sein Smartphone aus, aber seit über hundert Kilometern rutschte er schon ungeduldig auf seinem Sitz hin und her. Sie war es ihm einfach schuldig, ihn von dieser Qual zu erlösen.

»Danke. Du bist die Beste.«

Prompt griff er danach und warf einen ersten, prüfenden Blick darauf. »Macht es dir auch wirklich nichts aus? Ich komme mir sehr unhöflich vor.«

»Nein, wirklich nicht. Ich bin mit meinem Kopf sowieso ganz woanders.«

Kurz vor Mitternacht erreichten sie das Haus von Hannah. Charlotte war selbst noch nie da gewesen, wusste aber aus Beschreibungen von Paul, wo es sein musste. Das ländliche Einfamilienhaus war am Hang gebaut und befand sich am Ortsrand.

Bis zu diesem Zeitpunkt war sie sich der Bedeutung ihrer kleinen Reise mit Jan noch nicht im vollen Umfang bewusst gewesen. Das änderte sich schlagartig beim Anblick der parkenden Fahrzeuge vor dem Haus, die ihr allesamt bekannt vorkamen. Ihr Herz hämmerte so laut gegen ihre Brust, dass in ihrem Ohr nur noch ein Rauschen zu hören war.

»Da wären wir.« Jans erwartungsvolles Lächeln erstarb augenblicklich beim Anblick von Charlottes verstörtem Gesicht. »Ist alles in Ordnung?«

Sie war kreidebleich geworden. »Ich kann nicht«, flüsterte sie.

»Natürlich kannst du.« Jan wurde bereits die Tür von seinem Fahrer geöffnet. Beherzt griff er nach Charlottes Hand und zog sie mit sich.

Es drangen Stimmen an ihr Ohr, die unweigerlich den Rückschluss zuließen, dass sich alle im Garten aufhielten. Zielstrebig steuerte der Unternehmer deshalb die Stufen an, die um das Haus herumführten.

Charlottes Knie begannen zu zittern, als sie unter all den Stimmen, plötzlich die von Mark ausmachen konnte, »Iiich … Ich kann das wirklich nicht, Jan.«

»Aufgeben ist nur was für Feiglinge.«

Bestimmend drückte er die Klinke der Gartentür nach unten und drängte Charlotte hinein.

Unweit des Hauses waren alle am Grillplatz versammelt. Basti gähnte und belagerte mit dem schlafenden Paul die Gartenliege. Kathi schmiegte sich in Roberts Arme und strich liebevoll über ihren Bauch. Marks Eltern unterhielten sich angeregt mit Eva Birkmeyer. Und Hannah strahlte Lorenz verliebt an.

Inmitten seiner Familie und seiner Freunde entdeckte sie ihn dann. Mark. Am liebsten hätte sie Reißaus genommen, so sehr verwirrte sie sein Anblick, doch ihre Beine bewegten sich keinen Millimeter. Ihr Blick galt allein ihm und dem kleinen Pflaster auf seiner Stirn.

Jan begann sich zu räuspern. »Ähm, entschuldigen Sie bitte.«

Abrupt brach das Stimmengemurmel ab und sämtliche Köpfe blickten in seine Richtung. »Mein Name ist Jan Wellbrock, und ich …«

Charlotte stieß einen ohrenbetäubenden Schrei aus und rannte los, als ob ihr Leben davon abhängen würde. Beinahe wäre sie in ihren hohen Absätzen umgeknickt, deshalb warf sie ihre Schuhe achtlos zur Seite und kletterte schutzsuchend auf das Schaukelgerüst, wo sie auf der obersten Sprosse reglos verharrte.

»… bin jetzt taub«, beendete Jan seinen Satz und hielt sich die Hand an sein Ohr, in das Charlotte geschrien hatte. Erst jetzt entdeckte er den Auslöser für ihren Ausbruch. Er war noch nicht sonderlich groß, hatte vier Beine und ein flauschiges Fell.

»Charlotte.« Von ihrem Aufschrei aufgeweckt, rannte Paul hocherfreut auf sie zu. Er kletterte die Leiter nach oben und nahm sie in den Arm. »Wir dürfen heute so lange aufbleiben, wie wir wollen, hat Mutti gesagt.«

»Super.« Zitternd drückte Charlotte den Jungen an sich und warf einen Blick auf die Bestie zu ihren Füßen. Ihr Blick wanderte zu Jan. Anschließend zum Grillplatz. Zu guter Letzt verfing sich ihr Blick in dem von Mark.

»Hi.« Sie winkte zögerlich in seine Richtung und versuchte dabei, in ihrer Lage einen einigermaßen würdevollen Eindruck zu hinterlassen. Schwankend suchte sie Halt an einer Kletterstange.

Die Spannung zwischen den beiden schien auch den übrigen Anwesenden nicht entgangen zu sein. Totenstill warteten sie auf eine Reaktion von Mark. Diese ließ allerdings auf sich warten.

Hannah war die Erste, die ein Einsehen mit den beiden hatte und sie von dem unerwünschten Publikum erlöste.

»Helft ihr mir bitte alle, den Tisch abzuräumen?« Sie griff nach der nächstbesten Schüssel vor sich und winkte Paul zu sich. »Wer beim Abräumen hilft, bekommt ein Eis.«

Das musste sie dem Jungen nicht zweimal sagen. In Windeseile stieg er vom Schaukelgerüst und nahm sich ein paar Teller vom Tisch.

»Los, Basti, hilf mit. Dann bekommst du auch ein Eis.«

Gemeinsam trugen die beiden die schmutzigen Teller zum Haus. Auch der Rest, der Feiergäste folgte ihnen, wenn auch widerwillig. Anscheinend wollte niemand das Spektakel verpassen.

Hannah hielt die Terrassentür auf und scheuchte ihre Gäste hinein. Als alle durch die Tür ins Innere getreten waren, winkte sie noch Jan zu sich und verschwand mit ihm ebenfalls im Haus. Mit Ausnahme eines schwanzwedelnden, winselnden Vierbeiners war Charlotte mit Mark allein im Garten.

»Irgendwie hab' ich ein Déjà-vu.«

Mark hatte noch immer seinen Blick auf Charlotte gerichtet, doch sie konnte seine Miene nicht deuten.

»Sonst hast du mir nichts zu sagen?« Die Enttäuschung in ihrer Stimme war nicht zu überhören.

Ohne sie aus den Augen zu lassen, lehnte er sich gegen die Kante des massiven Holztisches. »Du bist hunderte von Kilometern gefahren. Ich gehe davon aus, dass du mir etwas zu sagen hast.«

»Das ist doch wieder mal typisch für dich.«

»Was?«

Kaum war sie fünf Minuten hier, schaffte der Kerl es doch tatsächlich, sie schon wieder zur Weißglut zu treiben.

»Was? Du machst es dir eben gerne leicht.«

»Ich mach' es mir also leicht?«

»Ja, ganz offensichtlich.«

»Aha. Und wie kommst du darauf?« Er verschränkte die Arme vor der Brust und wartete auf ihre Erklärung.

»Du hättest zum Beispiel sagen können, dass du dich freust, mich zu sehen, und wie schön es ist, dass ich die Strapazen der langen Anfahrt in Kauf genommen habe, um hier zu sein.«

»Um hier zu sein? Und du kommst ausgerechnet mit diesem Wellbrock hierher? Wolltest du mir dein Glück unter die Nase reiben?«

»Jan ist nur ein Freund.« Langsam wurde ihre Position auf der Leiter ungemütlich. »Kannst du Killer nicht ins Haus bringen?«

»Killer bleibt genau dort, wo er ist.«

»Mark«, rief Charlotte zornig.

»Schluss jetzt.« Er stieß sich vom Tisch ab und kam zum Schaukelgerüst. »Du wolltest hier sein. Jetzt bist du hier. Wenn du mir also etwas zu sagen hast, tu es jetzt.«

»Ich habe dir in der Tat etwas zu sagen.« Charlotte funkelte ihn an. »Du bist der sturste, eigensinnigste, rechthaberischste und dickköpfigste Hinterwäldler auf der ganzen weiten Welt.«

Von ihren tiefen Gefühlen übermannt, die im Gegensatz zu dem standen, was sie sagte, schossen ihr Tränen in die Augen. Am liebsten hätte sie sich in seine Arme geflüchtet und von ihm trösten lassen, säße da nicht diese Bestie zu ihren Füßen.

Mark lachte herzlich. »Ach ja. Bin ich das wirklich?«

»Ja.« Ihre Stimme klang weinerlich. Weshalb lachte er sie aus?

Mark schüttelte amüsiert den Kopf. Er setzte seinen Fuß auf die dritte Sprosse, zog sich nach oben und war Charlotte plötzlich so nahe wie schon lange nicht mehr. Mit seiner stattlichen Größe überragte er sie, weshalb er sich ein wenig zu ihr herunterbeugen musste. »Und trotzdem liebst du mich«, flüsterte er kaum hörbar.

Charlotte sah sich kurzfristig von seiner überraschenden Nähe überfordert, doch seine Worte trafen den Nagel auf den Kopf. Sie schaute ihn ernst an und stellte dann fest: »Ein Besserwisser bist du übrigens auch.«

»Wollen wir das Thema nicht besser an einem bequemeren Ort diskutieren?« Er schaute sie auffordernd an.

»Solange der da«, sie deutete mit dem Finger auf Sepp, »hier frei herumläuft, werde ich nirgendwo hingehen.«

»In Ordnung. Du zwingst mich dazu.« Mark stieg die Sprossen nach unten und stellte sich neben seinen Hund.

Erwartungsvoll sah Charlotte ihm dabei zu. Jetzt würde er endlich dieses fellige Monster wegbringen, und dann könnten sie reden. Doch weit gefehlt. Mark verschränkte erneut die Arme vor der Brust und blieb stehen.

»Das mit uns kann nur funktionieren, wenn das zwischen

euch funktioniert.« Gemeint waren Charlotte und Sepp.

»Aber ich habe Angst.« Dabei wusste sie nicht, ob sie mehr Angst vor dem Wagnis hatte, sich auf eine Liebe einzulassen, oder tatsächlich vor dem Hund.

»Hab keine Angst.« Mark trat an die Leiter und streckte ihr seine Hände entgegen. »Ich würde nie zulassen, dass dir etwas passiert.«

Zögernd setzte sie ihre Füße auf die Sprossen und griff nach seinen Händen. Sofort verursachte diese unschuldige Berührung ein wohliges Kribbeln in ihrem Bauch. Beim tiefen Blick in seine Augen vergaß sie alles um sich herum. Ihr wäre es sogar egal gewesen, wenn anstatt des aufgeweckten, kleinen Welpen ein hungriger Löwe dort gestanden hätte.

Mark trat auf die erste Sprosse, legte einen Arm um ihre Taille, den anderen an ihre Kniekehlen und hob sie in seine Arme. »Sepp scheint ganz schön vernarrt in dich zu sein.«

Sie strich über das Pflaster an seiner Stirn, legte ihre Arme in seinen Nacken und lächelte zufrieden. »Ich lehne mich jetzt vielleicht ein wenig weit aus dem Fenster, aber ich glaube nicht nur Sepp.«

»Du hast mir gefehlt.« Marks Stimme klang ernst. »Jeden Tag. Jede Stunde. Jede Minute und jede Sekunde, die du nicht bei mir warst.« Er genoss es sichtlich, wie sie zärtlich über seine Wange strich und barg sein Gesicht in ihren Händen. »Du bist das unberechenbarste Frauenzimmer auf der ganzen Welt, und dafür liebe ich dich.«

Als er sich zu ihr beugte, um sie zu küssen, drehte sie sich weg von ihm. Woraufhin er fragend die Stirn runzelte.

Es kostete Charlotte all ihre Kraft, Mark diesen Kuss auszuschlagen, aber um glücklich zu werden, gab es noch etwas, das sie wohl oder übel hinter sich bringen musste.

»Mark, das mit uns kann nur funktionieren, wenn das mit uns«, sie deutete zu Sepp, »funktioniert. Lass mich bitte runter.«

»Bist du dir sicher?«, fragte Mark. Sowohl Stolz, als auch Verwunderung schwangen in seiner Stimme mit.

»Ja, ich bin mir sicher.«

Mark presste sie fest gegen seine Brust und löste seinen Arm aus ihren Kniekehlen.

Ängstlich schlang Charlotte ihre Arme in seinen Nacken, während sie ihre Beine anzog.

»Du weißt, dass dazu deine Füße den Boden berühren sollten?« Er zog fragend die Augenbrauen nach oben.

Charlotte hatte die Augen zusammengekniffen und schüttelte mit dem Kopf. Ihre volle Konzentration galt dem Augenblick, an dem ihre Extremitäten zum ersten Mal auf Killer treffen sollten.

»Füße nach unten.«

»Nein, ich kann noch nicht.«

»Natürlich kannst du. Füße nach unten.«

»Moment noch.«

»Wenn du nicht sofort deine Füße auf den Boden stellst, werde ich dich jetzt, ohne Rücksicht auf weitere Einwände von dir, auf der Stelle küssen.«

Charlotte öffnete überrascht die Augen und sah Marks herausfordernden Blick. Sie lächelte zufrieden und wartete sehnsüchtig darauf, dass er seine Drohung wahrmachen würde.

EPILOG

»Charlotte.« Mark stieß den Gartenstuhl auf Hannahs Terrasse nach hinten und rannte hinter Charlotte her. Sie war flink, und er holte sie erst in der Hofeinfahrt ein. »Charlotte, warte. Wir können doch über alles reden.«

»Was gibt es da noch zu bereden?« Charlottes Kleid flatterte im Wind, während sie, dicht gefolgt von Sepp, auf Marks schwarzen Mittelklassekombi zuging.

»Geh nicht. Bitte.«

Lorenz, der mit Basti wenigen Minuten zuvor zum Bäcker aufgebrochen war, kehrte nun zurück und wurde Zeuge der Auseinandersetzung. »Hey Leute, alles in Ordnung?«

»Nein. Nichts ist in Ordnung.« Mark winkte resigniert ab.

»Gib mir den Schlüssel.« Charlotte drehte sich zu Mark um und funkelte ihn an.

»Nein.« Abrupt blieb Mark stehen.

Lorenz deutete Basti, dass es besser wäre, die beiden Streithähne in Ruhe zu lassen. »Komm, wir bringen unseren Einkauf schon mal rein.«

»Gib mir den verdammten Autoschlüssel.« Charlotte tippte ungeduldig mit dem Fuß.

»Hol ihn dir doch.«

»Oh nein. Du wirst ihn mir gefälligst bringen.« Sie winkte ihn mit dem Zeigefinger zu sich. Zufrieden bemerkte sie, wie er sich langsam in Bewegung setzte.

»So ist es gut.« Ihre Hand kraulte automatisch und ganz selbstverständlich Sepps Kopf, während sie auf ihren Liebsten wartete.

»Geh nicht.« Mark blieb dicht vor ihr stehen, beugte sich zu ihr und streifte mit seinen Lippen über ihre. »Bitte. Geh nicht.«

»Dann sag mir freiwillig, wie viel Paar Schuhe du tatsächlich besitzt.« Sie lehnte sich an seine Brust und schlang die Arme um seinen Nacken. Dabei küsste sie die empfindliche Stelle, direkt unter seinem Ohr. »Aber denk dran: Für jedes Paar zu viel darf ich ein Paar meiner aussortierten Schuhe behalten.«

Im Nachhinein ärgerte sich Mark darüber, dass er sich im Streit um Charlottes aktuellen Schuhbestand zu der unüberlegten Äußerung hatte hinreißen lassen, dass ein Mann allerhöchstens fünf Paar Schuhe im Schrank benötigte.

Spätestens als sie ihn fragte, ob er mehr als fünf Paar Schuhe besitzen würde, hätte er die Klappe halten sollen. Aber nein, er trieb das Spiel munter weiter, bis sie ihn dort hatte, wo sie ihn haben wollte. Stundenlang hatten sie darüber diskutiert, ob sie aus Platzmangel nicht ein paar ihrer Schuhe entsorgen sollte. Dann begann sie zu verhandeln. Was als Scherz begann, wurde schließlich todernst, als sie mit ihm vereinbarte, die Anzahl seiner Schuhe zu überprüfen. Für jedes Paar, das die Fünf überstieg, dürfte sie kommentarlos eines ihrer aussortierten Paare Schuhe behalten.

»Zwölf.«

»Lügner.«

»Fünfzehn.«

»Das kann auch nicht sein.«

»Ich kann mich in deiner Gegenwart eben schlecht konzentrieren«, sagte er mit rauer Stimme und presste sie gegen die Fahrertür des Wagens.

Sie löste ihre Hände von seinem Nacken und strich ihm zärtlich über die Brust. »Also weiter. Wie viele?«

»Höchstens achtzehn.«

Ihre Hände wanderten weiter zu seinem Rücken.

Er erhöhte weiter. »Neunzehn.«

Während ihre Hände langsam in seine Gesäßtaschen wanderten, warf sie den Kopf in den Nacken. »Eine Chance bekommst du noch.«

Er beugte sich zu ihr und flüsterte: »Behalt sie einfach alle!«

»Ein Mädchen. Es ist ein Mädchen. Ich wusste es.« Unter Lorenz' begeisterten Jubelschreien, küsste der dickköpfige Hinterwäldler seine unberechenbare Großstadtprinzessin leidenschaftlich und voller Liebe.

DANKESCHÖN

Am Ende dieser abenteuerlichen Reise möchte ich mich bei allen bedanken, die mich auf diesem Weg unterstützt und begleitet haben.

Herzlichen Dank an meine Lektorin, Dorothea Kenneweg. Ihr entgeht einfach nichts, wofür ich sehr dankbar bin.

Vielen Dank an Torsten Sohrmann von Buchgewand für das wunderschöne Cover, das so perfekt zur Geschichte passt.

Lieben Dank an meine Schwester, die mich immerzu mit unglaublicher Geduld, Ehrlichkeit und Offenheit unterstützt.

Mein größter Dank richtet sich an meine Leser.
»Ihr träumt mit mir. Ihr lacht mit mir. Ihr weint mit mir. Wir entfliehen gemeinsam dem Alltag und dürfen zusammen von der großen Liebe träumen. Ich danke euch von ganzem Herzen dafür!«

MEHR VON FINNY LUDWIG

Wer mehr von mir, meinem Leben, meinen Büchern und meinen neuesten Projekten erfahren möchte, ist herzlich eingeladen, sich auf meiner Homepage umzusehen.

www.finny-ludwig.de

Ihr möchtet mir schreiben? Ihr habt Fragen an mich?
Meldet euch bei mir: **finny.ludwig@web.de**

Bleibt immer up to date und folgt mir auf
Facebook: https://de-de.facebook.com/finny.ludwig.3
Instagram: https://www.instagram.com/finnyludwig/

Dir hat mein Buch gefallen?
Dann freue ich mich, wenn Du Dir einen Augenblick Zeit nimmst und mein Buch bewertest.

Baustelle: Liebe!

EIN TOR AUF UMWEGEN

Eine charmante, witzige und turbulente Liebesgeschichte
ISBN: 978-3-74948-255-9

Kekse Küsse Mühlenzauber

SWEET KISS 1

Ein winterlicher, romantischer
und kalorienreicher Liebesroman
ISBN: 978-3-75042-346-6

Ab Herbst 2020

Freunde Küsse Liebeszauber

SWEET KISS 2